Turbulente Weihnachtszeit im kleinen Dünencafé

von Sabrina Hallig

Bisher in dieser Reihe erschienen

Frischer Wind im kleinen Dünencafe
Turbulente Weihnachtszeit im kleinen Dünencafe

Besuchen Sie die Autorin im Internet:
www.sabrinahallig.de

Sabrina Hallig

Sabrina Hallig
c/o Fakriro GbR / Impressumsservice
Bodenfeldstr. 9
91438 Bad Windsheim

1.Auflage - November 2023
(Originalausgabe 2020 unter dem Titel
Late-Night ins Weihnachtsglück)

Covergestaltung: Casandra Krammer – www.casandrakrammer.de
Covermotiv: © CreativeNature, losw, rcreitmeyer, billiondigital – depositphotos.com, PixelSquid360, helga_helga – envato.com
Logodesign & Illustrationen: Mary Cronos, www.colors-of-cronos.de
Lektorat & Korrektorat: Rosi Tippl
Buchsatz: Widest Solutions UG (haftungsbeschränkt)
Druck: Bookpress.eu, 10-408 Olsztyn (Polen)

ISBN: 978-3-98760-633-5

Die Deutsche Nationalbibliothek verzeichnet diese Publikation in der Deutschen Nationalbibliografie; detaillierte bibliografische Daten sind im Internet über http://dnb.dnb.de abrufbar.

Für Mama,

weil es ohne deine höchst ansteckende Begeisterung für Literatur weder dieses Buch noch meine anderen Geschichten geben würde.

Die Content Notes zu diesem Buch finden Sie hinter dem QR-Code auf meiner Webseite. Sollten Sie keinen QR-Code-Scanner haben, nutzen Sie bitte folgenden Link:

www.sabrinahallig.de/triggerwarnungen

Lina

»Boah, lass mich doch endlich in Ruhe!« Wütend schlug ich die Bürotür hinter mir zu und trat genervt gegen einen leeren Karton. Wie konnte man nur so ein verdammter Sturkopf sein?

Seit Wochen drehten sich sämtliche Gespräche zwischen Eike und mir bloß noch um zwei Dinge: Erstens wollte er unbedingt mit mir zusammenziehen und zweitens war er absolut dagegen, dass wir die *Meerhexe* an Heiligabend geöffnet hielten, um ein Fest für alle zu veranstalten. Gerade hatte er wieder damit angefangen, wie viel schöner es wäre, wenn wir Oma einfach über die Weihnachtstage aus dem Altenheim abholen und zu dritt ein ganz idyllisches Fest im kleinen Kreis feiern würden.

Als ginge es an Weihnachten ausschließlich darum. Natürlich war Familie wichtig, aber seit meiner Ankunft in Norderwitt gab es für mich so unfassbar viel mehr Familie als Oma und ihn, das musste er doch verstehen. In den letzten eineinhalb Jahren hatte sich mein Leben auf eine Weise verändert, die ich so niemals für möglich gehalten hätte. Das Dorf hatte mich in seiner Mitte aufgenommen, die *Meerhexe* war zu genau jenem Treffpunkt für Jung und Alt geworden, den ich mir bei der Ideenfindung ausgemalt hatte, und meine Beziehung mit Eike lief wunderbar … Nein, war wunderbar gelaufen. Die leidigen Streitthemen und seine andauernd stärker werdende Eifersucht hatten immer tiefere Kluften zwischen uns aufgerissen, und mittlerweile wusste ich nicht, ob überhaupt noch eine Chance bestand, diese zu überbrücken.

Rumms. Mit einem lauten Krachen knallte die Tür gegen die Holzkisten, die ich heute Vormittag dahinter geschoben hatte.

Mit der flachen Hand fing Eike das zurückprallende Türblatt ab, während er mich mit hochrotem Gesicht ansah. »Nein, Lina, es reicht. Ich lasse dich nicht in Ruhe. Hör endlich auf, vor jeder Diskussion davonzulaufen. Über diesen Punkt waren wir doch bereits hinaus.« Obwohl er sich bemühte, nicht zu schreien, gelang es ihm nicht völlig und er schaffte es nicht, seine Gereiztheit zu verbergen.

Was sagte er da? »Jetzt werd mal nicht ungerecht! Ich laufe vor gar nichts weg. Allerdings bin ich es echt leid, dass du keine andere Meinung akzeptierst außer deiner eigenen. Wie oft soll ich dir noch sagen, dass ich kein Weihnachten zu Hause möchte?« Angestrengt versuchte ich, ruhig zu bleiben, denn irgendwo konnte ich ihn sogar verstehen. Eike hatte nie eine funktionierende Familie gehabt und wollte nun all das nachholen, was er in seiner Kindheit verpasst hatte. Darum hatten wir uns vergangenes Jahr auch zu dritt eingeigelt und die Feiertage mit Baum, Plätzchen, Kakao, Spielen und allem, was sonst dazugehörte, in meiner Wohnung verbracht.

»Letztes Mal war es doch schön, oder? Ich kapiere einfach nicht, was dagegen spricht, wieder für uns zu feiern. Für die anderen sind wir sowieso das ganze Jahr da und haben immer ein offenes Ohr für sie. Haben wir nicht ebenfalls dieses kleine Stück Glück für uns verdient?« Erneut diese Gereiztheit, die einmal mehr in seinen Worten mitschwang und über die Wochen längst Dauerzustand geworden war.

Ich seufzte. »Himmel, wir drehen uns nur im Kreis. Warum begreifst du nicht, dass ich in Weihnachten mehr sehe als eine egoistische Feier im engsten Kreis? So viele unserer Bekannten und Freunde verbringen die Tage allein. Schon der Gedanke daran macht mich traurig. Wir haben die *Meerhexe* in den letzten Monaten zu einem wundervollen Ort der Begegnung und des Zusammenhalts verwandelt. Gerade zum Fest der Liebe sollte niemand einsam sein müssen. Hier haben wir so tolle Möglichkeiten, für alle einen unvergesslichen Abend zu schaffen.« Keine Ahnung, wie oft ich diese Worte bereits wiederholt hatte, seit das Thema Ende September das erste Mal aufgekommen war. Diese Tatsache und der Umstand, dass ich Streit gerne aus dem Weg ging, müssten ihm eigentlich zeigen, wie ernst es mir war. Für gewöhnlich gab ich recht schnell klein bei.

»Du willst doch bloß nicht auf die anderen Kerle verzichten, die dir schöne Augen machen«, stieß mein Freund giftig hervor.

Hörbar schnappte ich nach Luft. Das hatte er nicht wirklich gesagt, oder? Oder?

»Vermutlich hast du dir längst einen Neuen ausgeguckt und bist nur zu feige, dazu zu stehen«, schob er hinterher. »Das ist sicher auch der Grund, aus dem du nicht mit mir zusammenziehen möchtest. Stimmts? Man sollte sich schließlich keine gemeinsame Wohnung mit dem Kerl anschaffen, den man aufs Abstellgleis schieben will.« Seine Stimme überschlug sich fast und sein Kopf schien vor Röte zu glühen.

»Eike, bitte …« Schockiert starrte ich ihn an. Am liebsten hätte ich ihn gefragt, ob er noch ganz richtig im Kopf war, aber mir blieb jedes Wort im Hals stecken. Wie konnte er überhaupt so von mir denken?

»Nichts bitte. Ich habe es so satt. Seit du das Café umgestaltet hast, gehen dort die hübschen

Typen ein und aus. Sie flirten mit dir und du blockst keinen ab. Stattdessen bedankst du dich für ihre Komplimente, lächelst und schäkerst mit ihnen, als wäre das absolut in Ordnung. Dass ich da bin, scheint dich ja nicht mal zu interessieren – und jetzt willst du nicht mit mir zusammenziehen. Ist doch klar, was ich davon halten muss. Aber bitte, wer nicht will, der hat schon.« Zornig funkelte Eike mich an, dann drehte er sich auf dem Absatz um und stürmte zur Tür hinaus. Auf dem kleinen Flur wandte er sich noch einmal kurz um. »Wenn dir die anderen besser gefallen, viel Spaß mit ihnen. Mich bist du endgültig los.« Mit diesen Worten warf er krachend die Tür ins Schloss.

Fassungslos blieb mein Blick am dunklen Holz des Türblatts hängen. Was zum Henker war gerade geschehen?

Lina

Es dauerte einige Minuten, ehe es mir gelang, mich aus der Starre zu lösen. Viel zu spät riss ich die Tür auf und rief ihm halbherzig hinterher: »Wenn du jetzt abhaust, brauchst du gar nicht mehr wiederzukommen!« Nicht dass er es noch hören konnte, er war sicher längst nach Hause gegangen.

Kraftlos sank ich zu Boden, lehnte meinen Rücken gegen den Türrahmen und versuchte, meine Gedanken zu ordnen. Diese ganze Streiterei laugte mich aus. Woher kam das auf einmal? Weshalb war Eike plötzlich so eifersüchtig? Er selbst hatte mir doch erst voriges Jahr beigebracht, wie ich mit Kunden umgehen musste. Komplimente annehmen, zuvorkommend sein und niemanden vor den Kopf stoßen, waren die Basislektionen gewesen, die er mir erteilt hatte, und ich hatte ihm nie einen Grund geliefert, neidisch auf irgendjemanden sein zu müssen. Klar hatten wir attraktive männliche Kundschaft und natürlich verteilte die mal Schmeicheleien, die mir zwar gefielen, aber sie waren nicht mehr als ein kleiner Kick fürs Selbstbewusstsein. Sobald die Dinge darüber hinausgingen, wurden sie mir so unangenehm, dass ich alles tat, um mich aus diesen Situationen herauszuwinden. Das musste ihm doch aufgefallen sein. Lag es vielleicht nur daran, dass ich nicht mit ihm zusammenziehen wollte? Dafür gab es allerdings ganz rationale Gründe. Ich hatte die letzten Monate dazu genutzt, Omas alte Wohnung herzurichten. Neue Einrichtung, neue Teppiche, eben alles neu – und alles prinzessinnenhaft.

Eike bekam bereits bei seinen Besuchen regelmäßig zu viel von dem rosaweißen Kitsch, der sich überall durch die Räume zog, und ich würde gewiss nicht jetzt, da die Räume endlich meinen Vorstellungen entsprachen, wieder bei Null anfangen. Außerdem fühlte ich mich noch nicht reif genug, um unsere Beziehung auf dieses Level zu heben. Wir sahen uns ohnehin permanent auf Arbeit und übernachteten mehrmals wöchentlich beim jeweils anderen. So wichtig mir Eike war, ich liebte auch meine Ruhe und meinen Freiraum. Ab und zu brauchte ich die Zeit für mich einfach, um mich selbst nicht aus dem Fokus zu verlieren. Vierundzwanzig Stunden aufeinanderzusitzen und sich niemals aus dem Weg gehen zu können, das war absolutes Profilevel – und wenn ich eines nicht war, dann ein Beziehungsprofi. Und Eike war das genauso wenig. Nicht einmal mit viel Fantasie hatte einer von uns etwas vorzuweisen, das man als längere Partnerschaft bezeichnen konnte. Mir ging das alles zu schnell. Ich musste erst mal in meinem neuen Leben ankommen dürfen und die neue Lina entdecken – die beliebte Lina, die ihre Depressionen meistens im Griff hatte und sich zu einer passablen Geschäftsfrau mauserte. Für Eike war es eben ›nur‹ eine Beziehung, für mich ein ganzes Leben. Eins, von dem ich das erste Mal behaupten konnte, dass es wirklich eins war. Er musste doch begreifen, dass die Dinge für mich nicht so einfach waren und ich mit einer ganz anderen Ausgangslage in diese Beziehung gestartet war. Na ja, oder er sollte es zumindest tun.

Seine Worte hatten allerdings eher nach Abschied und Trennung geklungen, ebenso das, was ich ihm selbst hinterhergerufen hatte. Obgleich er davon nichts wusste, hatten unsere Münder wohl einiges ausgesprochen, das schon viel zu lange unter der Oberfläche gegärt hatte. Aber wie ging es nun weiter? Hinterherlaufen würde ich ihm bestimmt nicht. Nachdem die *Meerhexe* morgen ohnehin wie jeden Montag Ruhetag hatte, blieben ihm immerhin sechsunddreißig Stunden, um sich bei mir zu melden und sich zu entschuldigen. Schließlich hatte er sich wie ein bockiges Kleinkind benommen und mit seinen Worten eine Grenze überschritten. Wie konnte er es wagen, mich als Schlampe hinzustellen und an meiner Aufrichtigkeit ihm gegenüber zu zweifeln? Hätte ich ihm wenigstens dazu einen Grund gegeben, wenigstens einen kleinen. So jedoch war das, was er abzog, geradezu lächerlich. Wie sollten wir da denn eine gesunde Beziehung führen, wenn er mir sogar zutraute, dass ich mit der Kundschaft anbandelte? Frustriert seufzte ich, zog in Gedanken ein Stück Papier aus dem Mülleimer neben mir und begann, es in winzige Fetzen zu reißen. Am Anfang noch ganz langsam, dann beschleunigte mein Tempo sich stetig.

Ratsch.

Mistkerl.

Ratsch.

Bösartige Unterstellungen.

Ratsch.

Er wollte …

Ratsch.

… meinen Einzug …

Ratsch.

… nur, um mich …

Ratsch.

… zu kontrollieren.

Ratsch.

Das war es. Das war der wahre Grund. Erst jetzt, als er endlich ausgesprochen hatte, was er wirklich dachte, ergab das Bild auch für mich einen Sinn.

»Waaah!« Wütend griff ich in die Papierschnipsel vor mir, packte eine Handvoll und pfefferte sie mit aller Kraft in den Abfallkorb zurück. Wenigstens einen Knall hätte es geben können oder irgendein Geräusch, das meiner Wut zusätzlich Ausdruck verliehen hätte, doch stattdessen blieb mein Schrei für sich allein und klang verloren in dem nächtlichen Büro. Frustriert kickte ich mit dem angewinkelten Bein erneut nach dem Karton.

Es ging gar nicht darum, dass er mich so sehr liebte und stets in seiner Nähe haben wollte, sondern einzig um Kontrolle. Würden wir zusammenziehen, konnte er sicher sein, dass ich mich abends nicht heimlich mit anderen Männern traf. Moment! Was hieß überhaupt heimlich? Ich konnte mir meine Freunde und Bekannten ja wohl selbst aussuchen; und wenn sie zufällig männlich waren, scherte mich das kein bisschen. Es kam schließlich auf den Charakter an und nicht auf die Geschlechtsteile. Schnaubend stand ich auf und klopfte mir den Staub von der Hose. Wie immer, wenn ich im Büro kehrte oder etwas ausklopfte, stieg eine feine Mehlwolke auf. Ob die Überreste meiner Einstandspanne jemals vollständig aus diesem Zimmer verschwinden würden? Bislang hatten sie sich standhaft geweigert und erinnerten mich in diesem Augenblick schmerzhaft an das angespannte Verhältnis zwischen mir und Eike damals. Ich hatte die ganze Zeit geglaubt, dass wir diese Phase ins Gegenteil gekehrt hätten, aber leider musste ich erkennen, dass die Situation gerade zwar anders, jedoch keinesfalls besser war. Wie konnte sich unsere Liebe nur so furchtbar falsch entwickeln? Wann waren wir in verschiedene Richtungen abgebogen? Und gab es noch diese eine Kreuzung, an der sich unsere Wege wieder treffen würden, damit wir einen gemeinsamen wählen konnten?

Müde verließ ich das Büro und trat durch den Gastraum in die Dunkelheit der Nacht. Für einige Wimpernschläge lauschte ich auf das Wogen der Wellen, ehe ich die *Meerhexe* abschloss. Zu einer Beziehung gehörte Arbeit und ich war bereit zu reden. Es lag allerdings an Eike, nach diesen Vorwürfen den ersten Schritt zu machen.

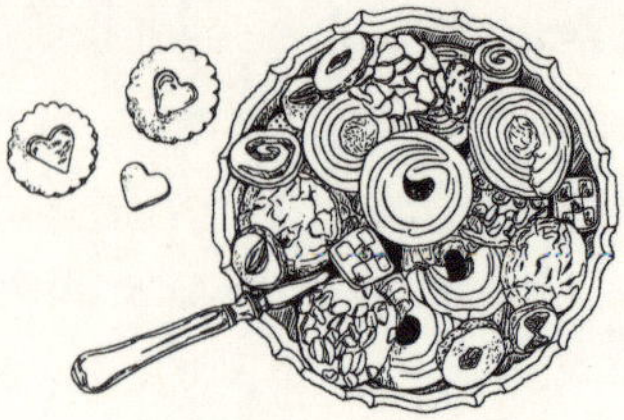

Eike

Suchend tastete ich mit der Hand unter der Decke herum. War Lina schon aufgestanden? Wie spät war es überhaupt? Müde rieb ich mir die Augen und blickte verschlafen auf den klobigen, alten Wecker. Sechs Uhr dreißig. Viel zu früh, um an unserem einzigen gemeinsamen freien Tag aufzustehen. Während ich dösig blinzelnd den Blick durch die Wohnung schweifen ließ, erwachten auch die Erinnerungen an den gestrigen Abend langsam.

Unser Streit.

Ihr völliges Unverständnis für meine Wünsche.

Meine Worte beim Abgang.

Trotz aller Schläfrigkeit gelang es mir nicht, meinen Puls ruhig zu halten. Sofort kochten sämtliche Emotionen wieder hoch und wenige Sekunden später saß ich senkrecht im Bett. So viel zu einem entspannten Tag. Stattdessen durfte ich nun darauf warten, dass Lina ankam, um sich zu entschuldigen.

Ich jedenfalls würde nicht den ersten Schritt machen. Immerhin lag der Fehler nicht bei mir. Ächzend schob ich meine Beine über die Bettkante, suchte mit den Füßen nach den Filzpantoffeln, die Lina mir zum letzten Weihnachtsfest selbst gemacht hatte, und schlurfte in die Küche.

Nachdem ich die Kaffeemaschine angeworfen hatte, beschloss ich, die Wartezeit mit einer kalten Dusche zu verbringen. Das half mir meistens dabei, einen klaren Kopf zu bekommen, und genau diesen brauchte ich in der aktuellen Situation dringend. Es konnte gewiss nicht lange dauern, bis Lina vor der Tür stand. Wenn wir uns stritten, lag sie in der Regel die ganze Nacht wach und wartete nur so lange wie unbedingt nötig damit, zu mir zu kommen und die Sache aus der Welt zu schaffen. Um acht oder spätestens halb neun würde sie klingeln, eine Tüte frische Brötchen in der Hand und bereit, bei einem Frühstück alles zu besprechen. Bis dahin musste ich nicht bloß mein Gemüt so weit heruntergekühlt haben, dass die Situation nicht gleich wieder eskalierte, sondern auch vorzeigbar und wohlriechend sein, denn der Versöhnungssex nach einem solchen Streit war einfach unschlagbar. Mit einem süffisanten Grinsen und einem Blick auf meine Körpermitte, die sich voller Vorfreude regte, drehte ich das kalte Wasser auf. Ich wollte mir den Spaß schließlich nicht schon jetzt verderben.

Fünfzehn Uhr – und noch immer keine Spur von Lina. Mittlerweile tigerte ich unruhig in der Wohnung auf und ab und wartete ungeduldig auf das erlösende Klingeln. Anfangs hatte ich mir eingeredet, dass sie vielleicht doch eingeschlafen war und deshalb später aufkreuzte. Als die Zeiger langsam auf Mittag rückten, redete ich mir ein, dass sie zu unserem Lieblingsitaliener nach Horumersiel gefahren war, um als Ersatz für das ausgefallene Frühstück unsere Lieblingspizza zu holen. Leider verstrich auch dieses Zeitfenster und inzwischen glaubte ich nicht mehr, dass sie kommen würde. Um diese Zeit besuchte sie jede Woche Marie, meistens begleitete ich sie. Wenn sie bislang nicht aufgetaucht war, würde sie nicht aufkreuzen. Probleme erst am Abend auszudiskutieren, mochte sie überhaupt nicht, denn das raubte ihr den Schlaf. Daher vermied sie es, wo es nur ging.

Was allerdings bedeutete das für mich? Ein ums andere Mal schossen mir meine letzten Worte durch den Kopf: »Mich bist du endgültig los.« Dachte ich jetzt mit abgekühltem Gemüt darüber nach, kamen sie mir unbeschreiblich dämlich vor. Ich hatte ihr nicht bloß unterstellt, dass sie an anderen Männern Interesse hatte, sondern sogar, dass sie mich verlassen wollte. Was, wenn ich ihr damit die perfekte

Vorlage gegeben hatte? Was, wenn sie meine Worte tatsächlich als Aufforderung verstanden hatte, mich nicht länger zu behelligen und mich abzuservieren?

Eisige Schauer liefen mir den Rücken hinunter, während mir gleichzeitig der Schweiß auf die Stirn trat. Das hatte ich nicht erreichen wollen. Ich liebte meine Lina über alles, trotzdem musste sie endlich verstehen, dass ihr Verhalten meine Gefühle verletzte. Natürlich vertraute ich darauf, dass sie mir nicht fremdging, aber es fiel mir schwer. Wie gut kannte ich diese Sorte junger Männer, die unser Lokal besuchten. Sie waren wie mein früheres Ich. Ruhelos, immer auf der Jagd nach einem schnellen Fick ohne Verpflichtungen. Mal ein Mädchen hier, mal eins da. Sobald die Frauen ernstere Absichten hegten, wurden diese sitzen gelassen und die nächste aufgerissen. Ob Beziehungen daran zerbrachen, spielte keine Rolle. So naiv wie Lina stets an das Gute in jedem Menschen glauben wollte, passte sie nicht nur exakt ins Beuteschema, sondern war ein leichtes Opfer. Ganz ohne es zu merken.

Auf diesem Ohr war sie allerdings taub. Warum sollte sie auch auf mich hören? Sie hielt sich weiterhin für dasselbe graue Mäuschen, als das sie hier aufgetaucht war. Sie ging davon aus, dass niemand Interesse an ihr hatte, doch tatsächlich wurde sie von Tag zu Tag schöner. Ihre dunkelblonden Haare waren über den Sommer ein wenig heller geworden und ihre bleiche Haut, die sie vom vielen Stubenhocken gehabt hatte, hatte über die Monate eine gesunde Bräune bekommen. Durch die Arbeit und das tolle Essen in der *Meerhexe* hatte sie genau an den richtigen Stellen etwas Muskeln und Fett zugelegt und war für jeden Kerl eine wahre Augenweide. Kein Wunder also, dass ich sie am liebsten rund um die Uhr beschützen und erst recht nicht an Weihnachten mit diesem aufdringlichen Gesindel teilen wollte. Warum verstand sie das nicht?

Unschlüssig blieb ich vor der Garderobe stehen und schlüpfte verwundert aus meinen Sneakern. Wann hatte ich die denn angezogen? Der Drang, einfach loszumarschieren und Lina am Altenheim abzupassen, musste so stark gewesen sein, dass ich sie wohl unbewusst übergestreift hatte. Trotzdem beschloss ich, ihm nicht nachzugeben. Wenn ich jetzt einknickte und ihr nachrannte, würde ich meinen Standpunkt gar nicht mehr durchsetzen können.

Wütend ob meiner Hilflosigkeit fegte ich mit dem Arm die Ablage unter der Garderobe leer. Schlüssel, Werkzeuge, Feuerzeuge und ein Kamm fielen laut scheppernd auf die Fliesen. Ich beachtete sie jedoch nicht, da ich viel zu sehr mit der Frage beschäftigt war, welche Vorstellung mir gerade mehr das Herz zerriss. Diejenige, sie zu behalten, aber nie wirklich für mich zu haben, sondern sie als allgemeines Lustobjekt teilen zu müssen, oder die, sie für immer zu verlieren.

Lina

»Ach, Lina-Mäuschen, was ist denn los? Magst du sicher nicht darüber sprechen?« Oma sah mich besorgt an. »Gibt es Probleme mit der *Meerhexe* … oder liegt es an Eike? Du hast mir gar nicht verraten, weshalb er nicht mitgekommen ist.«

Warum gelang es mir nie, etwas vor ihr zu verbergen? Natürlich wusste ich, dass ich mit ihr über alles reden konnte, doch Eike war längst wie ein Sohn für sie geworden und ich wollte nicht, dass sie zwischen den Stühlen saß. Im Zweifelsfall war Blut dicker als Wasser, das hatte sie in der Vergangenheit bereits bewiesen, trotzdem war diese Situation eine andere.

»Lina?«

Über meiner Grübelei hatte ich ganz vergessen, auf ihre Frage zu reagieren. »In der *Meerhexe* läuft es hervorragend, Oma, keine Sorge. Ich stecke gerade mitten in den Vorbereitungen für neue besondere Gebäcksorten, die unserem Prinzip von ›fränkisch trifft friesisch‹ folgen. Beim Kochen fallen mir die Kreationen irgendwie leichter, aber ein bisschen Zeit ist ja noch bis zum ersten Advent. Früher werden wir ohnehin keine Plätzchen anbieten, sonst haben die Leute sie schon satt, bevor die Weihnachtszeit losgeht.« Mit dieser ausweichenden Antwort konnte ich mir wenigstens etwas Zeit erkaufen und vielleicht wusste Oma sogar den einen oder anderen Rat, was meine Experimente anging. Am Anfang hatte dieses System so toll und einfach geklungen, allerdings hatte es durch diesen – wie nannte es Mia immer? – ›Unique Selling Point‹ so viele Fans gewonnen, dass wir wesentlich häufiger neue ausgefallene Speisen auf die Karte bringen mussten, als ursprünglich geplant. Dadurch wurde es definitiv viel aufwendiger und vor allem anspruchsvoller.

Oma zog kurz eine Augenbraue hoch und ihr war deutlich anzusehen, dass ihr meine Antwort nicht gefiel. Dennoch ging sie erst mal darauf ein. »Hast du bereits versucht, einen unserer Haustees anstelle von Wasser oder zumindest als einen Teil der Flüssigkeit in einem der Keksteige zu nutzen? So könntest du weitestgehend bei einem der fränkischen Originalrezepte bleiben und den friesischen Touch auf diese Weise hinzufügen.«

»Wow«, entfuhr es mir. »Das ist eine geniale Idee. Das ist so simpel und logisch. Wie konnte ich das bloß übersehen?« Begeistert sprang ich auf und fiel ihr um den Hals. »Vielen Dank, Oma. Du bist wie immer meine Rettung. Du hast nicht zufällig noch mehr grandiose Tipps auf Lager?« Ich löste mich von ihrem Hals und sah sie erwartungsvoll an, während ich mich wieder setzte. Dass ich mich absolut unangemessen euphorisch verhielt, verdrängte ich für den Augenblick.

Omas Augen leuchteten richtig, als sie mir ihren nächsten Vorschlag unterbreitete. »Hier gibt es zahlreiche regionale Liköre und Schnäpse. Wie wäre es mit Weihnachtspralinen? Wenn du sie in Lebkuchenkrümeln wälzt beziehungsweise die Lebkuchen mit dem Alkohol tränkst und als Füllung benutzt, könnte das gewiss gut werden. Was meinst du?«

Vor Staunen klappte mir die Kinnlade herunter. Erfand sie diese Köstlichkeiten in diesem Moment aus dem Stegreif oder hatte sie nur darauf gewartet, dass ich sie fragte, und sich vorbereitet? Ehe ich allerdings nachfragen konnte, legte sie bereits einen neuen Rezeptvorschlag nach.

»Weil wir es gerade von Alkohol haben … du könntest eine Marmelade für die Füllungen selbst machen. Es gibt sicherlich typisch fränkische Sorten. Dort einen Schuss unseres Likörs rein – vielleicht auch ins Marzipan – und schon hast du jede Menge Möglichkeiten.« Zufrieden grinste sie vor sich hin. »Reicht dir das für den Anfang?«

Meine Begeisterung kannte kein Halten mehr und polterte mit einer Woge an Fragen über Oma hinweg. »Wie, für den Anfang? Hast du noch weitere Ideen? Das hast du aber nicht alles erst in den letzten Minuten erfunden, oder?«

»Ach was, Kindchen, wo denkst du hin? Ich brüte ständig über Kreationen, die in dein Konzept passen. Solange du jedoch nicht fragst, mische ich mich nicht ein. Es ist jetzt dein Café und ich bin nur eine alte Frau, die sich schlecht davon trennen kann.« Sie lächelte weiterhin, aber diesmal erreichte das Mienenspiel ihre Augen nicht und Oma wirkte stattdessen verdammt traurig.

»Ach, Oma.« Hastig sprang ich wieder vom Stuhl auf und umarmte sie erneut. »Die *Meerhexe* wird immer dein Baby bleiben. Ich möchte sie dir nicht wegnehmen.« Aufmunternd drückte ich sie und sah ihr fest in die Augen. »Du darfst dir gerne so oft und so viele Rezepte für die *Meerhexe* ausdenken, wie du Lust hast. Ich freue mich sehr über deine Ideen und Anregungen, und deine ehemaligen Stammkunden sind gewiss begeistert, wenn es Köstlichkeiten gibt, die von dir stammen, selbst wenn du nicht mehr persönlich anwesend sein kannst.«

»Das ist so lieb von dir, Lina-Mäuschen. Du weißt gar nicht, was mir das bedeutet.«

Tränen glänzten in Omas Augen und schnell wandte ich den Blick ab, um sie nicht zu beschämen.

So stand ich einige Momente lang schweigend vor ihr, bis sie sich wieder fing und direkt das Thema wechselte.

»So, nu aber Butter bei die Fische, Kindchen. Wo hast du deinen Eike heute gelassen? Hat er sich schlecht benommen und muss zur Strafe zu Hause bleiben oder was ist los?« Neugier lag in ihrem Blick und auch etwas Wissendes, als wäre es im Grunde unnötig, ihr von den Vorkommnissen zu erzählen, weil sie die Geschichte längst kannte.

Frustriert ließ ich mich zurück auf meinen Platz sinken. »Ja, angestellt, so kann man das ganz sicher ausdrücken.« Mit diesen Worten bestätigte ich nicht nur ihre Vermutung, sondern begann gleich, ihr meine missliche Lage zu schildern, während es draußen immer dunkler wurde. Es hatte sich in der Tat einiges in mir angestaut.

Lina

Auf dem Rückweg vom Altenheim in meine Wohnung hatte ich mit Freddy, meinem treuen Opel Corsa, noch schnell am Supermarkt angehalten, um direkt ein paar neue Backzutaten zu besorgen. Omas Ideen waren einfach zu gut, um sie nicht sofort auszuprobieren. Telefonisch hatte ich mir etwas Hiffenmark – oder wie die Leute hier sagen würden: Hagebuttenkonfitüre – und Zwetschgenmarmelade bei meinem Lieferanten des Vertrauens bestellt und im Laden Johannisbeergelee besorgt. Die ersten beiden Marmeladen waren wirklich typisch fränkisch, mit der dritten füllten wir klassischerweise den größten Teil unseres Weihnachtsgebäcks. Außerdem hatte ich Gelierzucker, Agar Agar und dreierlei regionale Liköre erstanden, um das Gelee aufzupeppen. Einmachgläser gab es in ausreichender Menge in Omas Fundus, sodass ich gleich mit der Herstellung beginnen konnte.

Mein Plan dahinter war nicht nur gewesen, mir so schnell wie möglich eine Übersicht zu verschaffen, welche Rezepte für die Adventszeit taugten, immerhin ging diese bereits in vierzehn Tagen los, sondern auch, mich von Eike abzulenken. Ich war den ganzen Tag so unheimlich wütend auf ihn gewesen, weil er nicht vorbeigekommen war und scheinbar erwartete, dass ich ihm hinterherlief, aber da hatte er sich geschnitten. Nachdem ich mich bei Oma ausgeheult hatte, war meine Wut verflogen und in mir blieben bloß noch Traurigkeit und Leere zurück. Offensichtlich reichte ihm der Vorfall immer noch nicht aus, um endlich über seinen Schatten zu springen und zuzugeben, dass er sich falsch verhalten hatte. Mehr verlangte ich ja gar nicht. Lediglich einmal ein Zugeständnis, dass er ebenfalls Fehler machte, über die Gründe seiner Eifersucht hätte man ja reden können.

Hervorragend, Lina, ganz hervorragend. Du wolltest dich ablenken, und stattdessen kleben deine Gedanken wieder nur an dem Mistkerl, schimpfte ich mich selbst, während ich die erste Portion Johannisbeergelee in einen Topf kratzte und einen kräftigen Schluck Sanddornlikör dazu gab. Ein wenig Gelierzucker extra und dann erst mal unter dauerhaftem Rühren aufkochen. Na toll, die nächste monotone Arbeit, die meinen Gedanken viel zu viel Zeit ließ abzuschweifen.

Sie glitten zurück zu Oma und dem einzig Guten, das aus dem Gespräch über meine Probleme mit Eike entsprungen war: der Entscheidung, das Weihnachtsfest in der *Meerhexe* auf jeden Fall zu feiern. In all die anderen Dinge wollte Oma sich sehr verständlicher Weise nicht einmischen, aber solange es ums Geschäft ging, sprang sie mir stets gerne zur Seite.

»Hör auf dein Herz«, hatte sie gesagt. So simpel und doch so kompliziert, denn schließlich wohnte darin auch Eike, der immer neue Konflikte hervorrief. Trotz allem, in diesem Punkt konnte er sich nicht durchsetzen, das Fest würde stattfinden, mit oder ohne ihn. Er würde gewiss versuchen, die Teilhaberkarte zu spielen, was wichtige Beschlüsse anging, aber letztlich gehörten mir achtzig Prozent des Cafés und ich konnte tun und lassen, wonach mir der Sinn stand. Egal, was er davon hielt – wenngleich ich ihn bislang in die meisten Entscheidungen einbezogen hatte, schon um des lieben Friedens willen. Bei dieser Sache allerdings sah ich es nicht länger ein, weitere Debatten zu führen. Ich würde ihn von der Tatsache morgen in Kenntnis setzen und ihm gleichzeitig anbieten, dass er sich freinehmen konnte, damit er mit dem Fest nichts zu tun haben musste. Mia würde sicher einspringen. Sie war ohnehin jedes Jahr wieder geknickt, wenn wir sie nach Ende der Hauptsaison entlassen mussten.

Trotzdem sagte sie stets direkt für die nächste Saison zu und sprang zwischendurch ein, wann immer wir Unterstützung brauchten. Sie war eben nicht bloß eine fabelhafte Freundin, sondern auch eine wundervolle Servicekraft und eine begeisterte Anhängerin unseres Cafékonzeptes.

Neben mir piepste der Timer. Das Gelee hatte lange genug gekocht. Ich drehte die Herdplatte herunter und gab mit dem Kochlöffel einen Klecks der klebrigen Masse auf einen Unterteller. Ungeduldig schob ich den Topf von der heißen Platte und pustete dann auf die Gelierprobe. Es bildete sich bereits eine dünne Haut, und als ich den Teller in alle Richtungen kippte, konnte sich das Ergebnis durchaus sehen lassen. Eilig schüttete ich das inzwischen nur noch warme Wasser aus den Einmachgläsern, die in der Spüle auf ihren Einsatz warteten, befüllte sie und verschloss sie gut. Die letzten Geleereste, die nicht mehr in die Gläser gepasst hatten, goss ich ebenfalls auf den Unterteller und stellte diesen in den Kühlschrank. Mal sehen, wie es am Ende schmeckte.

Mit einem Seufzer sah ich mich in der Küche um. Nun abspülen und zwei weitere Runden Marmelade kochen, denn ich wollte morgen gerne alles fertig haben. In den nächsten Tagen würde ich die verschiedenen Varianten, sofern sie meinen eigenen Geschmackstest bestehen würden, den

Gästen zur Verkostung anbieten, um ein größeres Meinungsbild zu bekommen. Zum Glück musste ja nicht jede Sorte direkt am ersten Advent verfügbar sein, sondern man konnte das Sortiment abwechseln und erweitern. So durften sich auch die vielen neugierigen Stammkunden, die sich stets sofort durch sämtliche Neuheiten probierten, über immer neue Überraschungen freuen. Jedenfalls hoffte ich das. Je nachdem wie verbockt Eike auf meine Ansage reagieren würde, könnte die Weihnachtszeit extrem anstrengend werden ... und, als wäre das nicht genug, kam unsere schwierige Beziehungssituation obendrauf.

Nachdenklich rührte ich im Topf herum. Hatte das wirklich noch Sinn mit uns beiden? Eine Beziehung, die bloß darauf beruhte, dass ich mich andauernd entschuldigte und auf seine Befindlichkeiten und Wünsche Rücksicht nahm, konnte nicht gut gehen. Außerdem fragte ich mich, ob diese Überlegung überhaupt einen Wert besaß, denn wenn ich in mich hineinhörte, fühlte sich alles zersplittert und zerbrochen an. Wie ein Herz in tausend kleinen Scherben, das durch Eikes letzte Worte gestern zerschmettert und liegen gelassen wurde. Ich hörte, wie es selbst jetzt leise »Ich liebe dich, Eike!« schrie, aber es wusste auch, dass es kein anderes Herz gab, das mit ihm im Gleichklang schlug, um es zu hören.

Das restliche Gelee stellte ich heulend her und war die Hälfte der Zeit damit beschäftigt, mir die Tränen aus dem Gesicht zu wischen. Der Gedanke, Eike womöglich zu verlieren, tat weh, trotzdem schmerzte es schlimmer, zu merken, wie das neue Leben und die neue Lina, die ich mir mit so viel Mühe aufgebaut hatte, zu bröckeln begannen. Die grinsende Fratze meiner Depression, die hinter den eingestürzten Mauern zum Vorschein kam, bereit mit voller Härte zuzuschlagen, hatte ich nie wieder sehen wollen.

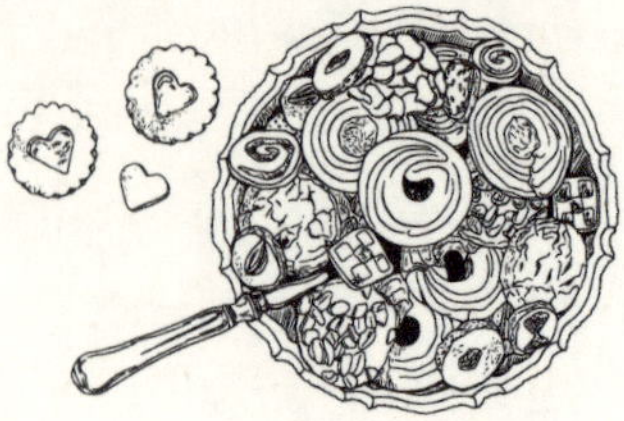

Eike

Am nächsten Tag brach ich bereits um acht Uhr auf, um in der *Meerhexe* alles vorzubereiten. Nach dem Ruhetag mussten sämtliche Gebäcksorten frisch hergestellt werden und auch der eine oder andere Lieferant würde heute auftauchen und seine Waren bei uns abladen. Außerdem kamen wie jeden Dienstag Norderwitts Rentner zum Seniorenfrühstück. Dessen Betreuung und die Warenannahme übernahm ich jede Woche, während Lina immer die Abendsachen richtete und neue Speisen entwickelte. Diesen Deal hatten wir recht zügig nach der Neueröffnung geschlossen. Sie schaffte es morgens nie gut aus den Federn, und obwohl sie spitze darin war, verschiedenste Rezepte zu kreieren, so war ich der bessere Bäcker. Sie sorgte für exotische Geschmäcker – jedenfalls für den gemeinen Friesen exotisch – und ich steuerte ein wenig Fluff, mehr Knusprigkeit oder eine optimierte Bräune bei. Für unsere Kunden scheinbar die perfekte Lösung, denn alles was wir backten, wurde uns ebenso aus den Händen gerissen wie Linas abenteuerliche Abendsnacks. Lachs mit Weißwurst … also ernsthaft. Ich verstand nicht wirklich, wie die Leute das essen konnten, doch es hatte sich zum absoluten Lieblingssnack unserer Kunden gemausert. Vor der Ladentür erwarteten mich bereits die ersten Lebensmittelpakete. Mitte November war es definitiv kalt genug, um Eier, Butter, Milch und Sahne einfach abzustellen, ohne auf uns zu warten. Das Thermometer zeigte gerade mal drei Grad an und somit lag die Außentemperatur sogar unterhalb derer in unserem Kühlschrank. Beste Voraussetzungen damit nichts verdarb. Trotzdem musste ich mich beeilen, die Dinge zu verstauen, da bald neue Zutaten für unsere Teemischungen, Mehl und Zucker ankamen. Diese durften bei diesem feuchtkalten Wetter auf keinen Fall länger als nötig draußen sein. Hastig machte ich mich ans Werk.

Zwei Stunden später standen etliche Kuchen zum Auskühlen auf der Ablage und im Ofen entwickelte das letzte Blech Teekuchen seinen herrlichen Duft, als die Ladenglocke bimmelte.

»Moin Eike«, hörte ich Linas Stimme durch den Gästebereich rufen, ehe die Bürotür klapperte. Das Lächeln, das ich zunächst aufgesetzt hatte, weil ich glaubte, dass sie nun endlich auf mich zukam und die Sache bereinigen würde, glitt aus meinem Gesicht. Normalerweise kam sie zuerst in der Küche vorbei, begrüßte mich mit einem Kuss und fragte mich, ob alles mit den Bestellungen gepasst hatte. Das ungute Gefühl, dass dieser Streit vielleicht einer zu viel gewesen war, erhärtete sich. Was sollte ich jetzt machen? Doch über meinen Schatten springen und meine eigenen Befindlichkeiten hinten anstellen? Bevor ich eine Entscheidung fällen konnte, fiel die Bürotür erneut ins Schloss und Lina tauchte auf.

»Moin«, wiederholte sie mit diesem süßen Akzent, der verriet, dass sie keinesfalls von hier war, sich aber redlich Mühe gab, sich den hiesigen sprachlichen Gepflogenheiten anzupassen.

»Moin Lina«, antwortete ich, unsicher, ob ich einfach einen Schritt auf sie zumachen und sie küssen durfte, oder ob ich es besser ließ. Dass ihr unser sonntäglicher Streit zugesetzt hatte, merkte selbst ich Trottel, so rot und verquollen wie ihre Augen immer noch waren. Am liebsten hätte ich sie in den Arm genommen, ganz fest gedrückt und sie nie wieder losgelassen. Bloß dazu müsste ich einknicken – und das hatte ich nicht vor.

»Eike, ich habe gestern mit Oma geredet …«, begann Lina stattdessen eine Unterhaltung, die sie von der Küchentür aus führte, während ich am anderen Ende des Raumes abwusch.

Das konnte ja heiter werden. Jedes Mal, wenn sie so anfing, hatte das hinterher weitreichende Konsequenzen für die *Meerhexe* und damit auch für mein Leben gehabt.

»Wir werden Heiligabend öffnen. Daran besteht kein Zweifel. Ich will und werde meinem Herzen in dieser Sache folgen und das wünscht sich eine gemeinsame Feier hier für alle, die einsam sind oder aus anderen Gründen dazukommen möchten.«

Was? Das konnte ja wohl nicht wahr sein. Ich war bereits im Begriff loszuschreien, als sie weiterredete.

»Für dich habe ich natürlich eine Lösung. Ich habe es in den Unterlagen gerade geprüft, du hast dieses Jahr ohnehin noch Urlaubstage übrig, die du nehmen musst. Es ist also kein Problem, dass du dir freinimmst und nicht mithilfst. Das bleibt ganz dir überlassen. Du kannst gerne als Gast kommen oder woanders feiern, das steht dir frei. Ich werde gleich Mia anrufen, ob sie aushelfen würde. Sag du mir bitte einfach rechtzeitig Bescheid, wie deine Wahl ausfällt.« Ihre Stimme zitterte etwas, dennoch klang sie geschäftsmäßig. Vor allem aber gelang es ihr, mit ihren Worten eine unglaubliche Distanz zwischen uns zu schaffen.

Mir war überdeutlich bewusst, dass wir diesmal auf einer dienstlichen Ebene kommuniziert hatten. Jede Beziehung, jedes Gefühl, das uns verband, fand keinen Platz in dieser Unterhaltung. Obwohl ich spürte, dass mich diese Tatsache traurig machen sollte, kroch einmal öfter die Wut in mir hoch und gewann die Oberhand. »Was fällt dir eigentlich ein, das ohne mich festzulegen? Wir waren mit dem Thema längst nicht durch!«

Statt irgendwie groß auf mich zu reagieren, zeigte Lina kaum eine Regung. Nur ihre Schultern zogen sich ein winziges Stück nach oben. »Soweit ich mich erinnere, bin ich hier die Mehrheitseignerin und kann Entscheidungen alleine treffen. Das habe ich hiermit getan. Du wurdest im Voraus informiert und durftest deine Argumente vortragen. Ich habe allerdings beschlossen, ihnen nicht zu folgen und die Idee umzusetzen. Für die Dorfgemeinschaft und auch fürs Geschäft ist das die richtige Wahl. Wie du mit dieser Angelegenheit umgehen möchtest, steht dir vollkommen frei. Wie gesagt, du musst nicht auf deinen freien Tag verzichten, wenn du das nicht willst. Mehr gibt es dazu im Moment nicht zu sagen. Jetzt fokussieren wir uns erst mal auf unsere diesjährigen Weihnachtsgebäcke.« Damit ließ sie mich stehen und verschwand wieder im Büro.

Stumm wie ein Fisch glotzte ich auf die Stelle, an der Lina eben noch gestanden hatte. Ihre eiskalte Reaktion hatte sogar meinem Zorn den Wind aus den Segeln genommen. Was war hier gerade passiert? Diesen Ton kannte ich nicht von ihr. In all der Zeit, die wir nun gemeinsam zusammenarbeiteten und uns liebten, hatte jeder sie nur als herzliche und gefühlvolle Frau kennengelernt, voller Liebe, Hingabe und Mitgefühl. Manchmal war sie zwar mit ihrer Wortwahl ebenso schusselig wie bei anderen Dingen und traf unbeabsichtigt nicht den richtigen Ton, aber so eiskalt und gleichgültig gegenüber den Empfindungen und Wünschen eines anderen ... das war nicht meine Lina. Neben mir schrillte ein Wecker und riss mich aus meiner Starre. Der Kuchen musste aus dem Ofen. Teekuchen mit Lebkuchenkruste. Auch so ein Rezept, das Lina erfunden hatte.

Während ich das heiße Blech zum Abkühlen auf die Arbeitsfläche stellte und begann, die bereits erkalteten Backwaren für den Verkauf vorzubereiten, kreisten meine Gedanken andauernd um dieselben Fragen.

Was bedeutete Linas Entscheidung für unsere Beziehung?

Gab es überhaupt noch eine Beziehung?

Liebte sie mich noch?

Lina

Alibimäßig starrte ich auf den Stapel Lieferscheine, den Eike mir wie jeden Tag auf den Schreibtisch gelegt hatte. Die beiliegenden Rechnungen mussten beglichen, die Papiere für die Vorsteuer gescannt und anschließend für die Steuer abgeheftet werden, damit alles am Letzten des Monats pünktlich zu unserem Steuerberater gesandt werden konnte. Im Moment jedoch fehlte mir die Kraft, auch nur ein einziges Blatt anzuheben und zu lesen. Stattdessen kämpfte ich mit den Tränen. Ich wollte nicht schon wieder weinen. Nicht wegen Eike und erst recht nicht, wenn bald die Senioren kämen und mich sofort ausfragen würden. So war das eben in kleinen Ortschaften. Die Menschen kümmerten sich umeinander, und sobald man es geschafft hatte, dazuzugehören, konnte man sich auf die Gemeinschaft verlassen. Dafür gab man allerdings seine Geheimnisse auf. Jeder wusste alles vom anderen, und falls man doch versuchte, etwas zu verschweigen, blieb es nicht lange verborgen. Trotzdem musste es mir irgendwie gelingen, den Tag in Eikes Nähe durchzustehen, ohne dass sie Lunte rochen. Ich war weder in der passenden Verfassung, um über die Dinge zu reden, noch um darüber zu schweigen, sollten die Leute nachbohren. Unsere Trennung würde ohnehin das Gesprächsthema Nummer eins im Ort werden, denn der Großteil der Bewohner hatte bereits die Hochzeitsglocken läuten hören. Wir waren dank der *Meerhexe* eine Art unfreiwillige Dorfprominenz und da in dem Café von jedem Norderwitter ein bisschen steckte, hatte auch jeder das Gefühl, ihm stünden ein wenig mehr Rechte an Informationen über uns und unser Leben zu als der übrigen Dorfgemeinschaft … dabei wusste die ja schon fast alles.

Schließlich ließ ich mich vom Schreibtischstuhl auf den Boden gleiten, lehnte mich an die Bürowand, zog die Beine an und schloss die Augenlider. Ich lenkte meine Aufmerksamkeit komplett auf meine Atmung und atmete tief und ruhig.

Ein …

und aus …

und ein …

und aus.

Langsam begannen sich meine Gesichtszüge zu entspannen, die verkrampften Kiefergelenke zu lösen und die überflüssige Feuchtigkeit in meinen Augen floss wieder in die Tränenkanäle zurück.

Ein …
und aus …
und ein …
und aus.
Nur das Hier und Jetzt zählte.

Eike tauchte vor meinem inneren Auge auf und brachte eine Menge Emotionen mit. Ich nahm sie zur Kenntnis, bedankte mich, dass sie gekommen waren, versprach ihnen, mich ihrer anzunehmen, sobald die Zeit reif dafür war, und ließ sie weiterziehen. Zurück blieben ich und das angenehme Gefühl, das sich in mir einstellte, wenn ich meiner Atmung lauschte. Es gab allein mich. Tief in mir selbst ruhte mein Geist, ließ sich von den Bewegungen meiner Lunge schaukeln und von dem gleichmäßigen Takt meines Herzschlags tiefer in die Ruhe lotsen.

Und dann war da auf einmal wieder er. Wie ein drohendes Mahnmal schwebte Eikes Gesicht durch mein Zentrum, lautlos, unheilvoll. Seine Augen fixierten mein Innerstes und durchbohrten es mit diesem starren Blick.

Verzweifelt versuchte ich, in der Ruhe zu bleiben und Eike um einen Aufschub zu bitten, doch ich merkte, dass ich mich immer weiter von meiner Mitte entfernte. Er ließ sich nicht verdrängen und forderte die Aufmerksamkeit ein, die ihm zustand. Jetzt, hier und mit aller Macht. Ich suchte nach meinem inneren Schutzwall, zog Stück für Stück eine

Mauer um meine Seele, nur um sie schneller bröckeln zu sehen, als ich sie errichten konnte. Meine Gefühle flogen wie ein viel zu grelles Feuerwerk umher, wirbelten durcheinander, verschwammen, vermischten sich, bloß um sich erneut voneinander zu lösen und den Reigen von vorn zu beginnen.

»Warum, Lina? Warum tust du mir das an?«, dröhnte Eikes Stimme, ohne dass sein Gesicht sich bewegte.

Ein schwerer Seufzer bahnte sich den Weg durch meine Kehle, bevor ich ihm antwortete. »Ich tue dir nichts an, Eike. Du hast deinen Weg gewählt und ich meinen. Sie führen uns in verschiedene Richtungen und keiner von uns möchte seinen aufgeben. Du bist zu stur, um nachzugeben, und ich werde keinem Weg folgen, der aus den falschen Gründen beschritten wird. Liebe braucht Vertrauen, keine Kontrolle. Eifersucht war noch nie ein guter Ratgeber und wird es niemals sein. Ich liebe dich mehr als das meiste andere auf diesem Planeten, aber Liebe allein reicht manchmal nicht aus …«

… und genau in dem Moment, als mein Innerstes es aussprach, flammte ein riesiger Schmerz in mir auf, denn erst jetzt ließ ich jene Erkenntnis zu, zu der mein Unterbewusstsein längst gekommen war. Es machte keinen Sinn, um etwas zu kämpfen, wenn man einsam kämpfte. So weh es auch tat. Ich musste Eike ziehen lassen und akzeptieren, dass die Dinge lagen, wie sie eben lagen. Die Traurigkeit kehrte zurück, doch diesmal war sie anders. Sie war freundlicher, milder und ich wusste, wir würden gemeinsam durch den Tag kommen. Es würde sicher kein schöner werden, aber einer, an dem ich meine Arbeit verrichten konnte. Heute Abend würden wir uns dann Zeit füreinander nehmen und sie durfte den Raum beanspruchen, den sie brauchte.

Während Eikes Bild in meinem Inneren verblasste, ließ ich mich von meiner Atmung aus diesem Ort herausbegleiten. Ich schlug die Augen auf und fühlte mich seltsam bereit für diesen ersten Tag von vielen, die so anders werden würden als alle, die ich in meinem bisherigen neuen Leben kennengelernt hatte.

Lina

Im Stillen hatte ich gehofft, dass wir heute nicht ganz so lange Gäste haben würden, damit ich ausnahmsweise früher schließen konnte. Leider hatte sich diese Hoffnung nicht erfüllt. Gegen Mittag hatte die Frau des Pastors angerufen und sich erkundigt, ob es nicht möglich wäre, am Abend mit den Gemeindefrauen vorbeizukommen, um Adventskränze und Gestecke zu binden. Wie bei jedem Anlass, zu dem die Damen etwas basteln mussten, kam gleich noch eine Portion Gejammer hinterher. Die Zeit sei ja so gerast und man schon viel zu spät dran, schließlich sollten die Sachen am Sonntag nach dem Gottesdienst verkauft werden. Auch die Bewohner des Seniorenheims, die sich bereits im Sommer in eine Bestellliste eingetragen hatten, würden sich darauf verlassen, dass alles zum nachmittäglichen Besuchskränzchen mitgebracht werde. Ein anderer Termin sei daher leider ausgeschlossen, und wenn man diese Woche das ein oder andere Mal wiederkommen dürfe, würde man sich sehr freuen.

Nachdem Dienstagabend in den Wintermonaten erfahrungsgemäß nicht allzu viel los war, hatte ich schweren Herzens zugesagt und mich von der Hoffnung auf einen früheren Feierabend verabschiedet. Zumindest Eike hatte pünktlich um zwanzig Uhr Schluss gemacht und mich davon erlöst, ihn ständig sehen zu müssen. Obwohl ich mich gut im Griff hatte und er gleichermaßen dazu übergegangen war, ausschließlich auf geschäftlicher Ebene zu kommunizieren, lag in seinem Blick stets die stumme Aufforderung, auf ihn zuzugehen und mich zu entschuldigen. Dass ich das nicht tun würde, stand für mich bereits felsenfest. Mal schauen, wie lange es dauern würde, bis er das ebenfalls begriff.

Der Abend war am Ende sogar unterhaltsamer geworden, als ich erwartet hatte, denn die Gemeindefrauen waren meine einzigen Gästinnen gewesen und zum Glück äußerst pflegeleicht. Sie hatten im Vorfeld eine Platte mit Schnittchen bestellt, die Eike vorbereitet hatte, und sich sonst an Tee gehalten, den ich immer gleich kannenweise bringen durfte. Nachdem ich die üblichen Arbeiten erledigt hatte und nur noch auf die nächste Bestellung wartend herumstand, hatten sie mich gebeten, mich zu ihnen zu setzen. Zwei Stunden später konnte ich Gestecke binden und packte tatkräftig mit an, während nebenbei eifrig der neueste Klatsch ausgetauscht wurde. Die Damen wurden außerdem nicht müde, zu betonen, wie wunderbar sie die *Meerhexe* fänden und wie toll doch mein Arbeitsplatz sei, schließlich säße ich an der Quelle zu allen Informationen. Dass ich selbst allerdings keine weitergab und mich als Zuhörerin im Hintergrund hielt, fiel ihnen gar nicht auf. Dass ich mir nichts aus der Ratscherei machte, hatten sie in den letzten eineinhalb Jahren nicht begriffen und ehrlich gesagt glaubte ich, dass sie es auch nicht begreifen wollten.

Am Ende war es ein sehr kurzweiliger Abend gewesen, trotzdem war ich froh, dass er irgendwann endete. Es war längst eins durch, als ich alle Sachen aufgeräumt, die lästigen Tannennadeln bestmöglich aufgekehrt und die Spülmaschine angeworfen hatte. Jetzt bloß noch kurz ins Büro, um meine Jacke zu holen, dann durfte ich endlich nach Hause, mich in die heiße Badewanne legen und meinen Liebeskummer in Alkohol ertränken; davon hatte ich gestern ausreichend besorgt.

Brrrt.

»Wah!« Erschrocken fuhr ich herum und machte gleichzeitig einen Satz zurück. Wer rief denn bitte mitten in der Nacht hier an und erschreckte mich halb zu Tode?

Brrrt.

Ich hatte große Lust, das Klingeln einfach zu ignorieren. Was konnte es schon so Wichtiges geben, das nicht bis morgen warten konnte? Vermutlich hatte eine der Damen irgendetwas liegen lassen und wollte wissen, ob ich es bereits gefunden hatte.

Brrrt.

Andererseits, die Norderwitter waren eher vom alten Schlag und sahen es als unhöflich an, irgendwo nach zwanzig Uhr anzurufen. Wenn sich jemand um diese Uhrzeit ans Telefon klemmte, musste es wirklich dringend sein.

Brrrt.

»Ist ja gut, ich komme ja«, murmelte ich und hastete zum Apparat, ehe die Person am anderen Ende auflegen konnte. »Dünencafé *Meerhexe*, Lina Schuster. Was kann ich für Sie tun?«, sagte ich mein Sprüchlein auf, sobald ich den Hörer in der Hand hielt.

»Lina? Du bist noch da …«, stammelte eine ältere Männerstimme, die mir bekannt vorkam. Ich kam nur vor lauter Müdigkeit nicht darauf, zu wem sie gehörte.

»Wie kann ich Ihnen helfen?«, fragte ich erneut und überging seine Feststellung einfach, denn es war offensichtlich, dass ich da war. Wie hätte ich sonst abnehmen sollen?

»Bent hier«, drang es aus dem Hörer. Dann Stille, als wäre damit alles gesagt.

Dafür begannen in meinem Kopf allerdings die wildesten Szenarien. Bent und seine Frau Helke hatten mich von Anfang an sehr freundlich im Ort aufgenommen, mir viel geholfen und waren inzwischen Freunde geworden. »Was ist los, Bent? Geht es dir gut? Ist etwas passiert? Braucht ihr Hilfe?«

»Sie haben Helke geholt, gerade eben?« Er klang seltsam tonlos.

»Wer hat sie geholt? Die Sanitäter?« Obwohl ich längst nicht verstand, was genau geschehen war, begriff ich, dass es ernst sein musste.

»Die Bestatter. Sie wollte doch bloß kurz noch mal ins Bad und da ist sie einfach mitten im Flur umgekippt. Herzversagen, sagt der Arzt.« Seine Stimme zitterte und brach schließlich. Ein leiser Schluchzer drang aus der Leitung.

»Oh, nein, wie schrecklich. Das tut mir so leid.« Die Nachricht traf mich selbst wie ein Schock und ich wusste nicht, wie man in einer solchen Situation am besten reagierte. Meine Worte kamen mir jedoch absolut deplatziert vor.

»Entschuldige, Lina, ich wollte dich nicht stören. Du bist bestimmt müde und möchtest ins Bett. Ich wusste nur nicht, wen ich anrufen sollte. Wir haben ja keine Verwandten mehr.«

»Ach Unsinn, Bent. Alles in Ordnung. Ich war sowieso gerade dabei, abzusperren und loszufahren. Da kann ich ebenso gut bei dir vorbeikommen. Du solltest jetzt nicht allein sein«, widersprach ich vehement. Wenn ich schon sonst nichts tun konnte, dann konnte ich ihn wenigstens mit meiner Anwesenheit unterstützen. Meine eigenen Probleme waren morgen auch noch da und seine Nöte waren entschieden wichtiger.

»Das musst du nicht«, protestierte er halbherzig, ehe er sich auf mein Schnauben hin geschlagen gab. »Aber bloß, wenn es dir wirklich nichts ausmacht. Ich koch uns einen Kaffee. Den magst du doch lieber als Tee, stimmts?«

»Ja, richtig. Mach dir bitte keine Umstände wegen mir. Ich bin in zwanzig Minuten da. Bis gleich.« Bereits während meiner letzten Worte war ich in meine Jacke geschlüpft und hatte die dicke Wollmütze übergezogen.

»Danke, Lina. Moin.«

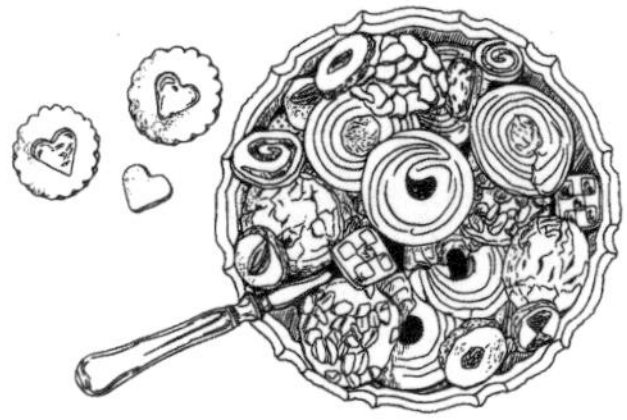

Eike

»Moin Eike«, schallte die Stimme meiner besten Freundin durch den Laden.

»Moin Mia. Was führt dich denn her? Wir haben noch gar nicht geöffnet.« Verwundert warf ich einen Blick durch die geöffnete Küchentür.

»Hat Lina dir nicht Bescheid gegeben? Ich springe ein paar Stunden für sie ein. Helke ist letzte Nacht gestorben. Lina ist direkt nach Geschäftsschluss zu Bent gefahren, um ihm beizustehen und ihn bei all den Sachen zu unterstützen, die nun zu erledigen sind.« Leise ergänzte sie: »Das ist so lieb von ihr. Er tut mir so leid.«

Entgeistert starrte ich sie an. »Helke? Bist du dir sicher? Das kann doch nicht sein. Als die beiden gestern Nachmittag hier waren, ging es ihr ausgezeichnet.« Fassungslos schüttelte ich den Kopf. Das musste ein großes Missverständnis sein.

»Herzversagen, sagt Lina. Am Samstag ist die Beerdigung. Danach werden wir den Leichenschmaus in der *Meerhexe* abhalten. Wenn du für Helkes Lieblingsgebäcke noch Zutaten brauchst, sollst du Lina gleich eine Liste machen, damit sie später bestellen kann.« Meine sonst so quirlige Mia stand so neben sich, dass ihre Stimme fast wie eine Bandansage klang. Sie ratterte die Informationen herunter, die Lina ihr aufgetragen hatte, und gab sich sichtlich Mühe, dabei nicht in Tränen auszubrechen.

»Ach, Süße, lass dich mal drücken ... Nur ausnahmsweise, du weißt ja, das ist nicht meine Art«, fügte ich schnell hinzu, als sie mich mit einem komischen Blick bedachte. Dann zog ich sie in meine Arme und streichelte ihr mit einer Hand über den Hinterkopf, während sie leise schluchzte. Das Leben konnte so grausam sein.

Kurz darauf löste sich Mia wieder von mir und wischte sich mit dem Handrücken die Tränen aus den Augen. »Kommt Lina denn allein zurecht oder möchtest du heute nicht lieber auch freinehmen und sie unterstützen? Wenn ich das Café im Sparmodus betreibe und die meisten Abendgerichte streiche, komme ich locker einen Tag ohne dich klar. Ich kenne doch längst sämtliche Abläufe im Schlaf.«

Oh, verdammt. Mias Frage hatte mich eiskalt erwischt. Was sollte ich da antworten? Keine Ahnung? Zwischen mir und Lina ist es gerade schwierig und ich weiß nicht, ob sie mich sehen möchte?

Mia legte bereits argwöhnisch den Kopf schief und runzelte die Stirn. »Ist alles in Ordnung?«

Nein. Nein, es war überhaupt nichts in Ordnung, bloß damit wollte ich jetzt nicht noch zusätzlich anfangen. »Ja … ja, natürlich. Entschuldige. Die Nachricht hat mich ein wenig aus dem Konzept gebracht. Wie war die Frage gleich?« Es lag sicher an der Gesamtsituation, dass mir Mia diese halbgare Rückfrage abkaufte, aber immerhin formte sich in meinem Gedankenchaos langsam eine Erwiderung, die zumindest in meinen Ohren passabel klang.

»Ob du freinehmen und Lina helfen möchtest? Ich krieg den Laden wirklich allein hin«, wiederholte sie und schob hinterher: »Oder vielleicht hättest du gerne einfach nur so frei. Du scheinst ziemlich durch den Wind zu sein. Ihr seid mit den beiden ja enger befreundet gewesen.«

»Schon gut. Ich bleibe. Die Gäste lenken mich bestimmt etwas ab. Das ist besser, als mir zu Hause den Kopf zu zermartern, wie das passieren konnte. Und was Lina angeht … wenn sie Hilfe benötigt, meldet sie sich gewiss bei einem von uns oder hier im Café. Unangemeldet hinfahren möchte ich nicht. Für Bent ist das alles schwer genug, er braucht wohl kaum zig Leute, die um ihn herumlaufen und zusätzlichen Stress verursachen mit ihrer Hilfsbereitschaft. Da kümmere ich mich lieber um die Zutaten, damit Helke eine wunderschöne

Trauerfeier bekommt. So unterstütze ich die beiden vermutlich am meisten.« Ich lächelte schwach, was allerdings gründlich misslang. Helkes Tod traf mich überraschend heftig. Das kannte ich so gar nicht von mir.

Für einen Moment sah mich Mia zweifelnd an, dann nickte sie. »Wie du willst. Falls du es dir anders überlegst, kannst du es jederzeit sagen. Bis zum Abendgeschäft bin ich mindestens hier. Sollte ich es schaffen, sie zu überreden, dass sie ein bisschen ausspannt, sogar bis Ladenschluss.« Sie nahm einen Lappen vom Tresen, hielt ihn kurz unter den Wasserhahn und ging schweigend in den Gastraum, um die Tische abzuwischen.

Für mich die beste Gelegenheit in die Küche zu verschwinden. Lange würde ich das Gefühlschaos, das mich gerade zu überrollen drohte, nicht mehr unter Kontrolle halten können. Daher schloss ich eilig die Tür hinter mir und rutschte mit dem Rücken daran herunter. Die Ellbogen auf die Knie gestützt vergrub ich den Kopf in den Händen. Eine einzelne Träne rollte meine Wange hinunter und hinterließ eine feuchte, klebrige Spur. Es dauerte nicht lange, bis ihr weitere folgten und sich in der Kuhle zwischen Kinn und Handballen sammelten.

Ich ließ es einfach geschehen, unfähig festzustellen, warum ich überhaupt weinte. War es wirklich nur Helkes Tod oder vielmehr die Erkenntnis, dass

Lina ausschließlich Mia informiert hatte? Diese Angelegenheit betraf uns doch beide. Wenn sie mich allerdings schon wegen solcher Dinge nicht kontaktierte, dann existierte auch sonst nicht mehr viel, das wichtig genug wäre. Am liebsten wäre ich aufgesprungen und zu ihr gerannt. Bloß um sie in meine Arme zu schließen, sie zu drücken und ihr zu sagen, dass wir das gemeinsam durchstehen werden. Dass Helkes Tod uns beide etwas anging und wir zusammen trauern und ihr den schönsten Abschied bereiten würden, den es geben konnte. Wenngleich keiner von uns Auf Wiedersehen sagen wollte.

Für einen winzigen Moment gab ich dem Verlangen nach und stand bereits mit der Klinke in der Hand da, ehe ich mich besann. Ich hatte es selbst zu Mia gesagt. Lina würde sich melden, falls sie Hilfe benötigte, mich aufzudrängen kam in dieser Situation gewiss nicht gut an. Schwer seufzend wischte ich mir die Tränen aus dem Gesicht und drehte mich zu den Vorratsschränken um. Das Beste, das ich nun tun konnte, war sicherlich die Liste zu erstellen, die Lina mir aufgetragen hatte, damit auf der Trauerfeier nichts fehlte. Eine Feier, die Helkes Leben ehrte und nicht ihren Tod betrauerte, musste es werden. Das hätte sie sich so gewünscht – und das waren wir ihr und Bent schuldig. Egal, was gerade zwischen mir und Lina schieflief, für die nächsten Tage war es zweitrangig.

Lina

Müde ließ ich mich auf mein Sofa sinken und lehnte mich stöhnend zurück. Die Nachricht, die mir vom Smartphone in meiner Hand entgegenleuchtete, las sich gar zu verführerisch. *Bleib zu Hause und ruh dich aus. Ich halte bis Ladenschluss die Stellung und sperre ab. Eike gibt mir den Schlüssel. Pass auf dich auf und fühl dich ganz fest gedrückt. Mia.* Hinter und zwischen den Wörtern leuchteten selbstverständlich noch zig Emojis, die meine Freundin geradezu inflationär nutzte, während ich mit den bunten Dingern nicht sonderlich viel anfangen konnte.

Wie gerne würde ich das Angebot annehmen, aber zumindest um Eikes Bestellliste abzuarbeiten, sollte ich kurz ins Café. Der Bestellschluss für heute war zwar bereits vorüber, es konnte allerdings nichts schaden, wenn unsere Listen morgen gleich als Erstes auf den Schreibtischen unserer Lieferanten lagen. Mit Glück wurden wir dann sogar direkt am Abend beliefert und nicht erst am Freitag. Die Zeit für die Vorbereitungen war ohnehin fast vorbei, bevor sie überhaupt begonnen hatte. Außerdem musste ich dringend eine Aufstellung anfertigen, was wir zusätzlich benötigten. Bent hatte mir in den letzten Stunden so viele wundervolle Anekdoten über Helke erzählt und sie mir damit von einer ganz neuen Seite vorgestellt, mit all ihren kleinen Eigenheiten und Vorlieben. Ich wollte ihrem Leben Rechnung tragen, denn darum ging es doch bei dem gemeinsamen Zusammensitzen. Geschichten über sie zu erzählen, auszuplaudern, was sie für lustige Dinge angestellt hatte, zu honorieren, was für ein guter Mensch sie gewesen war.

Mein Blick wanderte auf die Zeitanzeige des Handys. Es war mittlerweile kurz vor sechzehn Uhr, und wenn ich Mia pünktlich zum Abendgeschäft ablösen wollte, sollte ich spätestens in vierzig Minuten wieder losfahren. Konnte ich es wagen, einen Powernap zu machen und die Liste auf später zu verschieben? Unschlüssig sah ich auf das Sofakissen neben mir, das mich einladend anlächelte. Ich müsste nur umfallen und direkt ins Traumland gleiten. Ein sehr verlockender Gedanke. Andererseits … wie groß war die Chance, dass ich es wirklich schaffte, noch einmal aufzustehen, wenn ich nach über dreißig Stunden auf den Beinen Ruhe einkehren ließ?

Nein. Ich schüttelte den Kopf und hievte mich schwerfällig vom Sofa hoch. Ein, zwei Tassen starker Kaffee und vielleicht ein paar Koffeinpralinen, dann überstand ich den Abend bestimmt. Auf dem Weg in die Küche sammelte ich einen Block und einen Stift vom Wohnzimmertisch ein, um gleich mit der Aufstellung anzufangen, während der Kaffee durch die Maschine lief.

Müde steckte ich eine Filtertüte in selbige, füllte Wasser in den Tank ein und gab zwei Löffel Kaffeepulver pro Tasse hinzu. Es würde absolut ekelhaft schmecken, das war mir bereits jetzt bewusst, aber wach halten würde es mich definitiv – und damit erfüllte es seinen Zweck.

Ein Blick auf die Prozentzahl meines Handyakkus ließ mich aufstöhnen. Also wieder nicht setzen, sondern erst ins Schlafzimmer und das Ladekabel holen, sonst hielt es den restlichen Tag sicher nicht mehr durch.

Wenig später lag das Smartphone zufrieden schmatzend neben mir – o Gott, hatte ich das gerade wirklich gedacht? – und ich lauschte dem Blubbern und Tropfen der Kaffeemaschine. Meine Augenlider wurden immer schwerer, der Stift in der Hand, der bloß darauf wartete, dass ich mit ihm die Liste beginnen würde, wog mittlerweile Zentner. Wenigstens den Anruf im Blumenladen könnte ich … bis dahin war der Kaffee … Mia … Bescheid sagen … verspäte …

Aaawww.

Mein eigenes Stöhnen und eine schmerzhafte in meine Schläfe drückende Kante ließen mich hochschrecken. Verwirrt glitt mein Blick durch den düsteren Raum. Wo war ich? Nur langsam tröpfelte die Erinnerung zurück in meinen Verstand. Dass es sich um die Küche handelte, begriff ich recht zügig. Aber warum saß ich hier? Wie viel Uhr war es überhaupt? Hastig tastete ich nach dem Handy und drückte die Hometaste.

Was? Schon nach einundzwanzig Uhr? Ich musste eingeschlafen sein.

Mia! Hatte ich ihr eine Nachricht geschickt? Nicht dass sie sich Sorgen machte. Hektisch aktivierte ich die Beleuchtung des Handys und sprang auf, um ins Café zu düsen, als mir ein scheußlicher Geruch in die Nase stieg. Wild schwenkte ich den Lichtkegel des Smartphones auf der Suche nach der Quelle des Gestanks hin und her, während ich mich gleichzeitig zum Lichtschalter vorarbeitete.

Die Deckenbeleuchtung flammte auf und im selben Moment kniff ich die Augen zusammen. Die plötzliche Helligkeit blendete mich zu sehr.

Als ich endlich wieder richtig sehen konnte, entdeckte ich sofort die Kaffeemaschine, auf der seit etlichen Stunden der Kaffee vor sich hin köchelte und immer weiter einbrannte. Schnell schaltete ich das Gerät aus und kippte trotz der eisigen Temperaturen das Fenster. Darum konnte ich mich später kümmern, jetzt war es definitiv Zeit, in die *Meerhexe* zu fahren und Mia abzulösen. Sie arbeitete inzwischen doppelt so lange, wie wir ursprünglich vereinbart hatten, und auch wenn sie das sicher nicht als problematisch empfand, hatte ich ihre Gutmütigkeit und Großzügigkeit für mein Empfinden überstrapaziert.

Ich flitzte ins Bad, um mir die Haare zurechtzumachen und meine Notdurft zu verrichten, danach schnappte ich mir ein frisches Oberteil von der Wäscheleine, das ich im Laufen wechselte, sämtliche Schlüssel von der Ablage und die Jacke von der Garderobe. Im Laufschritt polterte ich die Stufen hinunter und versuchte, mich gleichzeitig winterfest einzuigeln. Ein Satz ins Auto, wieder raus, weil die Scheiben vereist waren. Kurz innehalten, Handschuhe anziehen, Eis kratzen, einsteigen, los. Der Blick auf die Fahrzeuguhr verriet mir, dass es mittlerweile halb zehn durch war. Selbst wenn ich mich beeilte, würde ich Mia nicht vor zweiundzwanzig Uhr nach Hause schicken können und das, obwohl ich sie schon ohne Vorwarnung mit den Gemeindedamen allein gelassen hatte. Schließlich hatte ich um diese Zeit ja längst zurück sein wollen. Hoffentlich hatte das nicht zu weiteren Komplikationen geführt. Ein

Gutes brachte mein Nickerchen tatsächlich mit sich: Mittwoch war Eikes freier Abend und er hatte seit Stunden Feierabend, sodass ich zumindest ihm nicht über den Weg laufen musste. Dass meine Nerven für eine Begegnung mit ihm nach diesem Tag noch reichen würden, wagte ich zu bezweifeln.

Lina

Eine halbe Stunde später erreichte ich die *Meerhexe* und bereits auf dem Parkplatz beschlich mich ein ungutes Gefühl. Warum war hier alles rappelvoll? Bis auf die Pastorenfrau mit ihren Basteldamen hatte sich heute niemand angemeldet. Besäße ich nicht eine private Parkbucht mit Reservierungsschildchen vorne dran, hätte ich wohl dumm aus der Wäsche geschaut. Außer der *Meerhexe* gab es hier weit und breit nichts, das mitten in der Nacht und zu dieser Jahreszeit interessant war. Sie mussten also alle im Café sein.

Schnell schloss ich die Wagentür ab und eilte im Laufschritt die Dünen hinunter. Die arme Mia. Höchste Zeit, dass ich übernahm und sie von diesem Massenansturm erlöste, den sie womöglich seit Stunden allein zu bewältigen hatte.

Als ich die Ladentür öffnete, schlug mir eine warme Wolke und lautes Stimmengewirr entgegen. Auf drei zusammengestellten Tischen in der Ecke verteilten die Gemeindefrauen wieder ihre Tannennadeln und täuschten mit ihren Gestecken eifrige Geschäftigkeit vor, während sie fleißig plapperten. Rund herum an den Tischen hatten sich ebenfalls eine Menge Norderwitter eingefunden und selbst die Jugendecke war trotz der vorgerückten Stunde gut gefüllt. Was war hier nur los? Bei diesem Krach war es mir unmöglich, herauszuhören, worüber die Leute so lautstark redeten und was sie so sehr aus der Fassung brachte. Ich zog die Tür hinter mir zu und trat ein paar Schritte in den Raum, als plötzlich alle schlagartig verstummten und mich ansahen. Es war beinahe gruselig, wie ihre Blicke mir auf dem Weg zum Tresen folgten und keiner etwas sagte. Fast wie im Film, bloß dass niemand dieses Szenario im Vorfeld geskriptet hatte, was die ganze Dynamik noch viel gespenstischer machte.

Kaum hatte ich die Theke erreicht und mich dahinter verschanzt, drehte ich mich um. Obwohl mir das Ganze weiterhin unheimlich vorkam, versuchte ich, nicht verängstigt zu klingen, als ich die Stimme erhob. »Guten Abend, ihr Lieben. Entschuldigt meine Verspätung. Was ist denn bei euch los?«

Mia, die gerade an der Kasse abgerechnet hatte, stellte sich neben mich und flüsterte: »Sie sind wegen Helke da – und wegen Bent. Sie denken, du weißt vielleicht mehr.«

»Warum hast du Bent allein gelassen?« Die alte Heidrun klang vorwurfsvoll.

Irritiert schaute ich zu ihr und anschließend in die Runde. »Aber ich war bis zum späten Nachmittag bei ihm und habe ihm bei allem geholfen. Von mitten in der Nacht an. Was hätte ich eurer Meinung nach noch tun sollen? Irgendwann musste ich mal schlafen«, verteidigte ich mich. Selbst wenn ich mir keiner Schuld bewusst war, kroch sofort das schlechte Gewissen in mir hoch.

»Du bist eben doch nur die kleine, dumme Lina. Unzulänglich wie eh und je – du kannst es inzwischen lediglich besser verbergen.« Hämisch lachend meldete sich meine Unsicherheit zu Wort.

»Ist denn jetzt jemand bei ihm?«, verlangte Holger zu wissen. Er war ein langjähriger Freund von Bent.

Ich schüttelte den Kopf. »Nein. Als ich nach Hause gefahren bin, hat er endlich geschlafen. Nachdem er die ganze Nacht wach gewesen ist, brauchte er dringend Erholung und keinen weiteren Besuch. Morgen Vormittag hole ich ihn ab und wir erledigen ein paar Dinge. Bis dahin muss er sich ausruhen, nicht dass er sich übernimmt und ihm auch noch was zustößt.« Die Arme vor der Brust verschränkt begab ich mich in eine Abwehrhaltung.

Gemurmel erfüllte den Raum, alle redeten leise durcheinander und keiner der Wortfetzen ließ sich verstehen. Schließlich zeigte sich allgemeines Nicken an den Tischen und man schien damit fertig zu sein, über mich Gericht zu sitzen. Das ungute Gefühl, etwas falsch gemacht zu haben, und die Unsicherheit blieben. Wie oft hatte ich schon gehört, das Dorf würde, sobald es um einen von ihnen ging, wie ein Mann zusammenstehen und die Person schützen und unterstützen mit allem, was sie hatten. Bislang hatte ich das stets als Redensart abgetan, die nur die gute Dorfgemeinschaft symbolisierte, jetzt allerdings sah ich das mit anderen Augen.

»Na fein«, ergriff Holger erneut das Wort. »Wir glauben dir. Wenn du morgen tatsächlich zeitig wieder bei ihm bist, sei dir das verziehen. Aber bevor du gehst, rufst du mich an, ich löse dich ab. Verstanden?« Seine Stimmfarbe wechselte laufend zwischen superfreundlich und bedrohlich. Eine seltsame Mischung, die es gleichzeitig vermochte, zu beruhigen und einem das Herz gefrieren zu lassen. Es war das erste Mal, dass ich wirklich begriff, dass man sich mit dieser eingeschworenen Gemeinschaft Norderwitter besser nicht anlegte. Sollte einmal etwas mit mir sein, würden sie sich vermutlich ähnlich verhalten – zumindest würde ich mir das wünschen –, und ich wollte ganz gewiss nichts tun, was sie gegen mich aufbrachte.

»Ja, na klar, Holger«, bestätigte ich schnell. »Ich rufe dich an oder noch besser, du kommst einfach um zwölf rüber. Dann muss ich spätestens los. Es tut Bent sicher gut, dich zu sehen und mit dir zu reden. Du kanntest Helke ja schon viel länger als ich.« Vorsichtig lächelte ich in die Runde und hoffte, die Wogen damit geglättet zu haben. »Kann ich sonst etwas für euch tun?«

Wenigstens für den Augenblick schien ich alles richtig gemacht zu haben und durfte durchatmen, denn als wäre nichts gewesen, bestürmten mich die Leute nun von allen Seiten.

»Stimmt es, dass es Herzversagen war?«

»Wie geht es Bent?«

»Wann ist die Beerdigung?«

»Braucht ihr Hilfe bei der Organisation?«

»Was isst Bent gerne? Wir möchten ihm Essen bringen?«

Verwirrt sah ich zu Mia, die daraufhin ihre Hand auf meine legte und sie kurz drückte.

Sie beugte sich ein Stückchen zu mir herüber und antwortete halblaut auf meinen fragenden Blick: »So sind sie hier. Wenn sie denken, jemand hat einem von ihnen etwas getan, hast du sofort das ganze Dorf gegen dich. Sobald sie aber kapieren, dass es nicht so ist, läuft alles weiter, als hätten sie dich nie in Zweifel gezogen – und jetzt beantworte ihre Fragen, ich gehe derweil bedienen. Nicht dass sie es sich anders überlegen.«

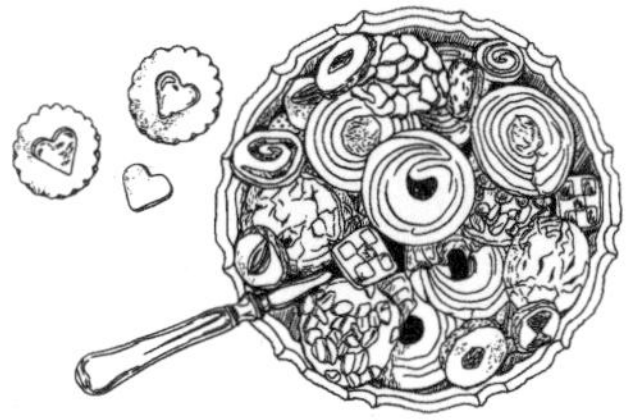

Eike

Obwohl wir morgen bereits vor der offiziellen Öffnungszeit Helkes Trauerfeier ausrichteten und ich dringend die wenigen Stunden Schlaf mitnehmen sollte, wälzte ich mich unruhig im Bett hin und her. Mit ihrem Tod hatte ich mich in den vergangenen Tagen arrangiert, nur Bent tat mir leid. Ich hatte mir fest vorgenommen, ihn in Zukunft im Alltag zu unterstützen – nun da er völlig einsam war.

Dass es nicht darauf ankam, den Toten nachzutrauern, sondern darauf, das Leben zu genießen und die Dinge zu klären, bevor es zu spät war, hatten mir die letzten Tage deutlich vor Augen geführt. Mein Plan war gewesen, mit Lina und mir anzufangen. Unsere Beziehung glich einem einzigen Scherbenhaufen, und egal, was ich gesagt hatte, ich wollte auf keinen Fall, dass es zwischen uns aus war. Jedes Mal, wenn mein Blick ihre wundervollen grauen Augen traf, wollte ich am liebsten darin versinken und nie wieder woanders hinsehen ... doch die Ernüchterung folgte stets auf dem Fuß.

Lina schien mir gegenüber kalt wie ein Fisch. Sie benahm sich freundlich, höflich, distanziert – als hätte uns nie mehr verbunden als eine Geschäftsbeziehung. All unsere Gespräche drehten sich lediglich um die *Meerhexe*, die anstehende Adventszeit und natürlich die Trauerfeier. Sie erkundigte sich nach meinen Bestellungen, gab mir ein neues Rezept für die Weihnachtszeit und den Auftrag, eigene Marmeladensorten herzustellen. Wir besprachen, ob die Lieferungen vollständig und fehlerfrei waren, welche Dekoration besorgt werden musste und wie viele Plätzchensorten wir gleichzeitig ins Angebot nehmen würden. Rein dienstlich eben. Jede private Floskel, sogar ein schlichtes »Wie geht es dir?«, ignorierte sie gekonnt und ging darüber hinweg, als hätte ich niemals etwas gesagt – und das machte mir am meisten Sorgen.

So war Lina nicht. Sie war nicht abweisend und unterkühlt, sondern mitfühlend, emotional und herzlich. Es sah ihr nicht im Geringsten ähnlich, unsere gemeinsame Zeit einfach abzuhaken und von heute auf morgen so zu leben, als hätte es sie nie gegeben. Selbstverständlich hatte ich nicht ernsthaft damit gerechnet, dass sie mir in aller Öffentlichkeit eine Szene machen würde, aber ein klärendes Gespräch oder irgendetwas, das zumindest ein ordentliches Ende unter unsere Beziehung setzte, hatte ich schon erwartet. Immerhin würden wir noch sehr viele Jahre zusammenarbeiten, da war eine Aussprache das Mindeste. Ihre aktuelle Reaktion konnte ich mir beim besten Willen nicht erklären und selbst die Nuancen ihres Verhaltens passten so gar nicht ins Bild. Sie liebte die Arbeit mit unseren Kunden und hatte für jedermann ein offenes Ohr, doch besonders ein offenes Herz. Neuerdings jedoch wirkte es auf mich so aufgesetzt und unecht. Nicht dass ein Außenstehender das bemerken würde, nur wenn man sie besser kannte, sprang es einen förmlich an.

Seufzend erhob ich mich von meiner Matratze und lief in der Wohnung auf und ab. Das mit dem Schlafen konnte ich wohl ohnehin vergessen. Warum interessierte es mich überhaupt, was Lina tat oder nicht tat, und wie sie sich verhielt oder eben nicht? Früher hatte ich mich nicht so angestellt, wenn es um Frauen ging. Ein Quickie hier, der nächste da, solange die One-Night-Stands auf Distanz blieben, war es gut gewesen. Mein damaliges Leben schien auf einmal so leicht und unbeschwert im Vergleich zu dem, das ich nun führte. Mit Lina und den Gefühlen hatten sich die Dinge verkompliziert. Nicht dass ich es vermisst hätte, ständig meine Bettgefährtin zu wechseln, der Sex wurde mit der Zeit tatsächlich anders, intensiver. Kein kurzes

Abenteuer mehr, das in erster Linie seinen Reiz im Neuen, Ungewohnten hatte und allzu schnell langweilig wurde, sondern emotionale Nähe und Vertrautheit. Man kannte die Bedürfnisse und Wünsche seines Gegenübers, wusste, wie man dessen Erregung am besten steuerte, und bemühte sich aufrichtig umeinander. Ich musste schon zugeben, dass mir das weit besser gefallen hatte als mein sprunghaftes Liebesleben zuvor. Besonders die Gefühle, die Liebe, die ich für Lina empfand und die sie mir geschenkt hatte. Langsam jedoch drängte sich mir die Frage auf, ob das nicht alles bloß ein großer Schwindel gewesen war.

Während ich mich quälte, mich im Café möglichst in die Küche verzog und bei jeder unserer Begegnungen litt, kam sie offensichtlich glänzend zurecht. Sie war glitschig wie ein Fisch in der offenen See, eiskalt und wand sich aus allem heraus, ohne eine Reaktion zu zeigen. Ja, die kleinen Veränderungen ... aber lohnte es sich wirklich, darauf Hoffnungen aufzubauen? Zumal nichts davon ins Bild passte. Wenn Mia Liebeskummer hatte, sah sie tagelang verheult aus und reagierte bei der winzigsten Kleinigkeit, die nur ein bisschen traurig war, direkt mit einem Heulkrampf. Überhaupt verhielten sich alle Frauen, denen ich bislang begegnet war, ähnlich wie meine beste Freundin. So fischig und abwesend wie Lina war noch nie eine gewesen.

Ich seufzte und ließ mich auf den Stuhl in der Küche fallen, das Bild, das ich unterwegs von der Kommode genommen hatte und betrachtete, stellte ich vor mich auf den Tisch. »Ach, Lina.« Abermals seufzte ich. »Ich liebe dich und ich war ein verdammter Idiot, dich zu vertreiben«, niedergeschlagen strich ich mit dem Finger über ihr Fotogesicht, »aber ich wäre ein größerer, wenn ich beginne, dir nachzulaufen. Du bist wohl mit uns durch und ich muss das akzeptieren.«

Verstohlen löste sich eine Träne aus dem Augenwinkel und kullerte die Wange hinunter, ehe sie sich in den Bartstoppeln verfing. Warum war ich bloß so dumm gewesen und hatte Lina davongejagt? Ich wollte sie doch nur für mich. Wollte sie mit niemandem teilen, niemandem etwas abgeben von der Frau, die mein Herz gestohlen hatte und nicht wieder herausrückte.

Irgendwoher hatte ich ein Taschentuch geangelt, in das ich mich nun aus Leibeskräften schnäuzte. Es war so absurd; jetzt, da ich Lina vertrieben hatte, wünschte ich mir ihre Liebe noch so viel mehr. Ich wollte ihren Duft riechen, sie in den Arm nehmen, ihre Haare spüren, die meine Nase kitzelten, und sie am liebsten vierundzwanzig Stunden am Tag um mich haben. Doch mehr als das Foto und ihr Kissen, das neben meinem im Bett lag, würde ich nicht bekommen. Es wurde höchste Zeit, dass ich mich damit abfand und aufhörte, ihr hinterherzutrauern.

So schwer es war: Wenn sie mein Herz nicht länger wollte, würde ich es vor weiteren Schmerzen bewahren. Entschlossen ging ich ins Bett. Heute waren meine Gefühle durcheinander und ich wusste selbst nicht, was ich erwartete. Morgen jedoch würde sich das ändern, denn morgen war der erste Tag eines neuen Lebens. Ohne Lina, ohne Enttäuschungen und ohne Kummer. Zumindest hoffte ich das.

Lina

Zittrig und mit verquollenen Augen führte ich Bent in die *Meerhexe*. Die Beerdigung war zutiefst ergreifend gewesen. Der Pastor hatte eine wundervolle Predigt gehalten und so viele Dorfbewohner rührende Ansprachen. Ich hatte deutlich gespürt, wie sehr Helke allen fehlte. Nur Bent bereitete mir große Sorgen. Er schien vollkommen in seinen eigenen Gedanken gefangen zu sein, sprach kaum ein Wort und hatte sämtliche Kondolenzen stur mit einem tonlosen »Danke« entgegengenommen, ohne den Leuten dabei in die Augen zu sehen. Auch jetzt ließ er sich von mir an eine der langen Tafeln geleiten, ohne sie eines einzigen Blickes zu würdigen.

Mia und Eike wuselten eifrig zwischen Küche und Tresen hin und her, wobei sich auf Letzterem bereits etliche Kuchen und Schnittchenplatten angesammelt hatten. Kaffee- und Teekannen standen ebenfalls dazwischen, alles genau auf die Lieblingsspeisen und -teemischungen von Helke abgestimmt.

Hinter mir schepperte die Glocke an der Ladentür und die ersten Trauergäste erschienen. Es gab keine Sitzordnung und nichts, nach dem man sich der Tradition wegen richten musste, denn außer Bent hatte Helke keine weiteren Angehörigen. Daher überließ ich es den Leuten selbst, sich nach ihren Wünschen zu verteilen, und ging zu meinen Mitarbeitern, um ihnen unter die Arme zu greifen. Das gesamte Dorf würde anwesend sein, und sobald alle angekommen waren, würde es drunter und drüber gehen. Besser wir brachten zumindest die Platten und Kannen schon an die Tische.

»Hallo Lina, wie war die Beerdigung? Du siehst ja furchtbar aus«, begrüßte mich Mia nicht gerade taktvoll, aber diese direkte Art gehörte eben zu ihr.

»Für eine Beerdigung war es sehr schön. Alle haben so viele tolle Erinnerungen an Helke geteilt und so bedeutende Worte gefunden, warum sie ihnen fehlt. Nur ich hatte nichts vorbereitet. Irgendwie habe ich allerdings das Gefühl, Bent hatte das erwartet.« Meine Augen suchten den alten Mann, der trotz der zahlreichen Menschen um sich herum verloren wirkte.

»Dann halte doch nachher einfach eine Rede«, schlug meine Freundin vor. »Helke hat so viel für die *Meerhexe* getan und wird in ihr auf jeden Fall weiterleben. Eine Rede von dir passt sicher besser hierher als an ein Grab auf einem Friedhof.«

Überrascht sah ich sie an und nickte. »Danke, Mia. Das ist wirklich eine hervorragende Idee. Ich werde mich kurz frisch machen, damit man mich wieder auf die Gäste loslassen kann. Könntest du bitte derweil die Getränke und das Essen servieren? Und du, Eike«, ich drehte mich zur Küchentür um, »sorgst bitte dafür, dass ausreichend Nachschlag für eine zweite Runde bereitsteht und wir genug heißes Wasser haben. Wenn alle kommen, die auf dem Friedhof waren, reichen die fertigen Sachen nicht allzu weit.« Schnell wandte ich den Blick von ihm ab und rauschte Richtung Mitarbeitertoilette davon.

Dort angekommen verschloss ich die Tür und lehnte mich einen Augenblick mit dem Rücken daran. Warum musste mir unsere Trennung gerade jetzt so sehr zu schaffen machen? Natürlich, die Beerdigung hatte mir vor Augen geführt, wie endlich das Leben war, und dass uns am Ende immer viel zu wenig Zeit mit den Menschen blieb, die wir liebten, aber Eike liebte mich ja ohnehin nicht mehr. Für sinnlosen Liebeskummer gab es wahrlich andere Momente, doch zumindest meine Tränen würden heute auf die aktuellen Geschehnisse geschoben werden. So musste es mir wenigstens nicht gelingen, mich permanent im Griff zu haben.

Ich ging zum Waschbecken und betrachtete mich im Spiegel. Meine Wimperntusche war verlaufen und hatte neben großen Pandaaugen auch viele Spurrinnen auf meinen Wangen hinterlassen. Eilig schnappte ich mir die Wattepads und den Make-up-Entferner, die sich in einem kleinen Schränkchen hinter dem Spiegel verbargen. Man konnte nie wissen, wann es einmal nötig war, sich abzuschminken, behauptete Mia stets und gerade musste ich ihr wohl zustimmen.

Die gleichförmigen Bewegungen mit dem weichen Material auf der Haut beruhigten mich ein bisschen. Ich versuchte, meine Atemübungen zu machen, um etwas zur Ruhe zu kommen, während gleichzeitig mein Kopf auf Hochtouren ratterte, und begann, eine Rede zu formulieren.

Schließlich hatte ich beides, ein sauberes Gesicht und eine Ansprache, von der ich zwar das Gefühl hatte, dass sie Helke nicht im Geringsten gerecht werden konnte, aber was konnte das schon? Die schönsten Reden waren letztlich nichts weiter als ein Haufen Worte, die neben der verlorenen Person blass und grau wirkten. Das Schillern eines Menschen und seines Wirkens ließ sich nicht in ein paar Sätze bannen, mehr als eine Ahnung seines Wesens konnten sie niemals sein.

Ein letztes Mal hielt ich die Handgelenke unter den kalten Wasserstrahl, dann trocknete ich mich ab und trat mit festen Schritten zurück in die Gaststube. Inzwischen schienen alle oder zumindest die meisten Gäste eingetroffen zu sein, denn das Café war bis auf den letzten Platz belegt. Sie füllten Tee und Kaffee in die Tassen, stapelten Kuchen und Schnittchen auf ihren Tellern und Mia hatte alle Hände voll damit zu tun, die leeren Kannen und Platten gegen gefüllte auszutauschen. Es wurde höchste Zeit, dass ich ihr half, doch vorher hatte ich etwas zu erledigen.

Lautstark klatschte ich in die Hände, um die Aufmerksamkeit der Norderwitter zu bekommen. Wenn ich eine Rede halten wollte, war jetzt der richtige Moment, ehe es im Verlauf der Feier wieder lockerer und fröhlicher wurde.

Ein Kopf nach dem anderen wandte sich zu mir um, mein Blick allerdings hing an Bent. Ob der Rest mir zuhörte, zählte für mich nicht viel, solange er die Ansprache nicht störte. Dass ihr Mann hörte, was ich über seine Frau zu sagen hatte, bedeutete mir jedoch alles. Als auch seine Augen endlich ihren Weg zu mir fanden, schöpfte ich noch einmal Atem und faltete die Hände vor dem Bauch, um mein Zittern zu verbergen.

»Liebe Freundinnen und Freunde von Helke, lieber Bent.«

Ein Raunen ging durch die Menge, aber ich hatte die Reihenfolge bewusst so gewählt.

»Als in der *Meerhexe* mitten in der Nacht das Telefon klingelte und du dich gemeldet hast, ahnte ich schon nichts Gutes. Wie schrecklich es tatsächlich ist, kann ich selbst jetzt nicht wirklich fassen. Dass Helke nicht mehr Teil unserer Mitte, Teil deines Lebens ist, schaffe ich bis heute kaum zu realisieren. Gemeinsam habt ihr mich in Norderwitt aufgenommen, mir geholfen, dieses Café in neuem Glanz erstrahlen zu lassen, und seid häufig mit euren Freunden hergekommen, damit jeder sehen konnte, worauf ihr so stolz seid. Doch nicht bloß das: Ihr seid Eike und mir wundervolle Freunde geworden und gleichzeitig ein bisschen die Eltern, die wir uns immer gewünscht haben. Auf einmal sollen wir Abschied nehmen. Sollen Helke begraben und unser Leben ohne sie meistern, ohne sie weiterlachen und weiterleben.«

Aus den Augenwinkeln nahm ich wahr, dass einige die Köpfe gesenkt hatten, andere zustimmend nickten.

Meine Lippen bebten verräterisch und in meinen Augen sammelten sich Tränen. »Ich kann nicht ermessen, lieber Bent, welchen Schmerz Helkes Dahinscheiden dir nach über vierzig Jahren Ehe bereitet, aber bitte wisse, dass sie in der *Meerhexe* stets einen Platz haben wird.«

Mit einer wackligen Geste wies ich auf den Platz, an dem Bent saß. »Dort war in den letzten Jahren ihr Lieblingsplatz und es wird weiterhin ihrer sein, denn wir werden unser Wandbild um ihr Gesicht ergänzen. Als Sonne wird sie auf den Kapitän und seine Seehunde herabscheinen und über sie wachen. Sie wird auch in Zukunft Licht und Wärme in die *Meerhexe* bringen, wie sie es bereits zu Lebzeiten immer getan hat. Es ist zwar nur ein schwacher Trost, den ich dir schenken kann, und doch hoffe ich, es kann dir zumindest ein kleiner sein, lieber Bent.«

Die übrigen Trauergäste applaudierten und stimmten ein begeistertes Gemurmel an.

Ich jedoch schluchzte auf und wischte mir hastig mit dem Ärmel über die Augen. Es schien mir deplatziert, dauernd zu weinen, wenn Bent selbst noch keine Träne vergossen hatte. Als ich wieder klarer sehen konnte, stand er plötzlich mit feuchten Augen vor mir und schaute mich das erste Mal an diesem Tag richtig an.

»Vielen Dank, Lina. Du weißt überhaupt nicht, was dein Geschenk mir bedeutet. Es gäbe keinen besseren Platz, an dem ich meine Helke verewigt wüsste, als in deiner *Meerhexe*. Sie war schon zu Maries Zeiten unser liebster Ort, aber unter deiner Führung wurde sie unser zweites Zuhause. Du bist ihr die Tochter gewesen, die uns stets verwehrt geblieben ist, und Eike der Sohn. Die letzten eineinhalb Jahre waren die schönsten unseres Lebens und du gewährst ihr einen Platz in unserem persönlichen Paradies. Vielen, vielen Dank.« Tränen rannen aus seinen Augenwinkeln und er schämte sich nicht, sie fließen zu lassen, während er mich in eine feste Umarmung zog.

Lina

Nachdem mittags ohnehin das ganze Dorf in der *Meerhexe* gewesen war, hatte ich angekündigt, dass ich das Café bereits um einundzwanzig Uhr schließen würde. Da nun jeder Bescheid wusste, konnte ich davon ausgehen, dass niemand vor verschlossenen Türen stehen würde. Gäste von außerhalb kamen um diese Jahreszeit selten zu vorgerückter Stunde, sodass ich diese Wahrscheinlichkeit definitiv vernachlässigen konnte und es auch hatte. Jetzt jedenfalls lag ich mit einem gut gefüllten Glas Rotwein und einer großen Schüssel Mousse au Chocolat in der dampfenden Badewanne und versuchte, mich zu entspannen. Der angenehme Duft des Kokos-Vanille-Schaumbads und das leise Ploppen der platzenden Schaumbläschen beruhigten meinen rotierenden Geist. Ich spürte, wie mein Herzschlag langsamer wurde und die Atmung ruhiger. Die letzten Tage waren enorm anstrengend und kräftezehrend gewesen. Ich hatte viel zu wenig

Schlaf und Pausen abbekommen, weil ich an den Vormittagen Bent mit verschiedenen Dingen geholfen und ab mittags in der *Meerhexe* gearbeitet hatte. Wenn ich zu Hause ankam, sprang nicht mehr als eine Dusche heraus, dann war es höchste Zeit ins Bett zu gehen, denn der Wecker klingelte bereits um fünf Uhr dreißig. Erst nun, da ich die Zeit hatte, darüber nachzudenken, merkte ich, wie arg mich das alles geschlaucht hatte. Es war ein Notfall gewesen und mit genügend Adrenalin im Blut war es mir auch gelungen, gegen meinen Biorhythmus zu leben, aber die Quittung dafür würde ich sicher bekommen.

Müde sank mein Kopf an das Nackenkissen und ich gönnte mir einen kräftigen Schluck aus dem Weinglas. Zum Glück bloß noch morgen und anschließend endlich ein freier Tag. Obwohl ich so viel für die Adventszeit erledigen musste, würde ich den Montag zum Ausschlafen nutzen. Es half mir nichts, die nächste Woche ebenso übermüdet zu bestreiten wie diese. Bevor ich mich allerdings zu sehr von der Vorfreude einnehmen ließ, wandte ich mich lieber dem Hier und Jetzt zu. Schließlich wartete vor meiner Nase eine riesige Portion Schokomousse darauf, von mir verputzt zu werden.

Lächelnd genoss ich die ersten Löffel der Zuckerbombe, dann trank ich einen weiteren langen Schluck, denn die saunaähnlichen Zustände im

Badezimmer und das heiße Bad brachten mich sogar unter Wasser zum Schwitzen. Während ich mehr Zucker in mich hineinschaufelte, wurde mir auf einmal wieder bewusst, warum ich dieses Bad nehmen wollte. Eike.

Auch wenn unsere Trennung so reibungslos verlaufen war, dass ich es selbst kaum verstehen konnte, dass es wirklich vorbei war, fehlte mir eine Auszeit. Jeden Tag war er im Café, arbeitete an meiner Seite, unterhielt sich mit mir und lächelte sein wunderschönes Lächeln, in das ich mich damals verliebt hatte. Eine Träne rollte meine Wange hinunter, als mir klar wurde, dass es seither genau wie früher war. Sein Lächeln blieb Mia und den Kunden vorbehalten, für mich hatte er dieselben alten, oberflächlichen Floskeln herausgekramt, die wir in den besseren Zeiten vor unserer Beziehung gepflegt hatten. Obwohl er mir gegenüber weiterhin nett war, erreichte die Freundlichkeit nie seine Augen. Überhaupt, seine Augen passten nicht ins Bild. Sie wirkten seltsamerweise traurig und verloren, dabei hatte er doch mich verlassen. Müsste er dann nicht gut drauf sein?

Hey, Lina, so läuft das aber nicht, ermahnte ich mich. Du wolltest hier deinen Frust rauslassen, Eike hinterherheulen und anschließend über ihn wegkommen. Deswegen stopfst du gerade Unmengen Schokozeug in dich hinein. Nicht, um dir irgendwelche Hoffnungen einzureden. Reiß dich zusammen … oder lieber nicht … heulen ist okay … hoffen nicht.

Meine innere Stimme hatte recht. Inzwischen hatte ich die halbe Schüssel Mousse verdrückt, das riesige Glas Wein geleert und die Frustration war kein bisschen kleiner. Wie auch? Eike hatte mich extrem ungerecht behandelt. Bloß weil er ein Weiberheld gewesen war und mich erobert hatte, fiel ich sicher nicht auf jeden rein, der mir schöne Augen machte. Wie kam er überhaupt auf diese bescheuerte Idee? Er war mein erster Freund gewesen. Mein erster Kuss, der erste Mann, dessen unheimlich tollen, nackten Körper ich berühren durfte, mein erster Sex. Mein ganzes Leben zuvor hatte nur aus Unzulänglichkeiten und Ablehnung bestanden, aber kaum zog ich ans andere Ende Deutschlands, wurde aus mir die absolute Aufreißerkönigin. Einen festen Freund, an jedem Finger fünf weitere Lover, mit denen ich zwischendurch rummachte, und am besten noch ein paar Damen dazwischen, denn nach den Wirrungen mit Mia hatte Eike mir eh nie komplett abgenommen, dass ich nicht bisexuell war.

Wütend schlug ich mit der flachen Hand auf die Wasseroberfläche, sodass die Tropfen und der Schaum durchs Badezimmer spritzten. Eine besonders dicke Schaumflocke landete auf dem restlichen Essen. Angewidert verzog ich den Mund, beugte mich über den Wannenrand und schob die Schüssel auf den Boden. Vielleicht besser so, bevor mir schlecht wurde.

Lieber zurück zu Eike. Wenn er einen Minderwertigkeitskomplex hat und in jedem einen Feind sah, hätte er mit mir reden sollen, statt mir Vorwürfe zu machen. Für Selbstzweifel und dererlei Kram war in unserer Beziehung nämlich ich zuständig gewesen – und auch jetzt meldete sich wieder eine kleine Stimme in meinem Unterbewusstsein und fragte mich, ob Eike nicht womöglich recht hatte.

»Spinnst du?«, rutschte es mir laut heraus. »Wie kannst du dir so einen Mist einreden?« Ich war so sauer auf mich selbst, dass ich nicht einmal mehr leise denken konnte, sondern meinen Ärger rauslassen musste. »Du warst nie mit einem anderen zusammen, hast niemandem schöne Augen gemacht, nicht fremdgeküsst, geschweige denn Darüberhinausgehendes. Keiner der Kerle, die dir Komplimente zugeraunt haben, hat dich nur im Ansatz weiter interessiert, als es für eine Beziehung zwischen Bedienung und Kunde üblich ist. Du hast Eike dauernd gesagt, dass du ihn liebst, dass er der Einzige für dich ist, und hast ihm dein absolutes Vertrauen geschenkt, sogar in einer Zeit, in der du kaum welches hattest. Was könntest du Falsches getan haben?« Je länger ich mit mir schimpfte, desto leiser und schwächer wurde meine Stimme.

Meine Rechte, die immer wieder aufs Wasser eingeschlagen hatte, wurde zunehmend kraftloser und glitt schließlich matt neben mir in die Wanne. Die Wut in meinem Bauch verpuffte langsam und am Ende blieb einzig endlose Traurigkeit über den Verlust. Das erste Mal seit unserer Trennung hatte ich Zeit für meine Gefühle und diese zwangen mich nun mit Gewalt, mich ihnen zu widmen. Schluchzend sank ich ins Wasser zurück, drehte mich zur Seite in eine Embryonalstellung und ignorierte den Schaum und die kleinen Wellen, die mir ins Gesicht schwappten. Heiße Tränen mischten sich mit dem erkaltenden Kokoswasser und jetzt endlich, da ich nicht mehr für andere stark sein musste, erlaubte ich mir, schwach zu sein. Erlaubte mir, in meinem Kummer zu versinken und mich ihm vollends zu ergeben.

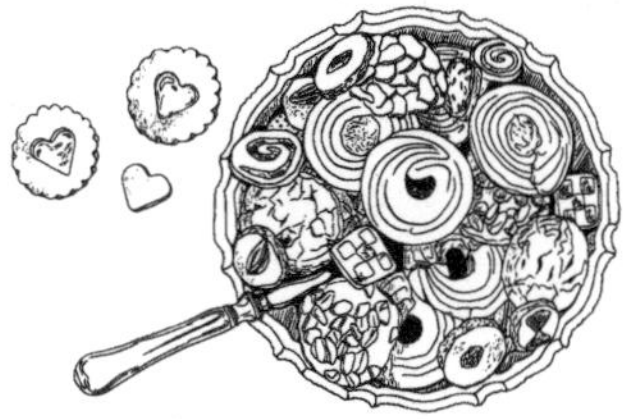

Eike

Ich grübelte. Machte es wirklich Sinn, so spät noch ins Auto zu steigen und nach Wittmund zu fahren? Andererseits, wann käme ich in den nächsten Monaten zu dem Vergnügen, am Wochenende auszugehen? Freitag- und Samstagabend hatten wir regulär bis Mitternacht geöffnet, und wenn die jungen Leute länger bleiben wollten, überzogen wir auch gerne das eine oder andere Stündchen. Unsere Genehmigung hatte sich Lina gleich bis morgens um vier ausstellen lassen, um allen Eventualitäten vorzubeugen.

»Verdammt«, fluchte ich. Schon wieder. Egal, woran ich dachte und was ich versuchte, um meine eigenen Entscheidungen zu treffen, mein Hirn fand immer eine Möglichkeit, über irgendeinen Umweg Lina ins Spiel zu bringen. Höchste Zeit, das vehement zu unterbinden, indem ich endlich mal Urlaub nahm und auf die Inseln fuhr, um zu feiern. Auf Juist gefiel es mir am besten, aber um diese

Uhrzeit kam ich dort nicht hin. Wittmund bot auf dem Festland eine gute Alternative. Ein paar Drinks kippen, sexy Frauen kennenlernen, ein bisschen flirten ... vielleicht ergab sich ja sogar mehr. Mir war alles recht, das mich von Lina ablenkte, und schließlich war ich jetzt Single. Ich schuldete niemandem etwas, außer mir selbst. Allerdings sollte ich mir wohl besser ein Taxi leisten, denn ich hatte vor, mir gehörig einen hinter die Binde zu gießen. Nach dem heutigen Tag war das jedoch mein geringstes Problem. Die Trauerfeier hatte reichlich Trinkgeld abgeworfen und das würde ich nun auf den Kopf hauen.

Mit einem Blick auf die Uhr bestellte ich mir eine Taxe, die in einer halben Stunde eintreffen würde, und sprang kurz unter die Dusche. Wenn ich noch was vom Abend haben wollte, musste ich mich beeilen.

Um Punkt dreiundzwanzig Uhr drückte ich dem Fahrer ein paar Scheine in die Hand und stieg aus dem alten Mercedes. Der Opa, der mich gefahren hatte, hatte echt die Ruhe weggehabt.

»Soll ich dich nachher abholen, Junge?«, rief er mir hinterher, aber ich schüttelte den Kopf. Erst mal wollte ich sehen, wie sich der Abend entwickelte, bevor ich mich auf eine Zeit für die Heimfahrt festlegte.

Laute Musik dröhnte mir aus dem Klub entgegen, der es irgendwie schaffte, gleichzeitig Disco- und Kneipengefühl zu verbinden. Heute schien keine besondere Veranstaltung zu sein, womit ich mir zumindest den Eintritt sparte. An der Menschenmenge vorbei, die hier trotz des feuchtkalten Wetters feierte, drängelte ich mich Richtung Bar. Vor mir wuchtete sich gerade ein korpulenter Mittvierziger, der aussah, als hätte er definitiv genug gehabt, von einem Hocker. Sein schweißiger Geruch brachte mich kurz zum Würgen, als er sich mit in die Höhe gestreckten Armen an mir vorbeiquetschte und mir seine Achselhöhle dabei einen Moment lang unter die Nase hielt.

Schnell ließ ich mich auf die Sitzgelegenheit fallen und atmete so gut durch, wie das in einer Disco eben ging. Der Gestank von zu vielen verschiedenen Parfüms, von Alkohol und Schweiß hing penetrant in der Luft und würde sicherlich nicht einmal aus dem Gebäude entweichen, wenn man es eine Woche lang lüftete.

»Was darfs denn sein, Junge?«, dröhnte die Stimme des Barkeepers hinter dem Tresen hervor. Er war bereits ein wenig älter, grinste aber begeisterter als seine jungen Kollegen.

»Einen Jacky Cola, bitte«, rief ich gegen die laute Musik an, legte einen Schein auf die Theke und blickte mich dann im Klub um. Wie üblich herrschte starker Männerüberschuss, meine Chancen standen bei genauerem Hinsehen trotzdem nicht schlecht. Die meisten Kerle waren deutlich älter als ich oder stellten sich so plump an, dass die hübschen Frauen vor ihnen flohen. Flirten wollte eben gelernt sein.

»Ein Jacky Cola und dein Wechselgeld«, ertönte es dicht neben meinem Ohr und ich wandte mich schnell wieder um.

»Danke dir«, murmelte ich und ließ ein paar Cent Trinkgeld liegen, das der Alte sich grummelnd einsteckte. Vermutlich hatte er mit mehr gerechnet, doch er würde schon auf seine Kosten kommen. Je nachdem wie der Abend lief, würden noch so einige Drinks folgen.

Ich hob das Glas an, schwenkte kurz die Flüssigkeit darin, bevor ich es auf Ex hinunterschüttete und mit einem Knall auf den Tresen zurückstellte. Zumindest ging ich davon aus, dass es einen Knall gegeben hatte, denn die Musik übertönte auch diesen. Gerade wechselten die trägen Oldies zu einem aktuellen Popsong und direkt strömten ein paar sehr attraktive Ladies auf die Tanzfläche. Eine von ihnen hatte es mir gleich angetan. Sie hatte honigblonde Haare und eine Figur, mit der sie sicher Model werden konnte. Um diese zu betonen, trug sie hochhackige Pumps zu einem knappen weißen Kleid, das weniger verdeckte, als es präsentierte, und durch die hohe Luftfeuchtigkeit sogar mehr, als der Trägerin wahrscheinlich lieb war.

Hastig sprang ich von meinem Hocker und schob mich durch die Menge auf sie zu. Ihre Hüften bewegten sich im Takt der Musik und ihre riesigen Melonen … ich musste sofort aufhören, auf ihre Melonen zu starren, sonst riskierte ich, dass sich in meiner Hose eine ähnlich große Beule zeigte wie in ihrem Ausschnitt. Schnell ließ ich den Blick über ihr Umfeld gleiten, um herauszufinden, ob sie vielleicht einen Typen dabei hatte, doch es sah gut aus. Die Kerle in ihrer Nähe beschäftigten sich so verschämt mit ihren Kurven, dass es offensichtlich war, dass keiner von ihnen je ein Wort mit ihr gewechselt hatte.

Meine Tanzkünste waren in den letzten Monaten zwar etwas eingestaubt, da ich mit Lina nie in Klubs gegangen war, allerdings hatte ich meinen Hüftschwung bei anderer Gelegenheit trainiert. »Grrrrr«, kam ein leises Knurren über meine Lippen. Lina. Von ihr würde ich mir ganz sicher nicht den Abend kaputtmachen lassen. Mit einem flinken Schritt zur Seite beförderte ich mich hinter die unbekannte Schönheit und tanzte sie an.

Ihr Kopf schnellte herum, überrascht, aber keinesfalls abgeneigt – niemand, der ein solches Kleid trug, wollte nicht wenigstens beachtet werden –, und musterte mich von Kopf bis Fuß, während ihr

Hinterteil weiterhin verführerisch wackelte. Offenkundig gefiel ich ihr, denn sie drehte sich wieder um und tanzte ein wenig rückwärts, sodass ihre Pobacken und ihre Haare mich bei jeder ihrer Bewegungen streiften.

Ich ließ mich von der Musik treiben, passte mich ihrem Rhythmus an und genoss jede ihrer ach so zufälligen Berührungen. Mal sehen, wohin das noch führte.

Lina

Mit einem mulmigen Gefühl stand ich vor dem Altenheim, um Oma zu besuchen. Eike hatte mir gestern mitgeteilt, dass er heute auch vorbeischauen würde. Da er morgens deutlich vor mir aus den Federn kam, dürfte er inzwischen längst weg sein und Oma bereits bestens informiert. Ob er ihr gesagt hatte, warum er sich von mir getrennt hatte? Vermutlich. Etwas anderes hätte Oma sicherlich nicht gelten lassen bei so einer Nachricht. Wie würde sie wohl reagieren?

Ohne dass ich eine Chance hatte, darüber nachzudenken, ob ich nicht lieber umkehren wollte, hatten meine Füße mich zu ihrem Zimmer getragen. Zaghaft hob ich eine Hand, um zu klopfen, als die Tür geöffnet wurde.

Eike trat aus dem Raum und schien über unser Zusammentreffen nicht gerade erfreut. »Moin Lina, na dann kannst du ja gleich rein.« Der spöttische Unterton in seiner Stimme war mir nicht entgangen, und dass er mir die Tür aufhielt, hatte ich gewiss ebenfalls nur Oma zu verdanken.

»Zu freundlich, Eike. Vielen Dank«, grummelte ich, ehe ich an ihm vorbei in den Raum schlüpfte und demonstrativ kontrollierte, dass er die Tür ordentlich schloss. Anschließend streifte ich mir in dem winzigen Flur die Schuhe von den Füßen und tappte weiter, direkt in Omas Wohn- und Schlafbereich. »Hallo Omi, schön dich zu sehen«, rief ich, sobald sie mich sah, und fiel ihr zur Begrüßung um den Hals. »Schön, dich wiederzusehen. Es tut mir sehr leid, dass ich dich bei der Trauerfeier von unserem Seniorenbus habe rumfahren lassen. Ich hatte einfach zu viel zu tun, um mich selbst darum zu kümmern.« Zerknirscht und mit einem reichlich schlechten Gewissen schaute ich sie an, doch sie winkte lachend ab.

»Ach, Kindchen, natürlich hattest du zu viel zu tun. Wäre es anders gewesen, müsste ich jetzt ein paar ernste Worte mit dir reden, aber du hast das wunderbar hinbekommen. Alle wurden bestens versorgt, der Aufwand für das Personal hielt sich in Grenzen und die Geste mit der Sonne für Helke«, sie schniefte, »ganz wundervoll. Etwas Besseres hättest du dem alten Bent in diesem Moment nicht geben können.« Sie lächelte mich strahlend an und grinste. »Ich habe gewusst, dass du genau die passende Nachfolgerin für die *Meerhexe* bist, und spätestens am Samstag hast du es auch den letzten Zweiflern bewiesen, die heimlich auf dein Scheitern gewartet haben.« Sie drückte meine Hand.

Über so großes Lob musste sogar ich schmunzeln.

»Ist schon gut, Oma, es hat sich einfach richtig angefühlt. Da war nichts dabei. Ich wusste selbst nicht, dass ich es sagen würde, bis es mir mitten in der Rede spontan einfiel.«

Während Oma protestierte, dass ich mein Licht nicht unter den Scheffel stellen sollte, packte ich den Korb aus, den ich ihr wie immer mitgebracht hatte. Darin befanden sich wie jeden Montag frisch abgemischt ihre Lieblingsteesorte und ein Blech Teekuchen mit Lebkuchenkruste, den sie sich über die Woche einteilen konnte … oder morgen ihr komplettes Seniorenkaffeekränzchen damit durchfüttern; das war wohl wahrscheinlicher. »Bitte schön, deine Lieferung.«

»Danke, meine Kleine, sehr lieb von dir. Du versorgst mich wieder einmal hervorragend, obwohl du so vieles im Kopf hast. Was ist das denn mit Eike? Er meinte, ihr würdet eine Pause voneinander machen, im Augenblick wäre es zu kompliziert mit euch.« Sie sah mich mit schiefgelegtem Kopf an. »Das sind ja wirklich unschöne Entwicklungen, obwohl ich es nach deinem letzten Bericht schon befürchtet hatte. Magst du erzählen, weshalb es jetzt eskaliert ist?«

Hastig schüttelte ich den Kopf. Nicht zu fassen, was Eike da für einen Unsinn erzählte. »Da gibt es nichts zu sagen, Oma, außer dass er dir nicht gänzlich reinen Wein eingeschenkt hat … wir legen keine Pause ein. Wir haben uns getrennt. Die Gründe dafür sollte er besser kennen als ich. Im Großen und Ganzen haben wir unsere Kommunikationsprobleme nicht in den Griff bekommen und können uns kaum in die Augen schauen.« Müde zuckte ich mit den Schultern. »Ich weiß nicht, warum er letztlich Schluss gemacht hat und davongelaufen ist. Das spielt auch keine Rolle. Es gibt noch mehr Kerle und vor allem erst mal das Weihnachtsgeschäft. Da haben wir ohnehin alle Hände voll zu tun. Für Gejammer und Beziehungsdramen ist da gewiss kein Platz.«

Oma musterte mich längere Zeit schweigend, dann nickte sie. »Wenn du das so siehst, möchte ich dir da gar nicht widersprechen. Solltest du es dir anders überlegen und reden wollen, du weißt ja, wo du mich findest.«

»Danke, Oma.« Es tat gut, zu wissen, wo man hinkonnte, und so lächelte ich. »Bevor wir jetzt allerdings in schwierige Fahrwasser geraten, lass uns lieber über deine Rezepte sprechen. Ich habe einiges davon getestet und es schmeckt wirklich hervorragend. Manches muss ich heute Abend ein wenig optimieren, aber das schaffe ich sicher.«

Oma schüttelte nur mit dem Kopf, sah mich einen Moment mit gerunzelter Stirn an und stieg schließlich doch in das Gespräch ein. Dass sie ungern das Thema wechselte und ihr mein Verhalten, sobald es um meine Gefühle ging, missfiel oder eher Sorgen bereitete, hatte ich sehr wohl verstanden. »Wie hast du dir das mit den neuen Sorten nun gedacht? Die Trauerfeier hat dich ja ziemlich zurückgeworfen in deiner Zeitplanung. Schafft ihr es denn überhaupt, genügend Plätzchen vorzubereiten bis Sonntag?«

Ich grinste breit. »Ja, ich habe mir etwas Neues einfallen lassen, sodass wir anders agieren können als in den letzten Jahren. Für unsere Gäste wird es bestimmt spannend werden und mit Glück verteilt es auch für Eike die Arbeit gleichmäßiger.« An dieser Stelle machte ich eine dramatische Pause, um ein bisschen die Spannung zu erhöhen. Wenn ich schon sonst nie die Gelegenheit für solche Auftritte hatte, musste ich mir die spannungsgeladenen Präsentationen eben bei Oma raushängen lassen.

»Spann mich nicht so auf die Folter, Lina-Schatz. Du möchtest doch sicher nicht, dass ich noch sterbe, bevor du mir dein Konzept verraten hast, oder?« Sie zwinkerte mir zu und blickte mich neugierig an.

»Na gut«, sagte ich gedehnt, »aber gestorben wird nicht.« Streng musterte ich Oma, ehe ich mich schnell wieder dem schönen Thema zuwandte. Drama wollte ich momentan lieber aus meinem Leben streichen. »Wir werden einen Plätzchenadventskalender machen. Zum ersten Advent gibt es unsere Kaffeegebäcke wie Stollen, die Teekuchen- und Teebrötchenvariationen und eine Handvoll klassischer Plätzchen wie Zimtsterne, Vanillekipferl und Lebkuchen. Ab dem ersten Dezember präsentieren wir täglich eine neue Sorte, entweder etwas von mir Kreiertes oder eine aufwendigere Sorte, die wir normalerweise zeitlich nicht unterkriegen würden. Jede Plätzchenart gibt es genau eine Woche, dann verschwindet sie aus dem Sortiment, damit es für Eike nicht zu arbeitsintensiv wird.« Voller Enthusiasmus strahlte ich sie an. »Was hältst du davon?«

Lina

Nachdem Oma von meiner Idee begeistert gewesen war, brauchte ich morgen bloß noch Eike überzeugen. Bis dahin würde ich meine Zeit allerdings anderen Sachen widmen. Es gab einige Rezepte, die ausgefeilt und weiterentwickelt werden mussten, und die Teemarmelade, die ich aus unseren beliebtesten Teesorten herstellen wollte, wartete ebenfalls darauf, ausprobiert zu werden.

Meine Adventskalenderidee hatte freilich einen entscheidenden Nachteil: Der Lagerplatz in der *Meerhexe* wurde erst recht knapp. Die vielen Marmeladensorten, die wir auch für die Stollen und die Teebrötchen in nicht gerader kleiner Menge benötigten, würden allein ziemlich an unserer Lagerkapazität nagen. Dafür fand sich jedoch am ehesten eine Lösung, da man die Gläser einfach im Regal stapeln konnte. Somit reichte es, daran zu denken, einen Umzugskarton mitzubringen, um den Aktenschrank leer zu räumen und die Papiere vorerst bei mir zu Hause zu lagern. Mit den ganzen Keksdosen würde das gewiss schwieriger werden. Wir brauchten dringend mehr Stauraum, nur woher sollten wir den nehmen?

Genervt starrte ich gegen die Decke des Büros, in dem ich mich für die weitere Planung niedergelassen hatte. Kochen und backen ließ sich in der *Meerhexe* ohnehin leichter, schließlich war sie schon eher für die Herstellung größerer Mengen ausgelegt, im Gegensatz zu meiner Küche. Im Augenblick allerdings galt es zunächst einmal hochzurechnen, wie viele Gläser Marmelade pro Gebäcksorte wir brauchen würden, denn diese sollten am besten vor dem Wochenende eingekocht sein. Glücklicherweise hatte ich keine Geschmacksrichtungen ausgesucht, für die wir erst aufwendig Obst verarbeiten mussten. Wir konnten stattdessen auf fertige Grundmarmeladen zurückgreifen, die ich von regionalen und fränkischen Biohöfen geordert hatte, und die wir bloß aufkochen und mit unseren Zusätzen mischen mussten. Damit verringerte sich der Zeitfaktor zum Glück ein gutes Stück, trotzdem blieb der größte Aufwand die Vorbereitung der Gläser und das Abwaschen danach. Hier hatte ich jedoch keinerlei Optionen, irgendeine schnellere Lösung zu finden, da musste Eike durch.

Mit in Falten gelegter Stirn rechnete ich weiter. An einem normalen Geschäftstag verbrauchten wir ungefähr drei Marmeladengläser. Im Weihnachtsgeschäft würde es garantiert mehr werden, da sich die Leute durch unsere Variationen und Stollen probieren und die einzelnen Marmeladen testen würden. Für die verschiedenen Plätzchen benötigten wir sicherlich vier Gläser pro Sorte und Tag, an denen sie verkauft wurden. Eifrig flog meine Hand mit dem Kugelschreiber über das Papier und kritzelte eine Zahlenreihe nach der anderen auf den Block vor mir. Wie viele Öffnungstage, bereits bestellte Weihnachtsfeiern, Bestellungen vom Altenheim und von Firmen gab es? Hatten sie spezielle Wünsche oder reichten gemischte Teller? Welche internen Reservierungen und Veranstaltungen lagen für die *Meerhexe* vor? Spieleabende, Handarbeit, Weihnachtssachen basteln. Gefühlt hatte ich jeden Abend das Café voll. Nachmittags kamen zusätzlich meine übliche Kundschaft und unsere Gäste von weiter weg, denn schließlich war es uns in den letzten Monaten gelungen, uns nicht bloß eine Fangemeinde aufzubauen, sondern diese auch zu halten. Nicht ganz unschuldig daran war gewiss Mias Newsletter, den wir vierzehntägig mit tollen Bildern und Neuigkeiten verschickten … Apropos Newsletter, der musste ja ebenfalls noch raus …

Ich seufzte und starrte etwas geschockt auf die Zahl, die sich am Ende meiner Seite gebildet hatte. Eine dicke Sechzig leuchtete mir vom Papier entgegen und schien mich förmlich anzugrinsen, als wüsste sie, dass sie nicht allein bleiben würde. Damit hatte sie unglücklicherweise auch noch recht, denn sie stand nur für eine einzige von acht Marmeladensorten. Gequält stöhnte ich auf. Die Trauerfeier und die ewigen Streitereien mit Eike hatten definitiv zu viel Zeit gekostet und jetzt würde alles verdammt knapp werden. Wir mussten fast fünfhundert Gläser Marmelade in weniger als einer Woche einkochen und dazu die ganzen Stollen und sonstigen Plätzchen backen, zusätzlich zum normalen Betrieb. Das konnte niemals gut gehen.

Fieberhaft überlegte ich, wie ich die Sache in den Griff bekommen sollte, aber mir wollte partout nichts einfallen. Schließlich schnappte ich mir das Smartphone und wählte Mias Nummer. Allzu große Hoffnungen machte ich mir allerdings nicht. Sie musste ja ebenfalls ihren Lebensunterhalt verdienen und hatte bestimmt längst eine Stelle für das Weihnachtsgeschäft gefunden.

»Moin Lina«, begrüßte mich Mia freudig.

»Moin«, antwortete ich und versuchte, bei meiner nächsten Frage möglichst gut gelaunt und freundschaftlich zu klingen. »Hast du nicht Lust, in die *Meerhexe* zu kommen und ein bisschen zu plaudern? Wir haben uns schon ewig nicht mehr zu zweit getroffen. Wird doch mal wieder Zeit.«

»Wie wäre es, wenn du mich stattdessen besuchst? Dann werfen wir eine Schnulze in den Player, machen uns ein Fläschchen Prosecco auf und knabbern Popcorn dazu. Wir haben uns seit Ewigkeiten nicht außerhalb der *Meerhexe* gesehen.« Gegen Ende klang ihre Stimme etwas vorwurfsvoll und ich wusste, dass sie recht hatte.

So gerne ich wollte, ich konnte ihrem Wunsch trotzdem nicht nachgeben. »Glaub mir, Süße, ich würde mit Vergnügen alles liegen und stehen lassen und einfach zu dir kommen für einen entspannten Abend, nur leider geht das nicht. Es sind noch gefühlt tausend Dinge vorzubereiten und auszuprobieren. Ich werde wohl die halbe Nacht im Café zubringen. Aber zumindest wären wir allein. Eike ist nicht da.« Ich warf all meine Argumente in die Waagschale und hoffte, dass sie ziehen würden, es war jedoch sein Name, der den Ausschlag gab.

»Wenn das so ist, schaue ich vorbei. Vielleicht kann ich dir ja ein bisschen zur Hand gehen, während wir uns unterhalten, eins sollten wir allerdings klarstellen: Du erzählst mir endlich, was da zwischen dir und Eike los ist. Dass ihr ein dickes Problem miteinander habt, ist ja wirklich nicht zu übersehen, und wären nicht alle so mit Helke beschäftigt, wäre das sicher Dorfklatsch Nummer eins. Trotzdem wird es nicht mehr lange dauern, bis ihr an der Reihe seid, also schenk mir lieber gleich reinen Wein ein.«

Es raschelte und knackte am anderen Ende der Leitung, als würde jemand gerade in Jacke und Schuhe schlüpfen. Dann ertönte Mias Stimme wieder.

»Ich bin in fünfundzwanzig Minuten da. Renn bloß nicht weg.«

Mit einem Klicken endete unser Gespräch und das Freizeichen erklang.

So hatte ich mir das nicht vorgestellt.

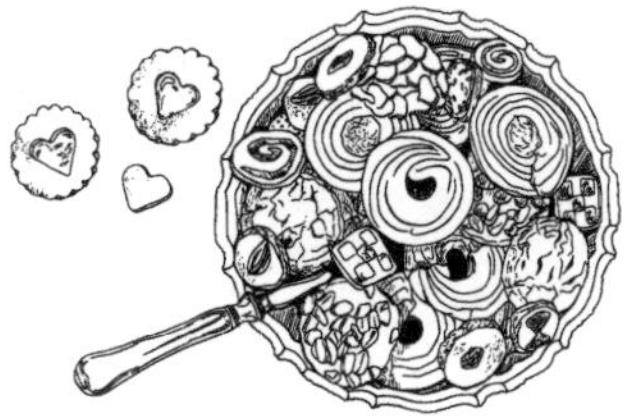

Eike

Angestrengt kämpfte ich gegen meine Gewissensbisse an. Ich hatte Marie bislang nie belogen und mir war nicht mal klar, weshalb ich es jetzt getan hatte. Lina hatte vermutlich ohnehin alles aufgeklärt. Als Lügner stand ich nun in Maries Gunst gewiss noch tiefer als der Kerl, der ihre Enkeltochter abserviert hatte.

»Arrrgh!« Ein wütender, verzweifelter Aufschrei bahnte sich einen Weg aus meiner Kehle und ließ mich zusammenzucken. Warum musste ich mir mit Gewalt alles kaputtmachen? Beziehungen konnten scheitern, das wusste sogar Marie, obwohl sie nach ihrem geliebten Mann niemanden mehr angesehen hatte. Aber Freundschaften mit Lügen zu verraten, dafür gab es keine Entschuldigung, und falls jemals herauskäme, dass ich mich keine Woche nach der Trennung bereits mit einer anderen getröstet hatte, war ohnehin jede Hoffnung verloren. In diesem Fall war ich mir nicht einmal sicher, ob Mia dann weiterhin zu mir halten würde. Lina und sie waren längst zu gute Freundinnen geworden, um darauf bauen zu können.

»Verdammte Frauen. Bringen bloß Ärger«, fluchte ich vor mich hin und schlug mit der Hand auf den feuchten Sand. Wie üblich, wenn ich vor etwas davonlief, versteckte ich mich am Meer. Der Wind, die Wellen, die Vögel ... niemand hier machte mir Vorwürfe, der Zauber der See hüllte mich ein und umgab mich wie ein schützender Kokon. So war es seit meiner Kindheit und so würde es immer sein – außer im Augenblick. Denn ich hatte einen zentralen Punkt nicht beachtet: Für gewöhnlich lief ich vor Menschen weg, vor Dingen, die mir missfielen, oder Entscheidungen, die mir dumm und ungerecht erschienen. Heute allerdings lag die Sache ein wenig anders. Ich war vor mir selbst geflohen. Versuchte, vor meinen eigenen Fehlern und meiner Blödheit davonzulaufen ... und scheiterte. Natürlich. Mich selbst hatte ich ja leider mitgenommen. Aus der Nummer kam ich also nicht raus. Bei Marie konnte ich mich bestimmt entschuldigen, sie würde verstehen, dass mich der Mut verlassen hatte, immerhin war unser Band fast noch enger geknüpft, als es meines mit Lina gewesen war. Die Geschichte mit dem Stelldichein durfte eben einfach nicht auffliegen, aber hierfür standen die Chancen zumindest nicht so schlecht. Mehr zufällig als wissentlich hatte ich mir eine Urlauberin ausgesucht, die sich nur vierzehn Tage in der Gegend aufhalten und danach ganz weit entfernt, irgendwo in der Nähe von Stuttgart, sein und vor allem bleiben würde. Sicher würde es Veronika, so hatte die Kleine geheißen, nicht nach Norderwitt verschlagen. Sie hatte ebenfalls gerade eine Trennung hinter sich und war auf der Suche nach Abenteuern und Ablenkung gewesen. Wieso sie dafür allerdings um diese Jahreszeit an die Nordsee und nicht in die Berge zum Après-Ski fuhr, konnte ich mir nicht erklären. Ich musste ihr mit meinen Schmeicheleien und den Gratisdrinks auf jedenfalls sehr recht gekommen sein, denn ehe ich mich versah, hatte sie mich mit in ihre Ferienwohnung genommen. Für einen winzigen Moment dachte ich an Lina, als Veronika ihre wenigen Hüllen fallen ließ, dann hatte ich die Bedenken beiseite gedrängt – wohl auch ob des Alkohols, der mir die Sinne langsam vernebelte. Bei jedem Kompliment, jedem Spruch, jedem Küsschen im Klub war Lina in meinem Kopf erschienen und jedem Auftauchen war ich mit einem Schnaps zu Leibe gerückt. Vielleicht war das im Nachhinein nicht die cleverste Idee gewesen, aber später war man ja immer schlauer. Als Trost blieb mir bloß, dass der Sex mit Veronika unglaublich gut gewesen war. Wenn ich wegen eines einzigen Ficks schon alles aufs Spiel setzte, musste es sich wenigstens lohnen ... und ja, das hatte es sich definitiv. Wir waren wie zwei wilde Tiere, die ausgehungert nach frischem Fleisch, von dem sie zu lange nicht mehr hatten kosten dürfen, übereinander hergefallen. Laut, ungezügelt und so heftig, dass es teilweise schmerzte. Wir konnten und wollten in diesem Augenblick nicht voneinander lassen. Doch kaum hatte ich das heiße Ejakulat in das Kondom gepumpt, das gemeinsam mit meinem Schwanz in ihrem viel zu engen Unterleib steckte, fühlte ich mich wahnsinnig schmutzig. Ich hatte Veronika ausgenutzt und sie mich. Wir hatten uns gegenseitig für etwas benutzt, das uns nur in diesem einen Moment gutgetan hatte und in jedem kommenden ausschließlich Ballast und Ärger bringen würde.

Wütend schleuderte ich Steine, Muscheln, Sand und alles, was meine Hände zu greifen bekamen, in die Wellen. »Wie kann man so blöd sein, Eike? Wie?« Ich schrie die Worte heraus, spie sie dem Meer entgegen, als hätte es eine Lösung für mich, und warf sie mir gleichzeitig selbst an den Kopf. Eine Antwort hatte ich allerdings ebenso wenig wie das Wasser vor mir, das keine Reaktion zeigte, sondern weiterhin gleichmäßig gegen meine Knöchel plätscherte.

Mittlerweile war es spät geworden, meine Füße waren halb erfroren von der eisigen Novembersee und außerdem musste ich morgen früh raus. Die

Backwaren aufstocken, für die Adventszeit vorbacken und wer wusste, was sich Lina bei ihrem heutigen Treffen mit Marie wieder hatte einfallen lassen.

Schwankend stand ich auf, hielt mich dabei an einem Felsen fest, denn meine Füße waren so durchgefroren, dass sie mich kaum tragen wollten und bei jeder Bewegung mit tausend Nadeln malträtiert wurden. Wenn es tatsächlich eine höhere Macht gab, die kleine Sünden sofort bestrafte und für größere etwas länger brauchte, dürfte meine Schonfrist wohl abgelaufen sein.

Mühsam versuchte ich, das Gleichgewicht zu finden, hangelte mich am Gestein entlang und trat schließlich fehl, weil ich mich, beseelt von dem Wunsch, am liebsten beide Füße gleichzeitig in der Luft zu haben, viel zu hastig bewegt hatte.

Geistesgegenwärtig stieß ich mich mit den Händen vom Felsen ab und bekam dadurch genügend Drall, um der Länge nach nur im salzigen Wasser und im Sand aufzuschlagen, statt auf den Klippen.

Ein heftiger Schmerz fuhr durch mein linkes Handgelenk und setzte sich wabernd und pulsierend darin fest. Vorsichtig stemmte ich mich mit der Rechten hoch, während ich die andere Seite so gut wie möglich schonte. Hoffentlich war das morgen früh besser. Ich wollte Lina nicht erklären müssen, dass ich mich in dieser stressigen Phase des Jahres durch Dummheit verletzt hatte. Zumindest meine Füße spielten jetzt wieder brav mit. Höchste Zeit, nach Hause zu gehen. Heute änderte sich an der beschissenen Lage ohnehin nichts mehr. Ich hatte es erneut so richtig eikemäßig verbockt.

Lina

»Ach weißt du, Mia, Eike kann mich mal.« Wütend schlug ich auf den Teig in der Schüssel ein. »Ich werde ihm nicht nachjammern. Er denkt ja eh, dass ich mich für alle anderen Kerle mehr interessiere als für ihn.«

»Hey, der Teig ist nicht daran schuld.« Sorgenvoll musterte mich meine Freundin. »Du regst dich aber ganz schön auf dafür, dass er dir so egal ist«, stellte sie fest und versuchte es mit einem Grinsen.

»Wie würdest du dich denn fühlen, wenn dir jemand unterstellt, dass du eine Schlampe bist?«, schoss ich zurück, behandelte jedoch den Teig zumindest etwas sanfter. Immerhin sollten es Plätzchen werden und keine knochenharten Kieferknacker.

»Bist du sicher, dass er das tatsächlich so gemeint hat?«, vergewisserte sie sich vorsichtig, wurde ob meines Blickes allerdings sehr kleinlaut. »Na, ich denke ja nur … so wie er immer von dir geschwärmt hat … das sieht ihm überhaupt nicht ähnlich.«

»Tja, so ist er wohl. Alle gut hinters Licht führen und tun, als wäre er der tollste Mensch auf Erden. Aber lass uns nicht mehr darüber reden. Wir haben so viel Arbeit und ich kann mir eindeutig schönere Unterhaltung dazu vorstellen. Wie steht es bei dir mit der Liebe? Hattest du nicht am Wochenende ein Date?« Geschickt wechselte ich das Thema. »Wie hieß sie noch gleich? Verena?«

»Veronika«, korrigierte Mia. »Und nein, wir hatten kein Date. Ich bin zum vereinbarten Treffpunkt gefahren und wir hatten auch ein nettes Gespräch, letztlich kam jedoch heraus, dass sie bi ist und Beziehungen bevorzugt mit Männern führt. Frauen sind bei ihr bloß für den schnellen Sex zwischendurch.« Sie schnaubte. »Na, du kennst mich ja. Ich stehe nicht so auf One-Night-Stands und schon gar nicht auf frustrierte Weiber, die nur mal ordentlich rangenommen werden möchten, damit sie den öden Sex mit ihrem gesellschaftskonformen Partner wieder eine Weile ertragen. Sie ist dann feiern gegangen und ich bin nach Hause gebraust. Das wollte ich mir einfach nicht geben.«

»Hei…melige Teestunde, was ist denn zur Zeit los mit den Leuten? Haben momentan alle den Verstand verloren?« Obwohl ich mir das Fluchen in der Psychiatrie abgewöhnt hatte, stellte ich in den letzten Tagen fest, dass mir immer häufiger Sachen herausrutschten, die ich in Positives umbiegen musste.

»Ach, lass stecken, Süße.« Sie winkte ab. »Irgendwie bin ich das ja bereits gewohnt. Es gibt so viele Frauen, die sich ausprobieren wollen oder nichts Festes suchen, so ist das eben. Ist doch auf dem Heteromarkt nicht anders, bloß da ist halt mehr Auswahl und es fällt vielleicht weniger auf.« Sie zuckte die Schultern. »Können wir jetzt über etwas wirklich Erfreuliches reden oder wollen wir uns an nervigen Partnerschaften beziehungsweise Nichtpartnerschaften festbeißen?« Meine sonst so fröhliche Freundin klang ziemlich genervt.

»Also …«, begann ich und hielt dann einen Moment inne. Es war vermutlich nicht gerade der beste Zeitpunkt, Mia wegen des Aushilfsjobs zu fragen.

»Ja. Was möchtest du, Lina? Du weißt, dass ich dich lange genug kenne, um zu wissen, dass du irgendwas von mir willst. Nun erzähl schon und lass dich nicht ewig bitten, ja?« Zumindest ein bisschen Amüsement lag in den Zwischentönen ihrer Gereiztheit.

Das sollte ich mir nicht verspielen, denn besser würde es aktuell kaum werden. »Weißt du«, setzte ich erneut an, »die Trauerfeier und der Zank mit Eike … Ich bin mit den Adventsvorbereitungen absolut hinter dem Zeitplan. Hier ist nicht einmal dekoriert«, ich zeigte mit der Hand Richtung Gastraum, »und ich habe auch keine Ahnung, wann ich das tun soll. Den Gästen gegenüber sage ich immer, wir machen das zum ersten Advent, um uns nicht die ganze Vorfreude zu nehmen, aber selbst wenn ich in den nächsten Tagen gar nicht mehr nach Hause fahre, schaffe ich es nicht rechtzeitig.« Resigniert schüttelte ich den Kopf.

»Und du sagst mir das alles, weil …?«

Bereits an ihrer Tonlage erkannte ich, dass sie sehr genau wusste, worauf es rauslaufen würde, trotzdem wollte sie es lieber von mir hören. »Könntest du dir vielleicht vorstellen … also falls es dir keine Umstände macht … hier bis Weihnachten auszuhelfen? Heiligabend hattest du ja ohnehin vor, einzuspringen, und ich könnte wirklich gut eine Kraft brauchen, die Vollzeit bei uns arbeitet. Bei dir flippt Eike wenigstens nicht gleich wieder aus, wenn ich dich an Bord hole.« Flehend blickte ich sie an.

»Sorry, Lina, wie stellst du dir das vor?« Die Stimme meiner Freundin war nicht so freundlich, wie ich es erwartet hatte. »Du beschäftigst mich lediglich als Saisonkraft für den Sommer, entlässt mich zum Herbst, benötigst aber dann alle naselang eine Aushilfe, die flexibel ist und einspringt.« Sie stemmte ihre Hände in die Hüften, um ihre Entrüstung zu unterstreichen. »Was glaubst du eigentlich, wie ich mir meinen Lebensunterhalt verdiene, wenn du mich nicht gerade für ein paar Tage oder Monate bezahlst?«

Ratlos zuckte ich die Schultern. Mia schlug sich immer irgendwie durch und hatte irgendwas am Laufen, doch so genau durchschaute ich ihre abwechslungsreiche Jobsituation nicht.

»Siehst du, das ist dein Problem. Für dich dreht sich alles ausschließlich um die *Meerhexe*. Ich liebe diesen Laden ebenfalls, bloß solange er nicht in der Lage ist, mich das ganze Jahr zu ernähren, ist er eben nur ein Job von vielen.« Sie holte tief Luft und atmete ein paar Mal durch.

»Entschuldige, Mia, ich wollte dich nicht verärgern.« Es tat mir ehrlich leid, dass sie scheinbar das Gefühl hatte, eine ersetzbare Aushilfskraft zu sein, deren Berufssituation mich den Rest des Jahres nicht interessierte. Allerdings hatte ich mich womöglich wirklich zu wenig mit ihr beschäftigt und bekam nun die Quittung.

»Lina, es geht nicht darum, ob du mich ärgerst. Wärst du nicht meine Freundin, wäre es mir gleichgültig, eine solche Behandlung bin ich von anderen Jobs gewohnt … aber du bist es. Und so springt man mit Freunden einfach nicht um.« Gleichwohl ihre Verärgerung genau zu hören war, sprach sie wieder deutlich ruhiger.

»Ich weiß. Es tut mir aufrichtig leid«, entschuldigte ich mich erneut, weil ich sonst nicht wusste, wie ich mich verhalten sollte. »Es ist ganz gewiss das letzte Mal, dass ich frage«, schob ich hinterher, in der Hoffnung, dass sie sich dadurch besänftigen ließ.

Mia lachte laut auf. »Natürlich ist es das. Pass auf, Lina. Ich habe ab Mittwoch einen tollen Job auf dem Weihnachtsmarkt in Jever. Sie zahlen super, zwei Euro über dem Mindestlohn, und ich bekomme Sonntagszulagen und das Trinkgeld wird durch die Standcrew geteilt. Abbauen muss ich direkt am Heiligabend, bevor ich zu dir komme, auch dafür gibt es einen Bonus. Wenn ich diesen Job sausen lasse, erwarte ich von dir, dass du Nägel mit Köpfen machst.«

Verwirrt sah ich sie an. »Was meinst du damit? Soll ich dir mehr bezahlen als der Weihnachtsmarkt? Das kriege ich sicher irgendwie hin.«

»Nein, verdammt!« Mia gab sich die größte Mühe, nicht auszuflippen, aber es fiel ihr merklich schwer.

»Himmel, Lina, stell dich doch nicht an wie das letzte Schaf. Ich will keine riesigen Gehälter für einen Monat. Ich möchte eine verfluchte Festanstellung. Das ganze Jahr über. Endlich wissen, dass ich hierher gehöre und nicht bloß ein Durchlaufposten bin, den man jederzeit ersetzen kann. Ist das denn so kompliziert zu kapieren?«

Schockiert schüttelte ich den Kopf. »Mia, zwei Euro über dem Mindestlohn, am besten noch Vollzeit, das kann ich mir überhaupt nicht leisten – und das weißt du.« In meinem Gehirn überschlugen sich die Zahlen, solche Löhne waren einfach nicht drin. Selbst Eikes Gehalt lag nur knapp über ihrer Forderung und er arbeitete seit über zehn Jahren hier. Das meiste nahmen wir über Trinkgelder ein. Zählte man alles zusammen, dann hatten wir beide ein recht anständiges Einkommen und gerade mit den Touristenboni aus den Sommermonaten konnte man sich schon das eine oder andere gönnen.

»Ach, Mensch, warum bist du so begriffsstutzig? Habe ich gesagt, dass du mir diesen Betrag bezahlen sollst? Ich weiß, wie gut man in der Gastronomie am Trinkgeld verdient, Mindestlohn ist völlig okay, trotzdem, ich will eine Festanstellung und vierzig Stunden. Ist das auch zu viel verlangt?« Herausfordernd sah sie mich an.

Ich spürte deutlich, dass sie sich, wenn ich jetzt das Falsche sagte, umdrehen und gehen würde. Unsere Freundschaft würde daran sicherlich nicht sterben, für die *Meerhexe* würde Mia es als Mitarbeiterin ganz bestimmt. »Abgemacht«, erwiderte ich deswegen hastig, obwohl ich keine Ahnung hatte, ob unsere Finanzen das hergaben. Das würde ich später nachrechnen. Manchmal musste man als Geschäftsfrau wissen, wann man ein Angebot nicht ausschlagen konnte, und Mia war im Sommer unsere beliebteste Bedienung. Ihre fröhliche Art steckte an und entlockte dem einen oder anderen

Portemonnaie schon mal ein Stück Kuchen oder ein Eis extra. Ich wusste zwar nicht, wie ich mir Mia außerhalb der Saison leisten sollte, dafür aber wusste ich eines sehr genau: dass ich es mir nicht leisten durfte, sie nicht anzustellen, wenn mir etwas an der *Meerhexe* lag.

Sie streckte mir die Hand entgegen und ich schlug ein. »So, den Vertragskram machen wir morgen. Jetzt lass mich endlich richtig helfen. Schließlich bin ich ja wieder deine Angestellte.« Mit einem breiten Grinsen im Gesicht knuffte sie mich freundschaftlich in die Seite und schnappte sich den Spülschwamm.

Lina

Der Abend mit Mia war am Ende doch noch ein voller Erfolg geworden. Von allen Marmeladensorten, die ausgestanden hatten, konnten wir erfolgreich Probierportionen kochen. Diese würden wir am kommenden Tag zum Testen an die Kundschaft verteilen, und die nächsten Plätzchensorten hatten wir ebenfalls festgelegt. Außerdem hatte ich für die ersten vier Sorten, die den Geschmackstest unserer Kunden bereits bestanden hatten, die Bestellungen fertig gemacht, damit Eike die Lieferung so bald wie möglich erhielt. Einen Großkarton Einmachgläser hatte ich sicherheitshalber dazu geordert, denn obwohl ich erst nachzählen musste, war ich mir sicher, dass Oma keine fünfhundert Gläser gebunkert hatte. Mit Glück vielleicht die Hälfte. Auch das würde uns schon eine Menge Geld sparen, da leere Einmachgläser tatsächlich mehr kosteten als billige Marmelade. Nicht dass ich deren Kauf in Erwägung zog, dennoch hatte es mich schockiert. Zumindest konnte man die Sachen wiederverwenden. Das blieb vorerst allerdings der einzige Trost.

Als Mia und ich nach Hause gingen, stand die komplette Küche der *Meerhexe* voller Bleche und Kuchengitter mit Plätzchen und anderem Gebäck. Morgen, sobald alles ausgekühlt war, würde uns garantiert schlecht werden, wenn wir uns durch die ganzen Sorten probieren mussten. Na ja, sei's drum, irgendwie gehörte das zu Weihnachten wie Tannennadeln und Christbaumschmuck.

Jetzt jedenfalls würde ich mich erst einmal mit mir selbst befassen und mir Zeit für mich gönnen. Obwohl es mitten in der Nacht war, hatte ich, nachdem ich mich am Parkplatz von Mia verabschiedet hatte, den Weg zum Strand eingeschlagen. Gerne hätte ich den Wellen gelauscht, ihnen dabei zugehört, wie sie gegen das Ufer schwappten, und mich von ihrer beruhigenden Melodie einlullen lassen. Gerade jedoch zog sich das Wasser zurück und legte das Wattenmeer frei. Bei Tage liebte ich es, den Blick schweifen zu lassen, weit entfernte Sandbänke zu bewundern, oder die großen Frachtschiffe, die am Horizont vorbeifuhren. An meinen wenigen freien Sommertagen verbrachte ich oft viele Kilometer damit, durchs Watt zu wandern, geführt zu Inseln oder einfach die Küste entlang, und sogar in diesem Moment hätte ich am liebsten meine Zehen in die dunkle Masse gebohrt.

Mit einem leisen Seufzen entschied ich mich, vernünftig zu sein. Es war eiskalt und stockfinster. Jetzt ins Watt zu gehen, glich einem Selbstmordversuch, und selbst wenn es glimpflich ausging, würde ich mir mindestens eine dicke Erkältung holen. Das konnte ich mir in der gegenwärtigen Lage ganz sicher nicht leisten. Trotz Mia würden die nächsten Tage anstrengend genug werden, ein Krankheitsfall käme da wohl einer mittleren Katastrophe gleich.

»Du denkst wieder mal bloß an die Arbeit«, murmelte ich vor mich hin und besann mich schließlich eines Besseren. Zwar hielt ich es aktuell kaum mit mir selbst aus, trotzdem durfte ich meine eigenen Gefühle nicht übergehen. Jedenfalls nicht, wenn ich sichergehen wollte, dass ich meine Depression weiterhin halbwegs unter Kontrolle hatte und nicht sie mich. In den letzten Tagen fiel mir das ohnehin viel schwerer, denn so sehr ich mich über Eike und sein Verhalten ärgerte, seine Liebe und die Überzeugung, dass es jemanden gab, der hinter mir stand, hatten mir Stabilität gegeben. Obwohl Oma natürlich diese Rolle ebenfalls bekleidete, war es mit Eike anders gewesen. Ich hatte mich schön gefühlt, begehrenswert, gewollt und vor allem auserwählt. Eben nicht wie bei einer Familienbande, die über Blut und genetisch vorprogrammierte Liebe funktionierte, sondern wirklich gewollt. Von einer Person, die mich unter zig Millionen und Milliarden Menschen auf diesem Planet ausgewählt hatte als ihre, als die eine Liebe.

Doch diese Zeiten waren vorbei. Für ihn war ich wieder nur ein Mensch unter unzähligen und seine Liebe war gewiss längst auf der Suche nach einer neuen Dame, die sein Herz erobern und ihn an meiner Stelle glücklich machte. Bald würde ich ausgetauscht worden sein, ersetzt durch etwas Besseres, wie das bei mir einfach immer lief. Nicht genug, dass ich ihm nicht gereicht hatte, nein, er musste zusätzlich noch Mitarbeiter und Mitinhaber der *Meerhexe* sein. Zu Letzterem hatte ich ihn sogar freiwillig gemacht. Wie blöd konnte man sein? Jetzt gab es gar keine Chance, dass er sich schnell aus meinem Leben verdrückte. Ewig konnte ich auf jeden Fall nicht weiter gute Miene zu diesem Spiel machen. Obwohl ich es ungern zugeben wollte, hatte ich gestern bereits gemerkt, dass, nachdem der ganze Stress mit Helkes Trauerfeier vorüber war, ich bei jeder Begegnung mit Eike am liebsten anfangen würde zu heulen. Auch gerade stiegen mir die Tränen in die Augen und ich versuchte verärgert, sie wegzublinzeln. Warum schenkte ich dem Vollidioten nur so viel mehr Aufmerksamkeit, als er verdient hatte?

Natürlich, er war meine erste große Liebe gewesen, mein erster Freund, doch genau das sollte eigentlich dafür sorgen, dass er sich einfacher vergessen ließ. Immerhin wusste jeder, dass die erste Liebe mit an Sicherheit grenzender Wahrscheinlichkeit kein Leben lang hielt. Freilich, ich war keine Teenagerin, allerdings bezweifelte ich, dass die Liebe dieser Umstand in irgendeiner Form interessierte. Sie war eigenwillig und ging die komischsten Wege – jedenfalls sagte man ihr das nach. Wieso konnte sie mich dann nicht in Ruhe lassen und mit einem anderen Herzen spielen? Musste sie ausgerechnet mir das Leben schwer machen?

Vermutlich ... Liebeskummer schien ihr Lieblingsgeschäft zu sein und trotzdem hatte ich keine Lust mitzuspielen. Ich liebte mein jetziges Leben und ich wollte nicht, dass Eike es mir kaputtmachte. Andererseits trieb mich die Situation immer tiefer ins Dunkel der Depression zurück, aus dem ich mich so verzweifelt herausgekämpft hatte seit meiner Ankunft in Norderwitt.

Ich hatte mich komplett neu erschaffen und spielte diese Rolle, die alles verkörperte, das ich mein Leben lang hatte sein wollen, nach außen hin perfekt. Niemand würde auf die Idee kommen, dass ich es hasste, wenn mich die schmierigen Kerle anflirteten, oder wie sehr ich manche der Scherze verabscheute, über die ich geflissentlich lachte. Wie sollten es Außenstehende auch? Mir war es sogar selbst entfallen, denn solange Eike in meiner Nähe gewesen war, hatte das gute Gefühl, die Bande unserer Herzen, einfach alles andere ausgeblendet. Rückblickend betrachtet verstand ich nicht, warum ich mich so gegeben hatte, schließlich hasste ich ein solches Verhalten bei meinen Mitmenschen zutiefst. So hatte ich nie werden wollen und trotzdem stand ich nun hier in der Dunkelheit; einsam, voller Kummer und Schmerz ... verlassen wegen eines Abziehbilds meines Wesens, das niemand als Abziehbild wahrgenommen hatte.

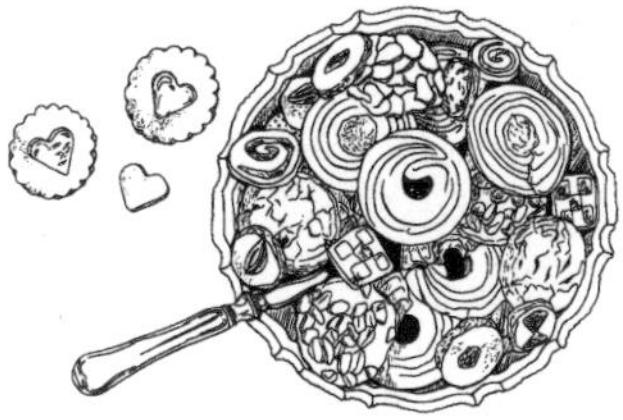

Eike

»Ich muss in die *Meerhexe*, Doktor Sandhorn! Krankschreibung ist keine Option.« Energisch sprang ich vom Stuhl hoch.

»Herr Oisterkamp, seien Sie doch bitte vernünftig. Sie müssen Ihre Hand wirklich schonen. Mit der Verstauchung können Sie weder backen noch Tabletts schleppen. Wenn Sie jetzt nicht auf sich achtgeben, kann das böse Langzeitfolgen haben.« Tiefe Falten gruben sich in die Stirn des Mediziners, der mich bereits lange genug kannte, um zu wissen, dass ich seine Warnungen nur allzu gerne in den Wind schlug.

»Doktor Sandhorn … es ist bald Weihnachten …«, versuchte ich es erneut, bis mir selbst eine Erkenntnis kam. Warum sollte ich mich mit dem Arzt streiten? Sobald ich die Praxis verlassen hatte, stand es mir schließlich frei, zu machen, was ich wollte. »Sie haben ja recht«, lenkte ich augenscheinlich ein. »Wann also soll ich zur Kontrolle kommen?«, gab ich mich einsichtig.

»In einer Woche.«

Dass mich der betagte Mann so kritisch musterte, gefiel mir gar nicht.

»Lassen Sie sich einen Termin am Empfang geben – und ... Herr Oisterkamp ... stellen Sie bitte keinen Unsinn an. Sie sind noch zu jung, um dauerhafte Schäden zu riskieren.« Eindringlich bohrte sich sein Blick in meine Augen.

Hastig sah ich zu Boden und nickte. Ich hasste es, wenn Menschen mich durchschauten. »Moin, Doktor Sandhorn«, murmelte ich daher, streckte ihm die gesunde Rechte entgegen und verließ, so schnell es ging, das Zimmer.

Wenige Minuten später stand ich mit einem dieser hässlichen gelben Zettel und einem Rezept vor der Praxis und überlegte, was ich nun anstellen sollte. Der Weg in die Apotheke erschien mir tatsächlich clever, denn immerhin waren Schmerzmittel und alles, das die Funktionalität des Handgelenks für eine Weile gewährleisten konnte, sehr willkommen. Mehr Sorgen machte mir der Stützverband, der sich von meinen Fingern über den Daumen meinen Unterarm hinaufwand und mir etliches an Bewegungsfreiheit nahm. Zumindest muss ich mit dieser Hand nicht die Gangschaltung bedienen, schoss es mir durch den Kopf. Welch schwacher Trost. In der *Meerhexe* würde ich den Unfall jedenfalls nicht geheimhalten können. Was also tun?

Auch nachdem ich meine Besorgungen erledigt hatte, war ich kein bisschen schlauer. Vielleicht sollte ich den Verband einfach abnehmen, die Krankschreibung verschwinden lassen und weitermachen wie bisher. Die meiste Zeit verirrte sich ohnehin niemand zu mir in die Küche, sodass es sicher nicht großartig auffiel, dass mir die eine oder andere Arbeit Schmerzen bereitete. Andererseits … es war die nahezu perfekte Ausrede. Obwohl ich die Weihnachtszeit in der *Meerhexe* liebte, solange sich Lina nicht von der Schnapsidee mit der Weihnachtsfeier verabschiedete, hatte ich reichlich wenig Motivation, mich an irgendetwas zu beteiligen. Hätte ich für die Sache ebenso gebrannt wie meine Ex, wäre jeder weitere Gedanke verschwendet gewesen, denn dann stünde ich längst im Café. Mich für meine Überzeugungen reinknien, ohne Rücksicht auf Verluste, ohne Rücksicht auf die eigenen Bedürfnisse, das konnte ich hervorragend, aber das hier waren nicht meine Überzeugungen … ich war lediglich Anteilseigner – jedoch ohne relevante Mitspracherechte. Trotzdem, die *Meerhexe* ging mich ungeachtet aller Umstände etwas an.

Ich seufzte. Wenn ich ehrlich war, lag das Problem nicht beim Café oder der Arbeit. Vielmehr hatte ich schlichtweg keine Lust darauf, Lina dauernd dabei zuzusehen, wie gut sie ohne mich klarkam, und vor Augen geführt zu bekommen, dass ihr die Trennung nichts ausmachte. Obwohl ich tausend Fehler begangen hatte in den letzten Tagen, so war ich mir doch über eines im Klaren: Zumindest den, ihr hinterherzulaufen wie ein räudiger Hund, wollte ich auslassen. Nein, der Arzt hatte vollkommen recht … ich würde mich schonen. Langzeitfolgen wollte ich nur wegen einer Arbeit nicht riskieren – weder physisch noch psychisch. Am besten fuhr ich gleich hin, um Lina davon in Kenntnis zu setzen.

Eine halbe Stunde später stand ich vor der verschlossenen Tür der *Meehexe*. Daneben stapelten sich Säcke, Kisten und Kartons unserer Lieferanten. Warum …

»Schiet!« Die Annahme der Lieferung oblag natürlich mir. Vor lauter Krankschreibung und überlegen, was ich tun sollte, hatte ich völlig vergessen, Lina oder wenigstens Mia anzurufen.

Ich zog das Handy aus der Hose. Wie lange blieb mir Zeit, bis sie hier auftauchte? Zehn Minuten etwa. Normalerweise kein Problem, aber mit der Hand … Teig kneten wäre die eine Sache gewesen, schwere Lieferkisten schleppen eine ganz andere. Mit meiner Rechten suchte ich in den Taschen nach dem Schlüssel. Hatte ich ihn überhaupt eingesteckt?

Als ich die Hoffnung schon fast aufgegeben hatte, fand ich ihn doch. Er hatte sich tief in der Innentasche meiner Jacke versteckt. Keine Ahnung, wie er dorthin gekommen war, das war allerdings zweitrangig.

Eilig schob ich den Bart ins Schloss und drehte ungeduldig. Mit einem Schnappen sprang die Tür auf und die Ladenglocke bimmelte verräterisch. Ein Glück, dass noch niemand hier war.

Energisch beförderte ich den gelben Schein und die Tüte aus der Apotheke auf den nächstgelegenen Tisch. Anschließend marschierte ich zielstrebig in die Küche und sah mich nach etwas um, das mir die Situation erleichtern konnte. In einer Ecke türmten sich die alten Kisten, die ich den Lieferanten vorhin mitgeben sollte. Ich könnte ein paar Sachen umpacken … ach, halt. Damit wurde zwar alles leichter, trotzdem benötigte ich weiterhin beide Hände zum Tragen. Das war also nicht die Lösung des Problems. Gut, dann mal weiter. Irgendwo mussten sicher Jutebeutel herumliegen. Ab und an machten wir schließlich selbst kleine Besorgungen. Nur wohin hatte Lina sie geräumt? Früher lagen sie unter der Theke, bei ihrer letzten Aufräumaktion hatte meine Ex sie von dort verbannt. Es gab angeblich Wichtigeres, das den Platz brauchte. Sie mochte ja theoretisch sogar recht haben, bloß half mir das im Augenblick nicht wirklich. Vielleicht im Büro?

Dieser Raum hatte sich seit Linas Ankunft zu einer Art Zwischenlager für alles entwickelt, das wir gelegentlich noch benutzten, das jedoch nicht immer griffbereit liegen musste.

Schnellen Schrittes steuerte ich das Büro an, als hinter mir die Ladenglocke erklang.

»Eike?«

Zu meiner Verwunderung gehörte die Stimme nicht Lina, sondern Mia. Ich drehte um und hetzte in den Verkaufsraum. Wenngleich ich keine Ahnung hatte, warum sie hier war, sie kam wie gerufen. »Moin Große. Du bist meine Rettung. Kannst du mir helfen?«

Ein irritierter Blick traf mich. »Wieso helfen? Hast du verschlafen oder weshalb steht die Lieferung unkontrolliert vor der Tür?« Da bemerkte sie den Verband. »Eike! Was hast du denn gemacht? Ist es schlimm?«

Ich winkte mit der intakten Hand ab. »Halb so wild. Doktor Sandhorn sagt, wenn ich mich schone und das Handgelenk nicht belaste, bin ich in ein bis zwei Wochen wieder fit. Es ist nur eine Verstauchung. Aber …«, lenkte ich aufs ursprüngliche Thema zurück, »… ich habe vor lauter Arzttermin vergessen, Lina Bescheid zu geben, dass jemand anders die Waren annehmen muss.«

Mia überging den Themenwechsel einfach und blieb bei meiner Gesundheit. »Wie bitte? Schonen?

Heißt das, du kannst nicht arbeiten?« Entsetzt schaute sie mich an. »Eike, jetzt hör auf mit dem Mist. Das ist ein verdammt schlechter Scherz.«

»Was ist ein schlechter Scherz?«, tönte Linas Stimme von der Eingangstür herüber.

»Nichts weiter, oder, Eike?«, wiegelte Mia sofort ab und bedachte mich mit einem scharfen Blick.

Ich schüttelte minimal den Kopf, um sie darauf vorzubereiten, dass ich der Ausflucht nicht folgen würde, dann wandte ich mich meiner Ex zu und deutete auf den Tisch vor ihr. »Dort liegt mein Krankenschein. Leider habe ich mir das Handgelenk verstaucht und falle die nächste Zeit aus. Doktor Sandhorn lässt da nicht mit sich verhandeln. Du musst das allein hinbekommen.«

»Aber …«, begann sie zu protestieren, unterbrach sich dabei allerdings selbst und musterte den Verband. »Wie ist das passiert? Ist es sehr schlimm? Hast du dich sonst noch verletzt?«

Auf ihrer Stirn bildeten sich Sorgenfältchen, die mit jeder Frage größer wurden. Es war fast wieder, als wären wir zusammen. Sie machte sich Sorgen um mich und diese meinte sie ganz und gar ernst. Zumindest meine Gesundheit schien ihr nicht egal zu sein. Ob das ein Anfang war, auf den ich hoffen durfte?

»Eike?« Mia knuffte mir den Ellbogen in die Rippen. »Träumst du?«

»Wie bitte?«, murmelte ich und versuchte zu verstehen, was sie gerade von mir wollte, als mir auffiel, dass ich Lina die Antwort bislang schuldig geblieben war. Kurz schüttelte ich den Kopf, um ihn frei zu kriegen, bevor ich erklärte: »Mir ist das Bein eingeschlafen und dann bin ich beim Aufstehen gestolpert und hingefallen. Bis auf dreckige Hosen ist mir sonst nichts weiter passiert, nur mein Handgelenk fand die Nummer nicht so gut. Im Stürze abfangen bin ich wohl nicht wirklich geschickt.« Ich zuckte mit den Schultern und gab mich möglichst gleichgültig, obwohl mich Linas Anblick traurig machte. Er tat mir aus tiefstem Herzen weh und es wurde höchste Zeit, hier wegzukommen und die beiden eine Weile nicht zu Gesicht zu bekommen. Der Abstand zu meiner Ex würde mir sicher helfen, endlich klarer zu sehen und sie zu vergessen.

Mia setzte zu einer Nachfrage an, doch ich kam ihr zuvor.

»Habt einen schönen Tag. Wenn irgendeine Frage auftaucht, ruft mich an. Sollte ich nichts von euch hören, melde ich mich, sobald der Arzt mir gesagt hat, wann ich wieder arbeiten darf.«

Ehe die Frauen reagieren konnten, war ich zur Tür hinaus. Der herumstehenden Lieferung warf ich im Vorbeilaufen einen Seitenblick zu und beschloss, sie zu ignorieren. Wäre Lina nicht so früh aufgetaucht … ach zum Teufel mit ihr. Sie war selbst schuld. An allem. Und das hatte sie nun davon. Sollte sie doch bleiben, wo der Pfeffer wuchs.

Lina

Fassungslos sah ich abwechselnd Eike hinterher und Mia an. Als Ersterer aus meinem Sichtfeld verschwunden war, rieb ich mir energisch die Augen und wandte mich dann zu dem Tisch um, auf dem die Krankmeldung liegen musste. Das durfte nicht wahr sein. Ein Albtraum, ganz gewiss – und ein äußerst schlechter dazu. »Mia, kneif mich bitte mal!«

»Aber …?«

»Mach einfach.« Ich rollte mit den Augen. Wieso war heute alles zu viel verlangt, egal, worum ich bat? »Autsch! Doch nicht so fest«, entfuhr es mir, als ein heftiger Schmerz durch meinen Handrücken zuckte. Sie hatte mich tatsächlich gekniffen.

»Entschuldige … du sagtest …«

»Ich weiß sehr gut, was ich gesagt habe«, fluchte ich und starrte das unheilvolle gelbe Papier an, das sich immer noch auf der Tischplatte befand. Offensichtlich träumte ich nicht.

»Die Lieferung«, begann Mia von Neuem. »Soll ich sie hereinholen, ehe das Obst in der Kälte kaputtgeht?«

Teilnahmslos nickte ich. Das war das Schlimmste, das mir in der momentanen Lage passieren konnte, sickerte es langsam in mein Bewusstsein. Was sollte ich nun tun? Ich konnte unmöglich eine weitere Aushilfe einstellen. Eike würde schließlich weiterhin sein volles Gehalt beziehen und Mia kam mich ohnehin teurer, als ich es mir eigentlich leisten konnte, das hatten meine letzten Berechnungen ganz klar ergeben.

»Aus dem Weg«, keuchte es hinter meinem Rücken. Schnaufend schleppte Mia einen großen Sack Mehl herein. »Wenn du nicht mit anpackst, steh bitte nicht im Weg rum. Das Zeug ist schwer.«

Obwohl ihr dieser Tonfall höchstens als Freundin, aber nicht als Angestellte zustand, trat ich einen Schritt nach links.

»Wie wäre es, wenn du den Vertrag vorbereitest? Wir haben nachher sicher viel zu viel zu tun, um das nebenbei zu schaffen. Allerdings wäre es tatsächlich praktisch, wenn ich durch unsere Unterschriften versichert bin, besonders da ich gerade diese sauschwere Lieferung herumwuchte.«

Mias Vorschlag riss mich endlich aus meiner Lethargie. »Ja, mach ich. Komm bitte ins Büro, sobald du fertig bist. Dann besprechen wir ihn kurz«, rief ich ihr hinterher, als sie bereits die nächste Fuhre vor der Tür einsammelte. Zumindest hatte Mia zugesagt. Andernfalls wäre ich komplett verzweifelt ... na ja, einmal durfte das Glück auch auf meiner Seite sein ... wenn schon nicht in der Liebe.

Etliche Zeit später ließen Mia und ich uns schnaufend auf zwei Stühle fallen. Die Nachmittagskundschaft war mittlerweile verschwunden und die Abendgäste noch nicht gekommen. Bis auf ein paar Jugendliche, die in der Teen-Ecke ihre Köpfe zusammensteckten und den neuesten Tratsch austauschten, befand sich niemand in der Gaststube.

Die letzten Stunden waren die Hölle gewesen. Eine kleine Weihnachtsfeier, mehrere Treffen von Vereinsvorständen, die an ihren Jahresabschlüssen arbeiteten, und dazu das normale Publikum.

»Ich bin so froh, dass du direkt anfangen konntest. Ohne dich wäre ich aufgeschmissen gewesen«, gestand ich Mia und schenkte ihr ein missglücktes Lächeln.

»Als hättest du es geahnt«, murmelte sie. »Irgendwie kommt es mir vor, als hätte ich ein Déjà-vu. Erinnerst du dich an die Aktion, als du zu viel Mehl gekauft hattest, und Eike auf einmal krank war, als es ans Pizzamachen mit den Kids ging? Jetzt hast du die Weihnachtsfeier beschlossen und er fehlt wieder. Ich sollte morgen unbedingt mal mit ihm reden.« Ihr Blick verhieß nichts Gutes und wirkte auf mich, als würde sie bereits an dem Einlauf feilen, den sie ihm verpassen wollte.

»Lass es besser sein und misch dich da lieber nicht ein. Du kommst nur zwischen alle Fronten und letztlich bist du seine beste Freundin. Wenn ihr auch noch Ärger miteinander bekommt, haben wir nichts gekonnt.« Mein Protest prallte allerdings wirkungslos an ihr ab.

»Versteh mich nicht falsch, Lina. Was eure Beziehung angeht, ist es mir ziemlich egal, wie ihr das handhabt. Da halte ich mich raus, aber bei der *Meerhexe* kann ich das nicht.« Sie schnaubte verärgert. »Wir sind Kollegen und wir müssen uns aufeinander verlassen können. Er ist Teilhaber, genau wie er es sich gewünscht hat. Dann muss er sich auf den Hosenboden setzen und etwas tun. Keiner verlangt, dass er Plätzchen bäckt, trotzdem gibt es genug zu organisieren, das wunderbar mit einer Hand geht.«

»Du hast ja recht, doch selbst wenn er das macht, haben wir in der Küche, in der Gaststube und mit der Dekoration viel mehr Arbeit, als wir zu zweit stemmen können. Dafür brauchen wir dringend eine Lösung, immerhin hatte ich dich ja ursprünglich als dritte Kraft und nicht als Krankheitsvertretung eingestellt.« Angestrengt starrte ich auf die Tischplatte. Mit den Fingern fuhr ich immer wieder die Maserung des Holzes nach, als stünden dort in irgendeiner Geheimschrift die Antworten auf all die offenen Fragen verborgen.

»Eine zusätzliche Aushilfe, wenigstens für die Wochenenden, können wir uns nicht zufällig leisten?« Mias Nachfrage war leise und sehr vorsichtig formuliert, sie wusste vermutlich bereits, dass sie überflüssig war.

Mit einem tiefen Seufzer schüttelte ich den Kopf. »Nein. Du weißt, dass ich dir deinen Vertrag gerne gegeben habe, du bist unersetzlich … aber schon deine Stelle ist außerhalb unseres Budgets. Eine weitere Kraft ist undenkbar.« Nachdenklich zwirbelte ich mir eine Haarsträhne um den Zeigefinger und kaute auf den Haarspitzen herum. »Falls uns nichts einfällt, müssen wir wohl anfangen, Dinge zu streichen. Weniger Plätzchen, kein gemeinsames Weihnachtsfest …« Das beklemmende Gefühl von Traurigkeit erfüllte mich bei diesen Worten und griff mit seiner kalten Hand nach meinem Herz. Schmerzhaft presste es dieses zusammen und legte Bleigewichte auf meine Brust.

»Stopp. Nun mach mal halblang, Lina. Uns fällt bestimmt was ein. Wir haben so viele Hindernisse beseitigt, diesmal gelingt es uns sicher ebenfalls.«

»Wenn du das sagst«, murmelte ich. Mutlosigkeit und Resignation drückten mich unnachgiebig hinunter in den eisigen schwarzen See der Depression, der nur allzu gerne bereit war, mich zu verschlucken.

»Hey. Du musst schon daran glauben. Sonst wird das nichts. Kopf hoch, Süße. Jetzt wird improvisiert und gekämpft. Wir schaffen das. Wir haben es immer geschafft und Marie auch.« Mia rückte näher an mich heran, nahm meinen Kopf in ihre Hände und hob ihn vorsichtig so weit an, dass sie mir in die Augen sehen konnte. »Die Geschichte der *Meerhexe* war nie einfach und dennoch steht sie weiterhin wie ein Fels in der Brandung. Es ist wie ein Zauber, der diesen Ort umgibt. Wer sich für ihn eingesetzt hat, ist am Ende nie enttäuscht worden. Warum sollte er gerade bei uns brechen?«

»Du hast ja recht«, bestätigte ich und versuchte es mit einem tapferen Lächeln, das sehr gequält über meine Lippen kam. Trotzdem glaubte ich kein Wort von dem, was sie sagte. Aber was brachte es, wenn ich sie ebenfalls entmutigte? Das war nun mal so in meinem Leben. Was schiefgehen konnte, ging schief, und langfristig blieb mir kein Glück vergönnt. Mit der Trennung von Eike hatte der Verfall begonnen, die *Meerhexe* war nur der nächste Schritt. Story of my life eben.

Lina

Meine Nacht war zu kurz gewesen und der Morgen hatte auch viel zu früh angefangen. Bis fast vier Uhr hatte ich Marmeladengläser und die dazugehörigen Schraubdeckel in der Wohnung zusammengesucht und in Kisten gepackt, damit ich sie später mit ins Café nehmen konnte. Dort nahm Mia sicher gerade die Lieferungen an, mit denen wir nachher zentnerweise Marmelade kochen konnten. Obwohl ich den Vormittag also frei hatte, gönnte ich mir keine Ruhe und zwang mich um zehn bereits wieder aus dem Bett, denn ich wollte Bent einen Besuch abstatten. Seit der Trauerfeier überschlugen sich die Ereignisse so sehr, dass ich bislang keine Gelegenheit dazu gefunden hatte, aber das wollte ich nun schleunigst nachholen. Was wäre ich für ein Mensch, wenn ich mich einfach verdrücken würde, nachdem ich ihm versprochen hatte, ihn zu unterstützen? Nein, das kam gar nicht infrage. Außerdem tat es mir vielleicht gut, einmal all die

Sorgen rund um die *Meerhexe* und Eike für eine Weile zu vergessen.

So klingelte ich gegen halb elf mit einer großen Dose Plätzchen bewaffnet an seiner Tür.

Zuerst blieb alles still, doch auf mein zweites Klingeln hin drangen schließlich Geräusche aus dem Haus. Wenig später stand Bent in Pyjamahose und Morgenmantel vor mir.

»Guten Morgen Lina. Schön, dich zu sehen. Waren wir verabredet?« Überraschung und Verwirrung schwangen zu gleichen Teilen in seiner Frage mit.

»Guten Morgen.« Verstohlen musterte ich seine Kleidung. »Habe ich dich geweckt? Das tut mir leid. Ich dachte, du freust dich womöglich über ein bisschen Gesellschaft.« Es war mir peinlich, ihn offensichtlich zu stören. »Soll ich besser zu einem anderen Zeitpunkt wiederkommen?«

»Nein, nein. Wie kommst du darauf? Nur herein in die gute Stube.« Er trat einen Schritt zur Seite. Dabei fiel sein Blick wohl in den Gaderobenspiegel, der gegenüber der Tür angebracht war, denn er kratzte sich verlegen am Kopf. »O weh, ich verstehe. Entschuldige diesen Aufzug. Ohne Helke ist es einfach sinnlos geworden, mich fein zu machen. Interessiert ja ohnehin keinen mehr.«

Die Traurigkeit, die mir aus seinen Worten entgegenschlug, war so stark, dass ich mir selbst ganz lächerlich vorkam mit meinen bedeutungslosen Problemen. Er hatte alles verloren. Endgültig. Nichts konnte ihm seine Liebe je wiederbringen und ich heulte rum, weil mich Eike verlassen hatte und das Café mir zu viel Arbeit bereitete. Manchmal musste man seinen Blick auf die Welt bloß verändern, damit einem bewusst wurde, wie großartig es einem ging.

»Kommst du nun rein, Lina, oder möchtest du weiter wie ein Ölgötze draußen stehen bleiben? Es wird langsam frisch.« Bents gutmütige Mahnung holte mich aus den Grübeleien zurück und sorgte dafür, dass ich eilig eintrat.

»Hast du denn gar keinen Besuch? Bei der Trauerfeier hatten doch alle versprochen, dass sie bei dir vorbeischauen und dir helfen.« Ein wenig wunderte es mich schon, dass er sich so hängen ließ. Zumindest in der Öffentlichkeit hatte Bent immer großen Wert auf ein gepflegtes Äußeres gelegt.

»Ach, bleib mir weg mit den Weibern.« Er machte eine wegwerfende Handbewegung. »Ich bin froh, dass ich die losgeworden bin. Nichts als den aktuellen Klatsch im Sinn, und falls ihnen mal keiner mehr einfällt, stimmen sie ein Wehklagen über Helkes Tod an, als wären sie mit ihr verheiratet gewesen und nicht ich.«

Ich schmunzelte. Obwohl es ihm ganz offensichtlich schlecht ging, hatte er seine Art, die andere stets erheiterte, nicht verloren. »Ich hab es befürchtet«, gab ich zu. »Verzeih, dass ich dich nicht früher besucht habe.«

Inzwischen standen wir in seinem Wohnzimmer und er wies auf das in die Tage gekommene Sofa. »Setz dich, Lina, und entschuldige dich nicht ständig. Du hast wahrlich Besseres zu tun, als dich dauernd um so einen alten Kauz wie mich zu kümmern. Möchtest du etwas trinken?«

Dieses Angebot erwies sich als perfekte Gelegenheit, ihm die Plätzchendose entgegenzustrecken. »Ja, klar. Wie wäre es mit Kaffee oder Tee und dazu essen wir meine neuesten Kreationen? Du musst mir unbedingt verraten, wie du sie findest. Die Entscheidung, ob wir sie ins Sortiment nehmen oder nicht, ist noch nicht final gefallen.« Na gut, Letzteres war geflunkert, denn die Plätzchen hatten sich bereits am Vortag als voller Erfolg erwiesen, trotzdem änderte das nichts daran, dass ich Bents Meinung sehr schätzte.

»Ach Kindchen, das brauchst du doch nicht – mir extra Kekse mitbringen«, protestierte er schwach. Allerdings merkte man ihm deutlich an, dass ihn meine Geste rührte. »Dann setze ich uns wohl mal einen Kaffee auf.«

Zwei Stunden später erhob ich mich mit leichtem Bedauern vom Sofa. »Es tut mir leid, Bent, aber ich muss nun dringend in die *Meerhexe.* Mia wartet sicher ungeduldig auf mich.«

»Ist in Ordnung, Lina. Ich weiß, du hast viel Arbeit.« Er lächelte tapfer, konnte jedoch nicht über seine Traurigkeit hinwegtäuschen. Es war nicht gut für ihn, den ganzen Tag allein rumzusitzen und in seiner Trauer zu versinken ... wobei, wenn ich recht überlegte, das musste nicht sein.

»Warum kommst du nicht einfach mit? In der *Meerhexe* gibt es eine Menge Unterhaltung, spätestens sobald die Jugendlichen nach der Schule vorbeikommen. Ein paar Gesellschaftsspiele spielen oder ihre neuesten Schwärmereien für Musiker anhören, wird dich bestimmt auf andere Gedanken bringen.« Erwartungsvoll sah ich ihn an. »Hast du Lust?«

Unentschlossen wiegte er seinen Kopf hin und her. »Ach, Lina. Am Ende möchte sich gar keiner mit mir befassen und ich bin nur wieder eine Last. Besser ich bleibe zu Hause. Hier habe ich wenigstens eine sinnvolle Beschäftigung. Die Wohnung gehört geputzt. Jetzt muss ich das ja alles selbst schaffen.« Mit einer ausladenden Geste wies er durchs Wohnzimmer, in dem die unordentlichste Stelle wohl das verknautschte Kissen war, an dem ich gerade gelehnt hatte.

Ich seufzte innerlich, ließ mir nach außen jedoch nichts anmerken. Wenn ich verhindern wollte, dass er hier in Selbstmitleid ertrank, musste ich etwas unternehmen. Wie sollte ich ihm das Gefühl … Moment! Gegen das Gefühl der Nutzlosigkeit konnte ich viel tun … ich wusste zwar noch nicht genau wie, das würden Mia und ich sicher schnell herausgefunden haben. »Sag mal, Bent, wie wäre es, zwei Fliegen mit einer Klappe zu schlagen?«, tastete ich mich vor.

»Wie meinst du das? Welche Fliegen?« Er musterte mich verständnislos, den Kopf schief gelegt.

»Na ja …«, ich druckste ein wenig herum, »… hättest du Lust, ein bisschen in der *Meerhexe* zu helfen? Darüber wären wir nach Eikes Ausfall sehr dankbar und du wärst dort zumindest nicht allein. Was hältst du davon?« Unsicher sah ich ihn an. War diese Frage überhaupt angemessen? Durfte ich meine eigenen Probleme auf Kosten eines alten Mannes in Trauer lösen oder tat ich ihm damit womöglich einen Gefallen? Ich trippelte von einem Fuß auf den anderen und blickte nervös immer wieder zwischen Bent und dem Boden hin und her. Konnte er nicht endlich antworten?

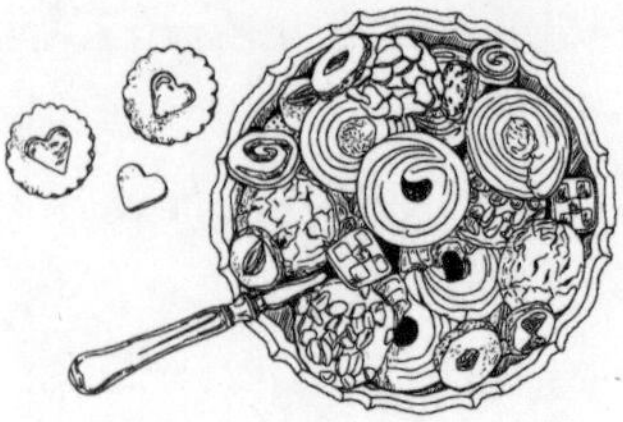

Eike

Was sollte ich nur mit all der freien Zeit anfangen? Im Urlaub werkelte und schraubte ich normalerweise immer an allem Möglichen herum, doch mit dieser blöden Hand fielen sogar zu Hause die meisten Beschäftigungsmöglichkeiten aus. Genervt lag ich auf dem Sofa und zappte durch sämtliche Streamingdienste.

»Langweilig.«

Zapp.

»Kenn ich schon.«

Zapp.

»Schwachsinn.«

Zapp.

»Wer will denn so was sehen?«, murmelte ich vor mich hin. Gab es wirklich keine vernünftige Serie auf diesem Planeten mehr, mit der man sich zwei Wochen berieseln lassen konnte? Na gut, was solls, dann eben eine, die ich bereits kannte, die aber zumindest beim wiederholten Ansehen nicht absolut öde wurde. Wenn Sam und Dean in ihrem Impala durch die Gegend cruisten, hatte der Rest der Welt den Atem anzuhalten und mitzufiebern. So einfach war das.

Ich scrollte mich ein weiteres Mal durch die endlose Serienliste, bis ich schließlich bei der ersten Folge der ersten Staffel landete und den Playbutton drückte. Die Ablenkung konnte –

Brimm.

Die Türglocke unterbrach mein Entspannungsprogramm, bevor ich überhaupt damit anfangen konnte. Wer auch immer das sein mochte, er oder sie hatte ein verdammt schlechtes Timing.

Brimm.

Ich seufzte. Offensichtlich hatte die Person nicht vor, lockerzulassen, bis ich an die Tür kam. Somit schied der Postbote schon einmal von der Verdächtigenliste aus, der besaß nämlich eine Abstellgenehmigung und freute sich über jedes Paket, das er nicht persönlich zustellen musste. Meine Bekanntschaften waren um diese Zeit alle auf Arbeit. Wer also störte?

Brimm. Brimm.

Genervt stemmte ich mich hoch und schlurfte Richtung Wohnungstür. Dort angekommen nahm ich den Hörer von der Gegensprechanlage. »Ja, bitte?«

»Mia hier«, ertönte eine verrauschte Stimme aus dem Lautsprecher.

Was tat sie denn bei mir? Sie müsste doch auf Arbeit sein. In der *Meerhexe* gab es wahrlich genug zu tun, um keine Langeweile aufkommen zu lassen.

»Eike, drückst du jetzt gefälligst auf den Summer und lässt mich rein? So gerne stehe ich nicht im Regen«, quengelte es wieder durch die Elektronik.

Ich rollte mit den Augen. »Und was, wenn ich gar keine Lust auf dich und deine Moralpredigten habe?«, murmelte ich vor mich hin, kam ihrer Aufforderung allerdings trotzdem nach. Außerdem lehnte ich die Tür zum Treppenhaus an und trottete zurück zum Sofa. Den Fernseher schaltete ich ab, sobald ich die Bedienung zu greifen bekam, entspanntes Serienschauen war für den Augenblick garantiert gestorben.

Es dauerte höchstens eine Minute, da streckte Mia bereits ihren nassen Haarschopf durch die Wohnzimmertür. »Hallo Griesgram, ich hol mir schnell ein Handtuch aus dem Bad, dann bin ich sofort bei dir.«

»Tu, was du nicht lassen kannst«, brummte ich, doch sie war längst herumgewirbelt und im Flur verschwunden.

Fünf Minuten später saßen wir nebeneinander auf der Couch und blickten uns fragend an. Jeder schien zu erwarten, dass der andere den Anfang machte, aber keiner fasste sich ein Herz.

»Was möchtest du, Mia? Warum bist du hergekommen? Musst du gar nicht arbeiten?«, brach ich das Schweigen schließlich nach einer weiteren Weile. Vielleicht verschaffte mir das etwas Zeit, denn auch zwischen uns war meine Trennung von Lina noch nicht Thema gewesen.

»Warum ich hier bin? Das traust du dich ernsthaft zu fragen?« Ihre Tonlage schraubte sich in unerträgliche Höhen und wurde schrill. »Du bist Mitinhaber eines Cafés, falls du dich erinnerst. Übrigens des Cafés, das mich gerade angestellt hat. Ich hab zugesagt, weil es der einzige Arbeitsplatz in meinem Leben war, an dem ich bislang ordentlich behandelt wurde. Wir haben immer zusammengehalten und als Team den größten Ansturm und die schlimmste Kundschaft gestemmt ... und kaum bekomme ich einen festen Vertrag, benimmst du dich wie alle meine Ex-Chefs. Du solltest mich eigentlich gut genug kennen, um zu wissen, dass ich so ein Verhalten nicht ertrage.«

»Ich bin kein Arsch, sondern krankgeschrieben. Was soll das Drama? Ich bin ja nicht der einzige Mensch, der dort arbeitet. Du und Lina werdet das schon wuppen.« Abweisend sah ich sie an.

»Drama? Du hast ja Nerven. Du wolltest unbedingt Mitinhaber sein und nun machst du so einen Aufstand. Niemand erwartet, dass du mit der Hand anpackst wie bisher, aber du bist Rechtshänder.

Das heißt, du kannst das Telefon und die Kasse ohne Probleme bedienen sowie den Schreibkram erledigen. Stattdessen verkrümelst du dich.« Mias Stimme hatte eine ungewohnte Schärfe. »Wolltest du die *Meerhexe* nur, weil du sie Lina nicht gegönnt hast, oder wohin ist das Herzblut für diesen Ort verschwunden? Schmeißt du jetzt alles hin, nachdem du Lina abserviert hast?«

Ihr herausfordernder Blick und die harten Worte trafen mich völlig unvorbereitet. Dass sie so ausflippen würde, damit hatte ich nicht gerechnet. Stumm glotzte ich sie an.

»Weißt du, Eike, als Lina zu uns kam, hast du ihr vorgeworfen, dass sie eine unnütze Chefin wäre, weil sie keine Ahnung hat und allen mehr Arbeit bereiten würde, als dass sie dem Café nützt.« Mia streckte ihren Arm aus und bohrte mir ihren Zeigefinger direkt ins Brustbein. »Du, mein Lieber, verhältst dich momentan allerdings wesentlich schlimmer. Sie hat damals ihre Fehler aus Unwissenheit gemacht, du hingegen bist egoistisch, stur und unkameradschaftlich. Es ist dein verfluchter Laden, wegen dem du einen riesigen Zirkus veranstaltet hast – und nun lässt du deine Angestellte und deine Mitinhaberin im Weihnachtsgeschäft einfach sitzen. Statt Lösungen zu suchen, wie du uns trotz deiner Verletzung unterstützen kannst, gammelst du auf dem Sofa rum.« Ihre Wangen färbten sich mit jedem Wort dunkler und bald leuchtete ihr ganzer Kopf puterrot.

So in Rage hatte ich sie noch nie gesehen. Ob sie womöglich recht hatte? Egal! Sie hatte sich gerade völlig im Ton vergriffen. So redete niemand mit mir. Auch nicht meine beste Freundin. »Was bildest du dir eigentlich ein, Mia? Soweit ich weiß, bist du in der *Meerhexe* meine Angestellte, und gleich, ob dir diese Krankschreibung passt oder nicht: Sie ist Fakt und ich bleibe zu Hause«, giftete ich zurück.

Wütend sprang sie auf und stemmte die Hände in die Hüften. »Spinnst du jetzt vollkommen? Ich bin als deine Freundin hier. Du kannst von Glück reden, dass ich Lina nicht hängen lassen will. Ihr werde ich helfen. Wärst du mein einziger Chef, würde ich dir die Kündigung vor die Füße werfen. Du hast sie doch nicht mehr alle!« Abrupt drehte sie sich um und lief im Stechschritt zur Tür. Dort angekommen, blickte sie ein letztes Mal über die Schulter. »Ich habe die Schnauze voll. Melde dich, wenn du wieder zur Vernunft gekommen bist.«

Mit einem Knall flog die Wohnungstür ins Schloss. Wie hatte unser Gespräch nur so furchtbar schieflaufen können?

Lina

Nachdem Mia mich um etwas freie Zeit gebeten hatte, um Eike zu besuchen, rotierte ich allein durch die *Meerhexe.* Normalerweise hatten wir an einem Mittwochnachmittag selten so viele Gäste, aber wenn die Dinge kamen, dann alle auf einen Schlag. So bediente ich nun seit zwei Stunden die Theatergruppe des Gymnasiums aus dem Nachbarort, die unbedingt an ihrem Weihnachtsstück weiterplanen musste, jedoch wegen einer ausgefallenen Heizung nicht in ihre Turnhalle konnte.

Bent, den ich am Ende überzeugt hatte, mitzukommen, saß zwischen den Schülern und gab ihnen allerlei Hilfestellungen, wie sie die Inszenierung gestalten konnten. Die Kids hatten sich vorgenommen, Dickens Weihnachtsgeschichte aufzuführen, und er teilte sein Wissen rund um das Leben vor der digitalen Revolution nur allzu gerne.

Während ich den Tresen wischte, beobachtete ich ihn schmunzelnd. Es war eine gute Idee gewesen, ihn mitzunehmen. Er fühlte sich anscheinend sehr wohl und lachte sogar mit den jungen Leuten. Diese Aufgabe lenkte ihn zumindest für den Augenblick ein wenig von Helkes Tod ab, und deshalb, das nahm ich mir vor, würde ich ihn öfter mitnehmen. Vorausgesetzt natürlich, er wollte mitkommen – aktuell war ich diesbezüglich allerdings positiv gestimmt.

»Lina?«, drang eine Stimme aus dem vorderen Bereich des Cafés zu mir herüber. »Hast du zufällig noch diese leckeren Plätzchen von gestern?«

Unwillkürlich huschte ein Grinsen über mein Gesicht. Solche Leckermäulchen hier, einfach unglaublich. Trotzdem musste ich verneinen. »Tut mir leid, ich hatte bloß ein paar zum Probieren gebacken. Sobald unser Adventskalender mit täglich neuen Sorten startet, kommt ihr sicher auf eure Kosten. Darf ich euch derweil etwas anderes bringen?«

»Na gut«, Enttäuschung schwang in der Stimme mit, »dann nehmen wir ein Stückchen Kuchen. Sanddorngugelhupf am besten.«

»Alles klar.« Ich schnappte mir zwei Teller und beförderte für jede der Damen eine Scheibe Gugelhupf darauf. Obwohl sie nur ein Stück bestellt hatten, wusste ich, dass es anders gemeint war. Die beiden waren viel zu große Naschkatzen, um sich diese kleinen Freuden, wie sie es immer nannten, zu teilen. Daher sahen sie mir bereits verzückt entgegen, als ich an ihren Tisch trat und ihre Bestellung vor ihnen platzierte.

»Vielen Dank«, kam es unisono aus ihren Mündern und sie strahlten mich an, als hätte ich ihnen gerade einen Lottogewinn und nicht bloß ein wenig Backwerk gebracht.

Es erfüllte mich jedes Mal mit Glück, wenn ich merkte, über welch einfache Dinge sich die Menschen freuen konnten. »Sehr gerne. Ist bei euch sonst alles in Ordnung? Habt ihr genügend Tee?«

Elsa, die diesmal geordert hatte und meistens die Wortführerin war, machte mit ihrer runzligen Hand eine wegwischende Bewegung. »Natürlich, Kindchen. Wir würden nicht zulassen, dass du uns verdursten lässt. Das weißt du doch.« Um ihre Augen bildeten sich die gleichen Lachfältchen wie um die ihrer Freundin Greta. Trotz des hohen Alters der beiden steckte der Schalk noch in jeder Faser ihrer Körper.

»Das würde ich auch niemals tun«, protestierte ich gespielt entsetzt, weil ich wusste, wie sehr ihnen das gefiel. »Dann genießt euren Kuchen. Nicht dass ich am Ende die Schuld dafür trage, dass ihr verhungert.« Grinsend entfernte ich mich wieder Richtung Theke. Hinter mir giggelte es vergnügt. Schön, dass ich wenigstens andere zum Lachen bringen konnte, wenn es mir dank Eike selbst vergangen war.

Gegen neunzehn Uhr hatte ich endlich eine halbe Stunde, in der nichts los war. Gemeinsam mit Mia und Bent saß ich an einem der Tische und hörte mir die Geschichte von Eikes Reaktion auf den Besuch meiner Freundin an.

»Wie kann man bloß so sein?«, fragte ich, nachdem sie geendet hatte. »Warum ist ihm die *Meerhexe* auf einmal so egal geworden?« Eindringlich sah ich Mia an und hoffte, dass sie mir zumindest darauf antworten würde, denn ich war mir sicher, dass sie ein paar Dinge verschwiegen hatte. Nicht weil sie mir diese bewusst verheimlichte, sondern um ihren langjährigen Freund zu decken. Sie saß immer zwischen allen Stühlen und tat mir unendlich leid. Oft genug hatte sie in der Vergangenheit die Diplomatische für uns gegeben, nur um niemanden zu enttäuschen.

»Glaubst du nicht, dass es eher um dich geht?«, antwortete sie mit einer Gegenfrage. »Vielleicht will er sich davor drücken, dich zu treffen. Dann würde sein Verhalten wenigstens Sinn ergeben.«

»Was meinst du damit, Mia?« Bent, der bislang schweigend neben uns gesessen hatte, mischte sich plötzlich ins Gespräch ein.

»Na, Lina und Eike haben sich getrennt.« Selbstverständlichkeit lag in ihrer Stimme, so als müssten das alle bereits wissen. »Darum nehme ich an, dass Eike einfach keine Lust hat, seine Exfreundin zu sehen, und seine Verletzung ihm dabei gerade recht kommt.«

»Wie bitte?« Die Augen des betagten Mannes weiteten sich entsetzt.

»Himmel, sei doch nicht so unsensibel, Mia«, lenkte ich sofort ab. »Bent hat eben erst seine große Liebe verloren und du erzählst ihm, dass wir freiwillig alles hingeworfen haben.« Ich warf ihr einen verständnislosen Blick zu und griff gleichzeitig nach Bents Hand. »Entschuldige, Bent, mit solchen Lappalien wollte ich dich nicht belasten.«

»Lappalien? Lappalien?« Der alte Mann begann vor lauter Aufregung heftig zu schnaufen. »Wenn du wirklich denkst, Liebe sei eine Lappalie, dann bin ich hier falsch.« Er umfasste die Tischkante und zog sich daran schwer atmend hoch. »Ich brauche frische Luft.«

»Bent!« Mia und ich waren ebenfalls aufgesprungen.

»Nein, ihr zwei, lasst mich bitte in Ruhe. Ich gehe etwas spazieren und ihr solltet euch ernsthaft überlegen, was ihr da eigentlich gesagt habt!«

»Das hast du ja prima hinbekommen«, murmelte ich, als Bent zur Eingangstür hinaus war und in den Dünen verschwand. Ob dieser Vorwurf nun gegen mich selbst oder gegen Mia gerichtet war, wusste ich in diesem Moment auch nicht. Fest stand auf jeden Fall, dass die Trennung schon jetzt üble Konsequenzen auf unseren Freundeskreis hatte und ich das unbedingt wieder gerade biegen musste.

Lina

Der restliche Tag war sehr eigenartig abgelaufen, was Bent, Mia und mich betraf. Meine Freundin kommunizierte das erste Mal, seit wir uns kannten, auf einer rein beruflichen Basis mit mir und Bent blieb nur, weil er einsah, dass wir ihn gerade nicht heimfahren konnten. Immerhin hatte unsere Arbeitskraft nicht darunter gelitten. Im Gegenteil: Wir schienen fast noch produktiver zu sein, denn wir wollten unseren Frust auf irgendeine Weise loswerden.

Mia hatte daher sämtlichen Weihnachtsschmuck aus den staubigen Lagern gezogen und Bent sich am Abend damit hingesetzt und angefangen, ihn zu polieren. Bald hatte sich ein Grüppchen zu ihm gesellt, munter mit ihm geschwatzt und dabei die Dekoration auf Vordermann gebracht. Um mich dafür erkenntlich zu zeigen, hatte ich ihnen Tee serviert und Schnittchen zubereitet. So waren am Ende alle glücklich und satt – und was mich anging: Ich war meinem Zeitplan nicht mehr ganz so weit hinterher. Zumindest ein kleiner Erfolg. So konnten wenigstens die beiden anderen halbwegs entspannt nach Hause gehen und mich war die Verpflegung auch günstiger gekommen als eine zusätzliche Aushilfe.

Mit Mia vereinbarte ich, uns am nächsten Vormittag in der *Meerhexe* zu treffen, um die Deko anzubringen und die erste Marmelade zu kochen, nachdem die Zutaten morgen geliefert wurden. Die leeren Einmachgläser hatte Mia bereits gespült und ordentlich vorbereitet, um uns etwas Zeit zu sparen. Danach hatte ich sie allerdings in den wohlverdienten Feierabend geschickt und begann nun, das Café restlich aufzuräumen.

»Kann ich dir helfen?«, kam Bents Stimme auf einmal von rechts.

Ich hatte gar nicht gehört, dass er aufgestanden und an den Tresen getreten war. »Das musst du nicht. Bleib ruhig sitzen. Ich mach das schon. Es ist nicht mehr viel.«

»Ach, Mädchen, vielleicht ist das Angebot ja eigennütziger, als du denkst.« Er runzelte die Stirn. »Wenn du älter wirst, wirst du noch begreifen, dass nicht alle Hilfe nur gegeben wird, weil man so ein herzensguter Mensch ist. Manchmal tut man die Dinge einfach, weil sie getan werden müssen und einem selbst einen Vorteil bringen.«

Verwundert sah ich ihn an. »Vorteil?« Ich verstand tatsächlich nicht, was er meinte.

»Wir können früher losfahren und ich komme bald in mein Bett. Da ich erschöpft bin, ist das für mich ein sehr großer Nutzen. Gibst du mir jetzt etwas zu tun?« Er bedachte mich mit einem dieser Blicke, die bloß Großväter draufhatten. Ein bisschen amüsiert, ein bisschen böse, ein bisschen liebevoll und ein bisschen vorwurfsvoll. Undefinierbar, ganz als wolle er sagen, such dir aus, wie es zwischen uns weitergeht, die Optionen liegen vor dir.

Ich wusste, in diesem Blick lag auch das Verständnis für jede Wahl, die ich treffen würde, und das Versprechen, dass wir uns, egal wie ich mich entschied, weiterhin verstehen würden – trotz allem würde diese Entscheidung Einfluss auf unsere zukünftige Freundschaft nehmen. Umsichtig zu wählen, war daher unabdingbar.

»Hat es dir die Sprache verschlagen, weil ich ein bisschen eigennützig bin? Die Tische müssen abgewischt werden. Das könntest du mir überlassen.«

Sein ungeduldiges Nachbohren brachte mich dazu, zu nicken und ihm einen feuchten Lappen in die Hand zu drücken. »Ja … also nein … also …« Ich atmete einmal tief durch und begann den Satz von vorne. »Nein, die Sprache hat es mir nicht verschlagen. Ja, die Tische müssen abgeputzt werden, und ja, du kannst das gerne machen. Danke für deine Hilfe.«

Als sich der alte Mann entfernte, seufzte ich leise. Dass ich diese Meinungsverschiedenheit trotzdem nicht aussitzen konnte, war mir bewusst, und ich würde es mit ihm auf der Heimfahrt klären. Zuvor allerdings stand noch ein wenig Arbeit an. Geschirr spülen, nachbestellen, die schmutzigen Tücher und Lappen einpacken, um sie anschließend zum Waschen mit nach Hause zu nehmen. Im Kopf organisierte ich mir einen Arbeitsplan und überlegte, welche Aufgabenteile Bent übernehmen konnte. Es musste doch möglich sein, hier vor Mitternacht rauszukommen. Purer Luxus, diese verkürzten Winteröffnungszeiten, die seit Monatsanfang an den Werktagen galten. Eine gute Idee von Eike, das musste ich neidlos eingestehen.

»Verdammt!«, entschlüpfte es mir. Warum bekam ich ihn nicht aus meinen Gedanken? Egal, was ich gerade in der *Meerhexe* machte, dauernd drängte er sich ungefragt hinein. Wütend drosch ich mit den dreckigen Geschirrtüchern, die ich eben eingesammelt hatte, auf die Arbeitsplatte ein. Eike, Eike, Eike. Ständig nur Eike. Warum?

Klirr.

Erschrocken sprang ich zurück. Porzellansplitter schlitterten über den Küchenboden, eine Teetasse samt Unterteller. »Nein«, hauchte ich und starrte fassungslos zwischen dem Stück Stoff in meiner Hand und den Scherben hin und her. Wie hatte das geschehen können?

»Warum passiert das immer mir?«, murmelte ich in Endlosschleife vor mich hin und sank langsam zu Boden. Mitten in das Chaos und in die unzähligen Scherben. Dieser Haufen zersprungenen Porzellans glich meinem Leben so sehr. Meine Liebe, meine Freundschaften, meine Träume … alles, wofür ich gekämpft hatte, mich so oft an meine Grenzen und darüber hinaus getrieben hatte, löste sich auf. Heiße Tränen stahlen sich aus meinen Augen, kullerten die Wangen hinab und sammelten sich schließlich unter dem Kinn, um in dicken Tropfen in mein Dekolleté zu rollen.

»Zu viel … einfach zu viel … Hilfe … bitte«, setzte eine neue Endlosschleife ein, die vermutlich aus meinem Mund kam.

Heftige Schmerzen erfüllten meine Brust, als etwas darin zerbrach. Sie ließen mich zusammengekrümmt zurück, nicht bereit, mich aus ihren roten Händen zu entlassen. Darauf lauernd, dass die schwarzen Schatten der Depression sich tiefer und tiefer in mich hineinfraßen. Ich hatte gekämpft, ich hatte alle getäuscht, am meisten mich selbst, hatte auf ein Kartenhaus gesetzt und nun hatte ich verloren. Alles stürzte ein … und ich verstand nicht einmal warum. Es war doch nur eine

Tasse. Ungeachtet aller Splitter, die sich in meine Handflächen und meine Wange bohrten, rollte ich mich inmitten der Scherben zusammen. Schluchzer schüttelten mich und der letzte Gedanke, den ich zu fassen bekam, erwies sich als völlig absurd: *die zerstörte Kulisse meiner eigenen Darbietung. Ein besser umgesetztes Szenario könnte sich kein Fotograf wünschen.*

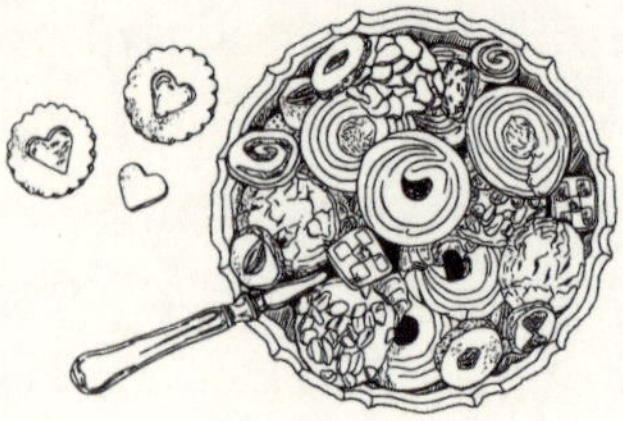

Eike

So viel zum Thema zur Ruhe kommen …

Nachdem Mia wutentbrannt abgerauscht war, hatte es in meinem Kopf zu rattern begonnen. Sie lag absolut falsch. Ihre Anschuldigungen waren ungerecht und sie verglich Matjes mit Lachs. Es war mein Recht, krank zu sein, und ich hatte ihr ja auch keine Vorwürfe gemacht, wenn es ihr nicht gut genug gegangen war, um zu arbeiten. Natürlich war sie nicht die Geschäftsführerin, nur musste das ja nicht heißen, dass für uns unterschiedliche Bedingungen galten, oder? Krank ist schließlich krank, egal, welche Stellung man bekleidet. Zumindest wollte mein Sturkopf mir das einreden.

Andererseits hatten wir uns noch nie so heftig gestritten. Klar gab es immer wieder Meinungsverschiedenheiten, aber selbst als wir beide in Lina verliebt gewesen waren, hatten wir das ohne Schaden für unsere Freundschaft regeln können. Dass wir uns im Streit trennten, passierte äußerst selten, und falls doch, dauerte es in der Regel keine halbe Stunde, bis einer von uns den anderen anrief, um die Sache zu bereinigen. Diesmal allerdings war das Telefon stumm geblieben. Ob Mia tatsächlich so sehr hinter dieser absolut übertriebenen Aussage stand, dass sie eine Entschuldigung nicht für nötig hielt? Erwartete sie womöglich sogar eine von mir?

Ein weiteres Mal fiel mein Blick auf die Zeitanzeige des Handys. Mittlerweile war es beinahe Mitternacht und Mia dürfte langsam Feierabend haben und zu Hause angekommen sein. Sollte ich versuchen, sie anzurufen? Aber was sollte ich sagen? Ich wollte unsere Differenzen gerne klären, einknicken würde ich deshalb jedoch nicht. Leider ließ sich die kleine Stimme im Hintergrund, die wie verrückt herumschrie, nicht ignorieren: *Und was ist mit eurer Freundschaft? Hilft man Freunden bloß an guten Tagen? Findest du es in Ordnung, Mia deine Arbeit noch zusätzlich aufzudrücken?*

Tja, das war die große Frage, die ich nicht beantworten konnte. Im Winter musste man als Betrieb immer mit Ausfällen kalkulieren und Aushilfen konnten damit rechnen, dass ihre Jobs hochgradig stressig wurden. Allerdings, da hatte Mia vollkommen recht, hätte vermutlich jede andere Aushilfskraft direkt wieder gekündigt, wenn sich an ihrem ersten Arbeitstag die Konditionen so drastisch geändert hätten. Außerdem ging Mias Mithilfe stets weit über vertragliche Vereinbarungen hinaus und sie beschwerte sich selten, solange man ihr einen gewissen Freizeitausgleich dann und wann zugestand. Ich seufzte. Warum musste das alles so kompliziert sein?

Wäre Lina nicht, stünde ich längst im Café und würde den Laden schmeißen. Improvisieren war nichts, das mir sonderlich schwerfiel. Gerade in der Zeit, als ich die *Meerhexe* allein geführt hatte, gehörte das zu meinem Alltag. Mit unserer Trennung hatten sich die Dinge für mich jedoch verändert. Ich konnte nicht damit umgehen, wie leicht es Lina offenbar fiel, mich ausschließlich als Kollegen zu betrachten. Mir hingegen versetzte jede Begegnung mit ihr einen Stich ins Herz und Veronika tauchte sofort vor meinem inneren Auge auf. Diese Nacht war ein riesiger Fehler gewesen, der mir bei jeder Erinnerung daran meine eigene Blödheit vorführte.

Obwohl die sexuelle Energie zwischen uns gestimmt und die harte Gangart in dem Augenblick sehr geholfen hatte, den ganzen Frust abzulassen, quälte mich diese Entscheidung inzwischen. Ich hatte Sachen mit Veronika getan, die ich Lina niemals angetan hätte, und sie hatte es sogar genossen, dennoch war es falsch gewesen. In diesem Moment hatte einzig gezählt, Lina maximal wehzutun, ihr zu zeigen, dass ich ohne sie besser klarkam, und mir zu beweisen, dass ich sie nicht brauchte … ebenso wenig, wie sie mich offensichtlich nötig hatte, wenn sie dauernd mit anderen Kerlen flirtete.

Letzten Endes musste ich mir allerdings eingestehen, dass ich absolut im Unrecht gewesen war und nicht bloß den One-Night-Stand bereute. Wie hatte ich nur so dumm sein können und mich von Lina trennen? Na ja, wenn ich recht überlegte … die Frage sollte vielmehr lauten, wann genau hatte ich aufgehört, ihr zu vertrauen?

Ach, Mann. Wieso war alles so kompliziert? Unruhig tigerte ich während dieser Überlegungen durchs Wohnzimmer. Den Blick hatte ich dabei fest auf mein Handy gerichtet, um garantiert keinen Anruf zu verpassen, aber das Display blieb schwarz. Wie spät war es? Ein Tippen auf den Homebutton … halb eins. Mia müsste längst zu Hause sein. Nachdem sie bislang nicht angerufen hatte, würde sie es nicht mehr tun. Stellte sich die Frage, ob ich selbst aktiv werden wollte oder nicht? Und falls ja, war da noch die Sache mit der Entschuldigung, die ich nicht einsah. Warum erwarteten in der letzten Zeit alle, dass ich sie um Verzeihung bat, obwohl die Frauen in meinem Umfeld gerade völlig durchdrehten? Sie konnten doch unmöglich alle gleichzeitig ihre Tage haben.

Seufzend setzte ich mich aufs Sofa und starrte das Handy so intensiv an, als könnte ich Mias Anruf dadurch erzwingen.

Nach fünf Minuten hielt ich es nicht länger aus. Ich entsperrte das Display und öffnete die Anrufliste. Mias Name leuchtete mir als letzter getätigter Anruf entgegen und schrie mich förmlich an, die Finger daraufzulegen und das Handy klingeln zu lassen. Sollte ich wirklich? Ach, egal. Wenn ich es nicht tat, würde ich mich sicher den Rest der Nacht verrückt machen, und ewig konnte ich nicht warten, irgendwann ging Mia zu Bett. Ich atmete tief durch, dann drückte mein Zeigefinger auf die Glasoberfläche. Der Bildschirm veränderte sich, ein Tuten erklang aus dem Smartphone, das ich mir inzwischen äußerst verkrampft ans Ohr presste. *Nun geh schon ran, Mia*, beschwor ich sie im Stillen.

Nach einer gefühlten Ewigkeit wollte ich gerade aufgeben und die Verbindung wegdrücken, als es am anderen Ende der Leitung knackste.

»Sag mal, weißt du eigentlich, wie spät es ist? Was willst du? Wir haben heute Nachmittag doch alles gesagt, oder?«, raunzte mich die wütende Stimme meiner besten Freundin an. Sie hatte mir ganz offensichtlich nicht verziehen und war weiterhin auf Krawall gebürstet.

Na schön. Bleib entspannt. Reg dich nicht auf, Eike, du darfst jetzt nichts Falsches sagen, trichterte ich mir noch einmal gedanklich ein, ehe ich antwortete. »Hallo Große, unser Gespräch hat mir keine Ruhe gelassen. Ich hasse es, wenn wir uns streiten. Können wir das klären?« Die Frage war ruhig und sachlich formuliert, dennoch fühlte ich, wie all die widerstreitenden Gefühle in meiner Brust für Chaos sorgten.

»Wirst du morgen in der *Meerhexe* sein?«

Ich wartete einen Moment, aber mehr kam nicht. Bloß diese eine Gegenfrage. Die eine, auf die ich am wenigsten eine Antwort parat hatte, und ich wollte mich auch nicht zu dieser Entscheidung zwingen lassen. »Mia, darum geht es nicht, sondern um uns beide. Unsere Freundschaft und nicht um unsere Jobs.«

Eisige Stille.

In der Leitung blieb es so ruhig, dass ich befürchtete, Mia würde jeden Augenblick auflegen. Dann ertönte ihre Stimme doch noch aus dem Hörer.

»Du hast rein gar nichts verstanden, oder?« Sie klang unendlich traurig. »Wie kann ich eine gute Freundin und eine gute Angestellte sein, solange du dich an der einen Front so mies verhältst?«

»Mia, lass uns die Dinge nicht vermischen. Das führt nur zu unnötigen Komplikationen. Selbst wenn ich nicht der weltbeste Chef sein sollte, würde ich für dich bis ans Ende der Welt gehen.« Ich war wirklich überzeugt von dem, was ich da sagte, obwohl ich mich schon wieder in Ausflüchten verlor.

»Eike, das weiß ich. Womöglich wäre es unter diesen Umständen besser für mich, nicht im Café zu arbeiten. Du bist immer der selbe Sturkopf und so sehr ich das ändern möchte, es gibt Verhaltensweisen, die kann ich nicht einfach ausblenden, bloß weil die Uhr Feierabend anzeigt. Dazu gehört auch, das Team hängen zu lassen. Einerseits würdest du für mich ans Ende der Welt gehen, andererseits aber nicht einmal bis in die *Meerhexe.*« Ihre Stimme war sachlich, trotzdem hörte ich deutlich heraus, dass sie sich größte Mühe geben musste, ruhig zu bleiben.

»Ach, Große, findest du das nicht etwas überzogen? Mach doch nicht so ein Fass auf. In unserem Alter sollte man eine strikte Trennung von Privat- und Arbeitsleben hinbekommen.« *Verdammt!* Ich unterdrückte das Aufstöhnen, als ich mir auf die Lippen biss. Der Mund war eindeutig zu schnell für mein Hirn gewesen und nun hatte ich den Salat. Diese Antwort war die letzte, die in diesem Moment irgendetwas verbessern würde. Im Gegenteil.

»Woooah«, Mia hielt ihren Schrei, so gut es ging, zurück, dennoch bekam ich ihn mit.

Auweh. Das konnte ja heiter werden.

»Wie du meinst, Eike. Wenn es dir wichtig ist, dass sich die Dinge zwischen uns klären, bist du morgen früh pünktlich in der *Meerhexe*. Solltest du nicht kommen, weiß ich ja, woran ich bin.«

Tut, tut, tut.

Aufgelegt.

Verdattert nahm ich das Handy vom Ohr und starrte es an. Das konnte nicht ihr Ernst sein.

Lina

Zuerst nahm ich den metallischen Geschmack im Mund wahr, dann das Klebrigfeuchte an der Wange. Eine Hand berührte meine Schulter und schüttelte daran.

»Lina. Was ist mit dir?« Eine Stimme sprach aus weiter Ferne zu mir.

Aber jetzt, da sie es fragte … Was war denn mit mir? Ganz langsam bewegte ich eine Hand. Sofort griff ich in die Scherben und ein kurzer, scharfer Schmerz schoss durch meine Handkante. »Au!« Ich zuckte zurück, doch zumindest klärten sich meine Gedanken allmählich. Noch reichlich irritiert sah ich mich um.

Scherben.

Fußboden.

Geschirrtuch.

Blutflecken.

Bent.

All die Informationen setzten sich in meinem Kopf zu einem unscharfen Bild zusammen. Mit

Bent hatte ich gestritten oder so etwas Ähnliches. Die Tasse war zerbrochen, weil ich wütend geworden war. Sehr wütend. Auf alle und jeden. Wegen Eike. Aber wo kam das Blut her?

»Lina? Hey. Schau mich an. Was ist los?« Bent wieder.

Warum fragte er? Erschöpft hob ich den Kopf. »Was ist denn?«

»O nein. Dein Gesicht ... soll ich einen Arzt rufen?« Schreckgeweitete Augen starrten mich an.

»Wozu?« Ich verstand rein gar nichts, und um ehrlich zu sein, wollte ich einfach meine Ruhe. Vorhin hatte Bent mich und meine Entscheidung noch reichlich blöd gefunden. Wegen der paar Scherben brauchte er jetzt auch keinen Aufstand zu machen. Überhaupt, warum konnten mich nicht alle endlich in Frieden lassen? Ich hatte keine Lust mehr auf das Gelaber. Sie behaupteten, meine Freunde zu sein, mich lieb zu haben, doch letzten Endes blieb jeder für sich allein. Das merkte man nur meistens erst, wenn man Menschen einmal nicht nach dem Mund redete und stattdessen eine andere Meinung vertrat. Bloß dass meine Meinung keine gewesen war, sondern meine freie Entscheidung darüber, mit wem ich eine Liebesbeziehung haben wollte.

»Du blutest überall, Lina. Was ist passiert? Bist du ausgerutscht?«, fragte Bent weiter.

Konnte er nie aufhören?

»Mir ist eine Tasse runtergefallen. Ich bin aber nicht gestürzt.« Mir fiel auf, dass seine Hand weiterhin auf meiner Schulter lag und sanft dagegen drückte, um mich am Aufstehen zu hindern. »Lass mich. Dann räume ich die Scherben weg und fahr dich nach Hause. Es ist schon spät.« Mit jedem Wort wuchs die Mauer, welche die Depression um mein Innerstes baute, ein Stückchen höher. Gleichzeitig fütterte sie den Innenraum mit weichen schwarzen Kissen, damit ich mich so richtig einkuscheln und es mir in ihr bequem machen konnte. Eine heimelige Höhle, in der ich mich verschanzen und den Eingang mit massenweise Stacheldraht verbarrikadieren konnte.

»Kindchen –«

»Nichts Kindchen.« Etwas zu ruppig schob ich seine Hand weg. »Lass mich aufstehen. Ich komme bestens zurecht.« Stöhnend stemmte ich mich vom Boden hoch. Ob es wegen der Rückenschmerzen, die mir das Herumliegen auf dem harten Untergrund eingebracht hatte, oder wegen der Scherben, die sich in meine Handflächen bohrten, gequälter klang, wusste ich selbst nicht.

Bent schien offensichtlich überfordert mit meiner ablehnenden Haltung und zog sich zwei Schritte zurück. »Aber –« Er verstummte und sah mich ratlos an.

»Wartest du bitte in der Gaststube auf mich? Beim Kehren kann ich niemanden brauchen, der zwischen den Scherben steht.« Ich hatte mir keine große Mühe gegeben, freundlich zu klingen, zumindest hatte ich ihn nicht so angeschnauzt wie gerade.

»Ist gut«, murmelte er und schlurfte zur Tür. Er wirkte auf einmal wieder so traurig und alt. Das hatte ich nicht gewollt.

Eine halbe Stunde später saßen Bent und ich schweigend im Auto. Nachdem ich gekehrt und gewischt hatte, hatte ich mir noch schnell das gröbste Blut aus dem Gesicht gewaschen und dann waren wir aufgebrochen.

Bent linste andauernd zu mir herüber, befand es allerdings für besser, nichts zu sagen. Stattdessen nestelte er nervös an seinem Reißverschluss herum.

Durch seine Blicke, die drückende Stille und die Schwärze der Nacht bildete sich jedoch alsbald ein bleischweres Gewicht auf meiner Brust. Es wurde immer schwerer, raubte mir den Atem. Zunächst wurde mir schlecht, anschließend schwindlig. Ich musste rechts ranfahren, das Auto parken und mich von meinem Sicherheitsgurt befreien. Gleichzeitig riss ich die Tür auf und sprang ins Freie. Schwankend machte ich ein paar Schritte vom Auto weg, beugte mich vornüber, stützte die Hände auf den

Oberschenkeln ab und versuchte, gleichmäßig zu atmen. Was war denn nur los mit mir? Wann hatte mich die alte Lina eingeholt?

»Lina?«

Hinter mir schlug eine Autotür und Füße schlurften über den Asphalt.

»Es geht schon«, bemühte ich mich, die Starke zu geben. »Setz dich ruhig wieder ins Auto. Es ist fürchterlich kalt.« Zumindest der letzte Teil stimmte. Eine steife Brise wehte uns um die Ohren und sorgte dafür, dass sich die wenigen Grad über Null, die das Thermometer anzeigte, anfühlten, als hätten wir bereits arktische Temperaturen.

»Nein, jetzt ist Schluss, Lina. Ich merke doch, dass es dir nicht gut geht, und ich lasse mich ungern für dumm verkaufen.« Bent legte seine Hand auf meine Schulter. »Sieh mich bitte an.«

Aktuell sah ich seine Beine, die in braunen Cordhosen steckten und sich durch meine gebeugte Haltung direkt vor meinen Augen befanden. Bents Gesicht schien meilenweit entfernt zu sein. Meine Arme wollten mich nicht dabei unterstützen, mich aufzurichten. »Lass gut sein«, wiederholte ich daher und strengte mich an, fröhlich zu klingen – auch das misslang mir kolossal.

»Also gut. Dann setz dich wenigstens ins Auto. Wir können ja eine kleine Pause machen, aber hier draußen holst du dir den Tod. Weitere Krankheitsfälle im Café können wir uns nicht mehr erlauben. Oder glaubst du wirklich, dass Mia und ich die Arbeit in der *Meerhexe* allein stemmen könnten?« Energisch schob er seinen Arm unter meinen, sodass ich bei ihm eingehakt war. »Nun komm schon, ehe du noch festfrierst.«

Mit sanfter Gewalt zog er mich zurück zum Auto. Ich gab jeden Widerstand auf und ging bereitwillig mit. Was blieb mir anderes übrig?

Nachdem ich auf den Fahrersitz gesunken war, legte ich den Kopf ein Stück in den Nacken, um durch die Kopfstütze ein Gefühl von Sicherheit an meinem Hinterkopf zu erzeugen.

»Magst du jetzt erzählen, was mit dir los ist, Lina?« Bent berührte mit seiner faltigen Hand meine rechte und streichelte sacht über meine Finger. »Du bist seit ein paar Tagen seltsam. Anfangs dachte ich, dass ich mir das nur einbilde, durch Helkes Tod bin ich ja selbst nicht gut drauf, nach heute allerdings …« Er machte eine umfassende Geste.

Erschöpft schüttelte ich den Kopf. »Komm, ich fahr dich nach Hause. Es ist schon viel zu spät und du bist garantiert ebenso müde wie ich.« Mit einer flinken Bewegung befreite ich meine Hand aus seinem Griff und startete den Motor.

»In Ordnung. Aber morgen möchte ich alles ganz genau wissen«, beharrte der Alte.

Seufzend nickte ich. Das konnte ja heiter werden.

Lina

Am Ende war die letzte Nacht sehr kurz geworden. Ein Blick in den Spiegel hatte mir deutlich gezeigt, dass ich keineswegs sofort ins Bett fallen konnte, wie ich es zuerst vorgehabt hatte. Mein ganzes Gesicht war übersät mit kleinen Schnittverletzungen und Blut. Waschen und Desinfizieren ließen sich definitiv nicht vermeiden.

Nach einer heißen Dusche, die sämtliches Rot mit sich fortspülte, und einer ausgiebigen Behandlung mit Desinfektionsmittel fiel ich erschöpft ins Bett, nur um in aller Frühe vom Postboten wachgeklingelt zu werden. Konnte man mich eigentlich nie in Ruhe lassen? Ich musste früher zur Arbeit als ohnehin schon und dann riss man mich noch zeitiger aus dem Schlaf als nötig. Genervt plumpste ich aufs Sofa. Am liebsten hätte ich mir direkt wieder die Kuscheldecke über den Kopf gezogen und weitergeschlafen, leider lohnte sich das nicht mehr. Nachdenklich starrte ich vor mich hin, bis mir die Stifte und die Weihnachtskarten auf dem Tisch auffielen. Irgendwann vor einer gefühlten Ewigkeit hatte ich damit begonnen, welche zu schreiben, war aber durch die Trennung von Eike und Helkes Tod davon abgekommen und hatte sie vollkommen vergessen. Unsicher beugte ich mich vor, streckte meine Rechte nach einem Stift aus und zog mit der Linken eine Karte näher an mich heran. Es war so lange her, dass ich meiner Mutter geschrieben hatte, und ehrlich gesagt, war ich unglaublich froh darüber gewesen, dass ich diese Marotte hatte ablegen können. In diesem Augenblick jedoch war das Verlangen danach übermächtig und so setzte ich den Stift auf das Papier, um einmal mehr meine Gedanken mit einer Toten zu teilen, der ich zu ihren Lebzeiten niemals gut genug gewesen war. Erfolgreich therapiert sah sicher anders aus.

Liebe Mama,

wenn du noch bei mir wärst, würdest du mir jetzt wohl mit einem breiten Grinsen »Ich hab's dir ja gesagt« an den Kopf werfen. Ja, ich hätte es mir denken können, dass mir so viel Glück nicht vergönnt sein würde. Du würdest allerdings eher sagen, dass ich mir dieses Glück nicht verdient hatte. Letzten Endes ist es aber auch egal. Eike und ich sind nicht mehr zusammen und die Meerhexe hat ihren Wohlfühlstatus dadurch ebenfalls verloren. Alles hier ist nur noch anstrengend und ermüdend. Obwohl ich Norderwitt liebe und die übrigen Leute ganz zauberhaft sind, wächst mir alles wieder über den Kopf. Du hast wahrscheinlich recht gehabt: Ich bin eine Versagerin und bekomme im Leben einfach nichts auf die Reihe. Trotzdem werde ich es weiter versuchen, abgesehen davon, dass mir nicht so viel Wahl bleibt, hasse ich es, wenn du recht hättest und die Depression gewinnen würde.

Deine Lina

Ich legte den Stift auf den Tisch und sah die Karte teils erleichtert, teils wütend an. Ob ich es jemals schaffen würde, mich von dieser Marotte zu lösen? Missmutig kämpfte ich mich vom Sofa hoch. Während des Schreibens war die Zeit schneller verflogen als erwartet. Ich musste mich sputen, um Bent rechtzeitig abholen zu können. Oder zumindest halbwegs … für Pünktlichkeit war es mittlerweile zu spät.

Wir saßen bereits eine Weile im Auto, als Bent meine Hoffnungen platzen ließ. Mit einem »Was ist es nun, das dich so bedrückt, Lina?«, begann er das Gespräch erneut, das ich am Vorabend so erfolgreich vertagt hatte. Mir hätte allerdings klar sein müssen, dass ich es nicht länger vor mir herschieben konnte. Allgemein war es an der Zeit, mit Eikes und meiner Trennung offener umzugehen, schließlich wohnten wir in einem kleinen Dorf. Wenn das Getratsche erst mal losging, tauchten sicher die abenteuerlichsten Geschichten auf – und darauf war ich nicht sonderlich scharf.

»Ach weißt du, Bent«, antwortete ich, »es ist nicht so, dass ich nicht auf die ewige Liebe gehofft habe … aber es gab zu viele Missverständnisse zwischen Eike und mir.« Ich zuckte mit den Schultern. »Da kann man eben nichts machen. Er hat irgendwann aufgehört, mir zu vertrauen, und … ohne Vertrauen ist keine Beziehung der Welt etwas wert.«

Alarmiert sah Bent mich an. »Kindchen, das ist ja schrecklich. Was ist denn vorgefallen? Vertrauen verschwindet nicht einfach über Nacht.«

»Ach, Bent … wenn ich das nur wüsste.« Traurig erzählte ich ihm von der verfahrenen Situation rund um die Weihnachtsfeier, von Eikes Eifersucht, den flirtenden Kerlen und all den bösen Worten, die deswegen gefallen waren. »Ich kapiere das Problem ehrlich gesagt nicht. Ich liebe ihn, war ihm immer treu und verhalte mich lediglich so, wie es für das Café am besten ist. Zumindest auf Arbeit. Nach Ladenschluss interessiert mich ohnehin niemand außer Eike. Es war hart genug, mir anzutrainieren, dieses Gesabber und Geflirte zu ignorieren ... jetzt auch noch dafür verurteilt zu werden, das ist so ... ungerecht.«

»Und deshalb habt ihr euch getrennt?«

Die Frage des Rentners überraschte mich. »Ähm ... ja.«

»Das ist vollkommen unsinnig. Warum kämpfst du nicht ein wenig mehr für deine Liebe? Es scheinen mir keine Hindernisse zu sein, die man nicht aus dem Weg räumen könnte«, forschte Bent weiter. Offenbar schien ihm unsere Beziehung wichtiger zu sein als uns selbst.

»Versteh mich nicht falsch, aber nicht jedem ist es vergönnt, so eine wundervolle Partnerschaft zu führen wie dir und Helke. Ich habe alles probiert, um Eike klarzumachen, dass ich ihn liebe, doch es hat ihm nie gereicht. Am liebsten hätte er mich für sich allein gehabt.« Mein Tonfall schwang direkt in eine gewisse Gereiztheit um, denn dieses Thema zerrte einfach an meinen Nerven.

Bent seufzte tief. »Ich möchte mich da gar nicht weiter einmischen, Lina. Es steht mir nicht zu, euch zu sagen, wie ihr weitermachen sollt, aber lass mich dir einen Rat mit auf den Weg geben, wenn du gestattest. Einzig durch ihn hatte meine große Liebe so viele Jahre Bestand.«

Genervt rollte ich mit den Augen und lenkte Freddy, meinen Opel Corsa, auf den Parkplatz.

»Na gut, erzähl«, stimmte ich schließlich zu, um das Gespräch beenden zu können. Diese lästige Angelegenheit wollte ich nicht noch mal mit auf Arbeit schleppen.

»Versuche, die Welt durch die Augen deines Partners zu sehen, wenn du ihn nicht verstehst. Nur wer in den Schuhen des anderen ein paar Meilen gelaufen ist, kann es sich anmaßen, seine Haltung zu verurteilen. In allen anderen Fällen hilft es bloß, mit viel Geduld, Gesprächen und Kompromissen immer wieder kleine und größere Entscheidungen zu treffen, um am Ende einen glücklichen Weg zu erschaffen.« Er sah mich ernst an, und da der Motor inzwischen nicht mehr lief, erwiderte ich seinen Blick sogar. »Verstehst du, was ich dir sagen möchte, Lina?«

Bedächtig nickte ich. Bent war auf einer guten Spur und ich konnte mir vorstellen, dass diese Methode mit einem Partner, der nicht gerade Eikes Sturkopf besaß, hervorragend funktionierte. Trotz meines innerlichen Seufzens lächelte ich den alten Mann an: »Ja, du hast sicher recht. Bei meiner nächsten Partnerschaft werde ich das gewiss berücksichtigen. Für diese hier ist es leider schon zu spät.«

Der Witwer grinste mich wissend an und winkte ab. »Solange ihr noch Gefühle füreinander hegt, ist es nie zu spät. Eure Abneigung ist nichts anderes als enttäuschte Liebe, die man gießen und pflegen muss, damit sie erneut aufblühen kann.«

Ich war unendlich froh, als ich endlich in der *Meerhexe* stand und Mia uns mit einem »Moin« begrüßte. Sie lenkte das Gespräch direkt aufs Tagesgeschäft und sorgte dafür, dass keine weiteren thematischen Ausflüge in Richtung Eike mehr möglich waren. »Die Lieferung ist bereits in der Küche, du musst also nur entscheiden, welche Teesorten wir zuerst mit den Marmeladen einkochen. Mit denen können wir sofort anfangen, die Bestellung von unserem fränkischen Händler kommt erst heute Mittag.«

Lächelnd sah ich dabei zu, wie Mia durch den Verkaufsraum wirbelte, die Zuckerdosen auf den Tischen verteilte und alles für die Gäste vorbereitete.

»Schraub ruhig einen Gang runter, Liebes. Tee habe ich zum Glück schon vor drei Wochen nachgemischt, davon sollte ausreichend da sein, egal, welche Sorte wir nehmen. Allerdings fände ich unsere Wintersorten sehr passend. Für die Weihnachtsbäckerei brauchen wir leider gigantische Mengen. Am besten starten wir mit zwanzig Liter pro Teesorte, damit wir einen kleinen Vorrat haben.«

»Zwanzig Liter«, entfuhr es Bent neben uns. »Da kocht ihr ja ewig, bis ihr überhaupt genügend Tee zusammenhabt.«

»Das stimmt wohl, aber letztlich bleibt uns keine andere Option. Wenn wir etwas absolut Besonderes machen möchten, müssen wir die Dinge nutzen, die sonst niemand hat – und das sind nun mal unsere Teesorten.« Ich wusste selbst, dass unser Freund recht hatte und die ganze Angelegenheit durch Eikes Ausfall mehr als utopisch geworden war, doch es half ja nichts. Viel zu lange hatte ich jedem mit meinem Konzept den Mund wässrig gemacht, um es jetzt noch zurückzuziehen.

»Gut, dann lass es uns pragmatisch angehen, Kindchen. Was mache ich und was sind eure Aufgaben?« Bent grinste mich spitzbübisch an.

»Du willst uns helfen?«, fragte ich ein wenig verdattert. »Ich dachte, du bist hauptsächlich hergekommen, um dich zu unterhalten und nicht allein zu sein«, gab ich zu.

»Du hattest nach Hilfe gefragt, falls du dich erinnerst, und ich würde dir niemals Hilfe abschlagen. Also legen wir endlich los.« Seine Augen strahlten, als wäre er nicht fast achtzig, sondern eher achtzehn.

Einfach herrlich, wie viel Schalk und Energie in diesem alten Mann steckten. Im Stillen bewunderte ich ihn dafür. »Okay. Bent, du könntest die Weihnachtstischläufer auslegen und anschließend die dicken Stumpenkerzen verteilen. Auf jeden Tisch kommt eine große Blaue in die Mitte und mit ein bisschen Abstand links und rechts je eine kleine Goldene«, begann ich, die Arbeiten zu delegieren. Bevor ich mich erkundigen konnte, ob es für den Rentner in Ordnung war, stapfte dieser bereits los, um die Läufer aus der riesigen Tüte zu holen, die wir vorhin mitgebracht hatten.

»Ich fange mal an, den ersten Tee zu kochen. Unser Einmachtopf fasst ohnehin keine zwanzig Liter. Wir werden pro Sorte fünf Durchgänge mit vier Litern Marmelade und zwei Kilo Zucker brauchen, damit sich alles ausgeht.« Mia schien ganz in ihrem Element zu sein und ich nickte.

»Gut, dann nimm doch zuerst *Oma Maries Winterzauber*. Die Plätzchensorten, die diese Füllung bekommen sollen, müssen wir gleich zu Beginn der Weihnachtszeit backen.«

Kaum hatte ich zu Ende gesprochen, verschwand Mia in der Küche.

Ich würde mich jetzt im Büro um die Bestellungen und Lieferlisten kümmern, danach musste ich bei Mia und Bent mitanpacken, um dafür zu sorgen, dass alles zügig voranging. Aber Moment … Zunächst würde ich die passende Stimmung herbeizaubern. Eine CD mit Weihnachtsliedern würde gewiss eine noch beschwingtere Arbeitsatmosphäre mit sich bringen. Seltsam gut gelaunt drehte ich mich um. Die Schreckgespenster der letzten Nacht schienen sich in Mias und Bents Anwesenheit nicht herauszutrauen; und das auch völlig zurecht. Vor diesen beiden Frohnaturen sollte sich jeder dunkle Schatten in Acht nehmen, wenn ihm an seinem Überleben gelegen war.

Das Klingeln der Ladenglocke riss mich aus den Gedanken. Wer konnte das so früh sein? Wir hatten um diese Uhrzeit nicht einmal geöffnet. Neugierig wandte ich den Kopf und erstarrte. Die gerade so eingeschüchterten Schatten wurden wieder mutig und fraßen sich direkt in mein Herz und meinen Verstand. Vor mir stand kein Geringerer als Eike, der mich schief anlächelte.

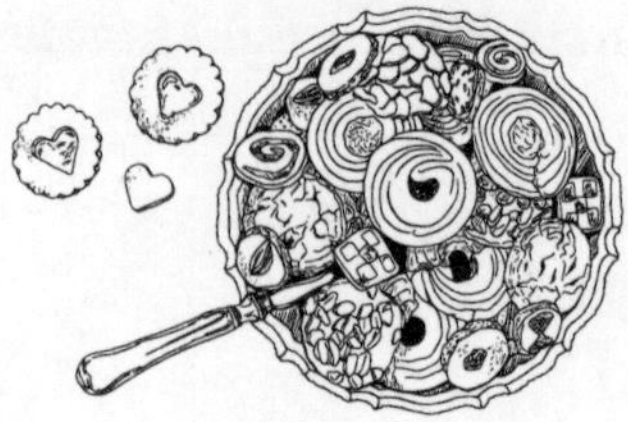

Eike

»Moin«, sagte ich und versuchte, mir nicht anmerken zu lassen, wie verunsichert ich war. Niemand sollte auf die Idee kommen, dass ich schwach und angreifbar wäre. Ich befand mich nicht wegen Mias Vorwürfen hier, sondern allein aus dem Grund heraus, dass ich es als Mitinhaber nicht vertreten konnte, wenn das Café den Bach runterging. Zumindest in diesem Punkt hatte meine beste Freundin nämlich recht gehabt – aus dieser Verantwortung konnte ich mich auch mit einem Krankenschein nicht stehlen.

»Was möchtest du?«, fragte meine Ex tonlos. »Bist du nicht krankgeschrieben?«

»Schon ... aber Mia hatte recht. Im Büro kann ich helfen, so habt ihr es beim Rest viel leichter.« Ich gab mir größte Mühe, überzeugt zu klingen, und wenigstens Linas Reaktion wirkte, als gelänge es mir weitestgehend.

»Gut. Auf dem Tresen liegen die Bestelllisten. Falls du Unterschriften benötigst, weißt du ja, wo du mich findest. Außerdem kannst du gleich die Terminbestellungen erledigen für Dezember und Januar, dann müssen wir daran nicht mehr denken.« Ohne meine Antwort abzuwarten, drehte sie sich um und hantierte weiter mit den CDs herum.

»Moin Eike«, kam es auf einmal aus einer Ecke und ich schaute mich rasch um.

»Oh, moin Bent. Ich hatte dich gar nicht gesehen«, entschuldigte ich mich bei dem alten Freund und schenkte ihm ein Lächeln. Erst auf den zweiten Blick fiel mir auf, dass er dabei war, zusammengefaltete Tischläufer auf den Tischen zu verteilen. »Was machst du? Du brauchst doch hier nicht zu arbeiten.« Ich war ein wenig erstaunt, aber auch erschrocken. Wie konnte Lina einen so betagten Mann ausnutzen und in die Arbeiten einspannen. Gut, dass ich vorbeigekommen war.

»Ach, min Jung, das tue ich gerne.« Der Alte trat heran und klopfte mir auf die Schulter. »Hier gibt es wesentlich mehr Aufgaben, als die beiden Deerns schaffen können, und immer Trubel. Das bringt mich auf andere Gedanken und mein Leben bekommt wieder Struktur.«

So hatte ich das bislang nicht betrachtet. Meine Ex vermutlich schon. Daher nickte ich nur und verzog mich ins Büro. Besser ich machte mich ebenfalls nützlich. Es gab günstigere Zeitpunkte, um die seltsame Dynamik zu ergründen, die sich hier aktuell entwickelte.

Eineinhalb Stunden später ließ ich mich erschöpft gegen die Lehne des Bürostuhls sinken und schnaufte tief durch. Kaum zu glauben, wie viele Bestellungen in zwei Monaten anfielen. Normalerweise liefen die tagesaktuell im laufenden Betrieb mit und waren schnell erledigt, aber eine Vorausplanung war etwas ganz anderes … und das waren bloß die Terminbestellungen. Für die verschiedenen Plätzchensorten kamen sicher etliche weitere hinzu … nun gut. So war die Weihnachtszeit eben. Dafür lohnte sie sich für den Geldbeutel stets besonders. Ich drückte auf die Drucktaste und beförderte alle virtuell ausgefüllten Bestellscheine damit in die Realität. Zusammen mit den händisch beschrifteten ergaben sie einen dicken Stapel, den ich Lina an den Tresen bringen würde. So konnte sie das Café, das mittlerweile im Mittagsgeschäft stecken müsste, weiterhin im Auge behalten.

Tatsächlich waren, als ich im Ladenbereich ankam, einige Tische besetzt und die Leute genossen wieder einmal Linas friesisch-fränkische Spezialitäten. Ich kapierte zwar immer noch nicht, wie man Weißwurst mit Fisch oder Krabben mit Bratwurst und Sauerkraut kombinieren konnte, aber letztlich gab ihr der Erfolg dieser Speisen recht.

»Einen Lachs-Meerrettich-Salat, bitte, Eike«, rief einer unserer Stammkunden, an dessen Platz ich gerade vorbeiging.

»Ich richte es aus«, bestätigte ich und war froh, als ich Lina endlich die Unterlagen auf den Tresen legen konnte. »Bitte unterschreiben, dann maile und faxe ich es raus. Bis du fertig bist, mache ich Pause.« Bevor sie etwas erwidern konnte, schob ich mich an ihr vorbei, um in die Küche zu gelangen.

»Moin Eike«, begrüßte mich Mia. In ihrer Stimme lag nicht halb so viel Begeisterung wie erhofft. »Hast du verstanden, was ich dir gesagt habe, oder was führt dich hierher?«

Ihre Frage traf mich unvorbereitet. Mit einem »Danke, dass du es dir anders überlegt hast« oder Ähnlichem hatte ich gerechnet, doch nicht damit. Allerdings war sie meine beste Freundin und ihre abweisende Art ging mir ziemlich an die Substanz. Nachdem mich Lina schon nicht mehr liebte, ich bei Marie gerade zielsicher alles kaputtmachte, musste mich wenigstens Mia mögen. Es war kein gutes Gefühl, diese Einsamkeit. Zugeben würde ich das jedoch nie. Immerhin war ich ein ganzer Kerl und eine solche Blöße würde ich mir sicher nicht geben … selbst wenn Mia und Lina mir bereits Dutzende Male versichert hatten, dass Gefühle zu zeigen, ein Zeichen von Stärke war. »Ich hatte eigentlich nur vor, mich in die *Meerhexe* zu setzen und ein wenig mit den Leuten zu plaudern; man kommt ja sonst nicht dazu. Als ich aber gesehen habe, dass ihr Rentner für die Arbeit einspannen müsst und trotzdem nicht klarkommt, konnte ich mir das nicht länger mitansehen. Schließlich möchte ich auch noch ein Café haben, wenn mein Arm wieder intakt ist.«

Mia schnaubte heftig, während ich ihr diese Lüge an den Kopf schleuderte.

Ihre Reaktion hätte ein Lachen sein sollen. Dass sie mir eine solche Denkweise zutraute, obwohl wir so eng befreundet waren, versetzte mir einen Stich in die Brust. Ich schluckte. Bevor ich ein paar besänftigende Worte ergänzen konnte, wurde die Küchentür aufgestoßen und Lina kam herein.

»Mia, draußen wartet jemand auf dich. Kannst du gerade von deiner Marmelade weg?«

»Nein, Lina, entschuldige. Macht es dir etwas aus, wenn jemand hinter den Tresen geht? So könnte ich mich zwischen Tür und Angel unterhalten, sollte es wirklich wichtig sein. Falls nicht, kann das bis später warten.«

Lina nickte und verließ die Küche.

»Was hast du doch für ein Glück, Eike. Da hast du dich ja extrem elegant um weitere Gespräche gedrückt. Na ja, besser ist das wohl.«

Ehe ich eine Erwiderung finden konnte, wandte sie ihren Blick Richtung Tür und verzog genervt das Gesicht.

»Hallo. Was kann ich für dich tun? Hatten wir nicht alles besprochen?«

»Hallo Mia, können wir nicht noch mal von vorne anfangen? Du hattest absolut recht. One-Night-Stands sind für niemanden fair.«

Die Stimme in meinem Rücken kam mir schrecklich bekannt vor. Meine Kinnlade klappte herunter und entgeistert riss ich die Augen auf.

Mia entging dieses Verhalten keineswegs. Sie kannte mich lange genug, um zu wissen, wie ich reagierte, wenn ich unverhofft auf eine flüchtige Bettgeschichte traf. Die Überraschung in ihrer Miene schlug in Schock um. »Das habt ihr nicht getan! Eike, du hast nicht mein Date gefickt. Sag, dass das ein schlechter Scherz ist.«

»Eike?«, piepste es entsetzt aus dem Türrahmen.

»Wer hat hier wen gefickt und geht das etwas leiser? Unsere Gäste müssen das nicht mitbekommen!« Lina.

Ich verbarg das Gesicht kurz in den Händen, ehe ich sie herabfallen ließ und mich umdrehte. Die ganze Szenerie war einfach absurd. Meine Ex stand dicht neben der Frau, mit der ich versucht hatte, mich über sie hinwegzutrösten, und die das Date meiner besten Freundin gewesen war.

»Also, wer mit wem? Was ist das Problem? Oder können wir weiterarbeiten?« Lina wurde ungeduldig. Bei all der Arbeit kein Wunder. Für Privatangelegenheiten war aktuell überhaupt keine Zeit. Möglicherweise die perfekte Gelegenheit, das Drama abzuwenden?

»Lass gut sein. Das ist weder der passende Zeitpunkt noch der angemessene Ort, um solche Geschichten aufzurollen«, ergriff ich die Chance, die sich mir so verlockend darbot – und trat damit ungebremst in die Falle.

Ein Blick auf Linas Gesichtszüge, die sich mit zunehmender Erkenntnis langsam verzerrten, verriet mir, dass nun alles aus war.

Auch Veronikas Miene verlor jede Farbe und zeigte deutlich, dass sie in einem absoluten Albtraum gelandet war. Nichtsdestotrotz besaß sie die Geistesgegenwart, sich umzudrehen und sich an der erstarrten Lina vorbeizudrücken, um zu verschwinden.

»Lina, Mia ... ich kann es erklären. Das sieht bestimmt schrecklich aus, aber so ist es nicht gewesen.« Verzweifelt versuchte ich, den Schaden zu begrenzen. Mein ganzes Leben stand auf der Kippe. Ohne Mia und die *Meerhexe* ... und ohne Lina ... Eine lähmende Schwere machte sich in mir breit, als ich das Ausmaß der Dinge begriff. Ich wollte noch mehr sagen, wollte mich verteidigen, doch mir blieben die Worte wie ein dicker Kloß im Hals stecken. In Linas Augen spiegelte sich inzwischen eine explosive Gefühlsmischung wider, die nichts mehr mit dem gütigen Wesen meiner ehemaligen Partnerin gemein hatte. Nicht einmal als sie nach Norderwitt gezogen war und ich ihr allen möglichen Ärger gemacht hatte, waren ihre Augen mit solcher Qual erfüllt gewesen.

Als sie ihre Stimme erhob, klang sie eiskalt: »Lass es, Eike. Dein Arzt sagt, du sollst nicht arbeiten. Du magst zwar Mitinhaber sein, letztlich überwiegen meine Anteile dennoch deine. Wir sehen uns, wenn du gesund bist. Auf Wiedersehen.« Bereits während des letzten Satzes drehte sie sich um und verschwand wieder in den Gastraum.

Lina. Am liebsten wäre ich ihr nachgelaufen, aber das musste warten. Ich konnte unmöglich vor den Kunden ein Drama anfangen. Zumindest mit Mia wollte ich die Dinge allerdings in Ordnung bringen. Mühsam löste ich mich so weit aus der Starre, um mich umzudrehen. Doch noch ehe ich die Bewegung vollendet hatte, hörte ich die schneidenden Worte meiner besten Freundin: »Mach einfach, was Lina sagt, Eike. Geh mir aus den Augen.«

Lina

Zwei Wochen später

Erschöpft wälzte ich mich im Bett herum und versuchte, ohne meine Augen zu öffnen, die viel zu lauten Klänge von Survivors »Eye of the Tiger« wegzudrücken.

Mein Smartphone jedoch weigerte sich, sich abstellen zu lassen, und glitt mir immer wieder aus den Fingern, bis ich es schließlich entnervt unter mein Kopfkissen schob. Dort vibrierte und plärrte es weiter vor sich hin. Jeden Tag das gleiche Spiel.

Seit Eikes Stelldichein mit Veronika aufgeflogen war, fiel es mir zunehmend schwerer, aus dem Bett zu kriechen. Nur mit Mühe schaffte ich es, wenigstens bis mittags im Laden zu sein. Daran aufzusperren oder Dinge vorzubereiten, dachte ich längst nicht mehr. Auch jetzt drehte ich mich bloß genervt um und rollte mit dem Kopf auf zwei kleinere Kissen, um von dem lästigen Geräusch wegzukommen.

Am anderen Ende der Leitung war ohnehin Bent – wie jeden Morgen. Warum er sich unbedingt in den Kopf gesetzt hatte, mir zu helfen, wusste ich nicht genau. Jedenfalls war der Tag, an dem ich ihn das erste Mal zu spät abgeholt hatte, der letzte ohne morgendliche Anrufe gewesen. Mit einer mich wahnsinnig machenden Engelsgeduld rief er wieder und wieder an, bis ich schließlich aus dem Bett kroch und im Auto saß, um ihn abzuholen. Schon seit drei Wochen half er uns täglich, teils als wirkliche Servicekraft, die Tische reinigte und spülte, teils als lustiger Märchenopa, der die Kundschaft mit Weihnachtsgeschichten unterhielt. Letzteres hatte er sich auch für heute vorgenommen. Am Nachmittag kam eine Jugendgruppe zur Weihnachtsfeier und nichts passte besser zu Tee und Plätzchen als stimmungsvolle Erzählungen.

Die Sache hatte allerdings einen Haken: Ich musste ihn fahren … und da folgte direkt der zweite: Heute war Eikes Wiedereinstieg nach seiner Krankschreibung und um nichts in der Welt wollte ich in die *Meerhexe*. Ich war nicht bereit, diesem Idioten zu begegnen, und ebenso nicht dafür, seine nächste fadenscheinige Ausrede, garniert mit einer Entschuldigung, die man beim besten Willen nicht ernst nehmen konnte, zu hören. Zu viele Sprach- und Textnachrichten hatten mich in den vergangenen Tagen erreicht und ich war mittlerweile einfach zu müde, sie überhaupt noch zu lesen oder anzuhören. Was immer er zu sagen hatte, letztlich ging es sicher nur darum, dass ich ihn nicht rauswerfen sollte – und das durfte ich nicht, schließlich hatte er sich nichts Arbeitsrelevantes zuschulden kommen lassen. Mir war das nach dem Telefonat mit einer Anwältin für Arbeitsrecht durchaus klar, ob Eike es wusste … mir egal.

Ich wälzte mich ein weiteres Mal herum und stopfte das Handy tiefer unter das Kissen. Konnte Bent nicht endlich Ruhe geben? Niemand verstand, warum er auf einmal so arbeitswütig war, aber wir vermuteten, dass er die Lücke, die Helkes Tod gerissen hatte, mit einer Beschäftigung füllen wollte. Am Ende war ich ihm sehr dankbar, denn er hatte uns nach Eikes Ausfall wirklich den Hintern gerettet. Ohne ihn wären wir weder rechtzeitig vor dem ersten Advent mit der Dekoration fertig geworden, noch hätten wir jeden Tag frische Plätzchen in der Auslage gehabt. Außerdem erwies er sich als Naturtalent, was den Papierkram anging.

Wah! Diese blöde Melodie ging mir so auf die Nerven. Am liebsten hätte ich das Smartphone gepackt und gegen die Wand gefeuert, allerdings fehlte mir eindeutig die Energie für sinnlose Gewaltakte. War es zu viel verlangt, mich einfach schlafen zu lassen? Im Café war ich keine große Hilfe, dafür war ich zu langsam und unkonzentriert. Dadurch passierten mir immer häufiger Fehler, die so nicht vorkommen durften. Falsche Bestellmengen, vollkommen blödsinnige Rechnungen oder nicht korrekt herausgegebenes Wechselgeld hatten fast zum Standard gehört, ebenso angebranntes Gebäck. Inzwischen rechnete Bent ab und kassierte, während Mia die Küche schmiss. Mich brauchten die beiden nur zum Bedienen und Unterschreiben … wobei, ehrlich gesagt, hätten sie mich sicher für mehr gebraucht, doch ich war eben nicht zu gebrauchen. Das machte durchaus einen Unterschied, zwar nicht in der Arbeitsmenge, die auf sie entfiel, aber trotzdem.

»Himmel … meine Arbeit und seine gleich dazu kann ab heute Eike machen«, motzte ich vor mich hin und zog mir die Decke über den Kopf. Der Anfang des Liedes erklang schon zum zigsten Mal und ich hatte die Schnauze gestrichen voll davon. Wie war Mia bloß zu der irrwitzigen Annahme gekommen, dass es motivierend sein könnte und man damit leichter aus dem Bett käme? Der größte Schwachsinn überhaupt – und dann hatte ich ihr zu allem Überfluss sogar versprochen, dass ich es weder änderte, noch das Handy ausschaltete. Ich war wirklich zu dämlich. Warum holt nicht einfach Eike Bent ab?, schoss es mir auf einmal durch den Kopf. Das war die Idee. Drei Leute in der *Meerhexe*, kein Eike für mich, keine Lina für ihn, und ich musste nie wieder aus dem Bett krabbeln. Die perfekte Lösung eigentlich … wenn da nicht dieses bescheuerte Smartphone wäre, das mich in den Wahnsinn trieb. Mittlerweile ließ Bent es über eine halbe Stunde dauerklingeln und ihm schien der Spaß daran nicht zu vergehen.

Ich stöhnte. Na schön. Mühsam hob ich den Kopf, rieb mir mit einer Hand über Augen und Wange, bevor ich mich langsam aufsetzte. Nur auf meine Linke gestützt beugte ich mich anschließend zum Kopfkissen und zog das Handy darunter hervor. »Guten Morgen«, lallte ich mehr in das Mikrofon, als ich sprach. »Ich gehe jetzt ins Bad … gib mir zwanzig Minuten.«

»Fünf«, drang Bents Stimme entschieden aus dem Lautsprecher. »Dann rufe ich an, sonst krabbelst du bloß zurück ins Bett.«

»Ja, Papa«, grummelte ich und drückte ihn weg. Fünf Minuten … in der Zeit schaffte ich es ja nicht einmal ins Bad und aufs Klo. Andererseits hatte er natürlich völlig recht, denn die letzten Tage hatte weder der erste noch der zweite Anruf gefruchtet und ich war wieder eingeschlafen. Heute allerdings würde ich es anders lösen. Ich quälte meine Beine über den Bettrand, suchte mit den nackten Füßen die Pantoffeln und freute mich über das kleine Lächeln, das sich auf meine Mundwinkel schob. Bent im Café abzusetzen, war gewiss keine doofe Idee.

Ab morgen konnte ihn Eike mitbringen, er wohnte eh viel näher an der Wohnung des Rentners. Sobald der Alte aus dem Auto war, würde ich ohne Umwege zu einem Arzt fahren. In diesem Zustand würde mich sicher jeder Doktor krankschreiben. Dann durfte ich mir endlich hochoffiziell die Decke über den Kopf ziehen und musste nichts mehr sehen und hören.

Das war doch ein Plan. Ein ziemlich anständiger sogar, um ehrlich zu sein. Jedenfalls gut genug, um dafür zu sorgen, dass ich beim nächsten Telefonklingeln bereits aufgestanden und mit einem Stapel sauberer Kleidung auf dem Weg ins Badezimmer war.

Lina

Schweigend saßen Bent und ich nebeneinander im Wagen. Je schwerer ich aus dem Bett kam, desto peinlicher wurde es mir, ihm unter die Augen zu treten. Dass er nie schimpfte, mich anmaulte oder verlangte, dass ich mich zusammenreißen und wie eine Erwachsene benehmen sollte, machte mir zusätzlich zu schaffen. So etwas war ich nicht gewohnt. Außerdem schürte es in mir die Angst, dass er alles in sich hineinfraß und irgendwann explodieren würde. Das hatte ich schon zu oft erlebt. Erst hatten die Leute nicht gesagt, was sie an mir störte, und am Ende ertrugen sie die Dinge und mich nicht mehr und wandten sich ab.

»Lina«, begann Bent.

Erschrocken von der unerwarteten Ansprache zuckte ich zusammen.

»Hast du bereits eine Idee, wie wir die Aufgaben jetzt verteilen?«

Natürlich. Die Arbeit. Eike. Nicht einmal bis ich ihn unbedingt sehen musste, ließ man mich mit ihm in Ruhe. »Ich denke, du machst weiterhin die Bestellungen. Keine Ahnung, wie dir das gelingt, doch du bist wesentlich schneller als Eike oder ich … und danach tust du einfach, wonach dir ist. Falls du die Kinder bespaßen möchtest, sehr gerne, aber du kannst dich ruhig auch nur zu den Gästen setzen, mit ihnen reden oder basteln. Wäre das in Ordnung für dich?« Selbstverständlich hätte ich ihm genügend weitere Aufgaben übertragen können, ich wollte allerdings, dass er frei entscheiden konnte, was er tat und was nicht. Immerhin war er nicht mein Mitarbeiter, sondern ein freiwilliger Helfer.

»Mir ist alles recht, was dir hilft, Lina«, sagte er und endete mit einer Betonung, die vermuten ließ, dass er sich irgendetwas verkniff, das er allzu gerne angehängt hätte.

»Danke, Bent. Ich weiß das zu schätzen«, antwortete ich so unverbindlich wie möglich und überging die dargebotene Gelegenheit, einen weiterführenden Dialog aufzunehmen. Ich fürchtete mich davor, wohin das sonst führen könnte.

Bent schwieg, bis wir am Parkplatz anhielten. Dort klickte er seinen Sicherheitsgurt auf und sah mich einen Moment durchdringend an. »Wenn dich die Vergangenheit verfolgt, kannst du sie nicht ewig wegdrängen. Manchmal braucht es noch mal einen Blick zurück und ein Gespräch, um den Abschied vom Alten anzustoßen und der Zukunft den Weg zu bereiten.«

Verblüfft schaute ich ihn an und hielt ihn an der Schulter zurück, da er schon dabei war, aus dem Auto zu steigen, als ich endlich reagieren konnte. »Was meinst du damit? Du hast das sicher nicht bloß gesagt, weil es dir zufällig in den Sinn gekommen ist, oder?«

»Mich geht die Geschichte zwischen dir und Eike nichts an, Kindchen, trotzdem bin ich nicht blind. Seit eurer Trennung geht es dir sehr schlecht. Auch bevor diese Veronika im Café aufgetaucht ist, warst du anders … na ja, und was danach kam, das weißt du selbst am besten. Ich sage nicht, dass du Eike vergeben sollst, aber vielleicht würde es euch beiden guttun, euch auszusprechen … und wenn es nur um der *Meerhexe* willen ist, denn die darf darunter nicht leiden.« Er schob meine Hand sanft von seiner Schulter und drückte sie kurz. »Versteh es bitte nicht als Einmischung, Lina. Fühl dich nicht verpflichtet, den Rat eines alten Mannes anzunehmen. Gelegentlich kann ich meine Ratschläge einfach nicht für mich behalten. Verzeih.«

Ich spürte deutlich all die Runzeln und Falten, die das Leben in seine Haut gegerbt hatte. Gerade noch rechtzeitig gelang es mir, mir auf die Unterlippe zu beißen und die pampige Antwort, die mir zuerst in den Sinn gekommen war, hinunterzuschlucken. Womöglich hatte er ja ein kleines bisschen recht, obwohl mir dieser Gedanke überhaupt nicht schmeckte.

Bent ließ mich los und stieg aus dem Auto. Langsam entfernte er sich und ging die Dünen hinab.

In dem Moment, als sein Kopf hinter der Kuppe verschwand, sprang ich ebenfalls aus dem Auto. Normalerweise stützte ich ihn immer den sandigen Weg hinunter, weil er längst nicht mehr sicher genug auf den Beinen war, und nun schickte ich ihn als Dank für seine gut gemeinten Worte allein los? Diese Art von Undankbarkeit konnte doch nicht wahr sein. Hastig eilte ich ihm hinterher. Ob ich mit Eike das Gespräch suchen würde, konnte ich später entscheiden.

Nachdem wir heute mit vier Leuten geplant hatten und Eike ein letztes Mal zum Arzt sollte, um sein Handgelenk checken zu lassen, kam er erst nachmittags. Für mich bedeutete das, dass ich trotz reichlicher Verspätung vor ihm im Café war und ausreichend Zeit hatte, mich wegen unseres Wiedersehens verrückt zu machen. Ich malte mir zig Szenarien aus, wie alles ablaufen könnte, vom Kniefall vor mir bis hin zu einer Option, bei der er mit Veronika am Arm hereinkam. Am Ende konnte mich allerdings keine dieser Vorstellungen vor dem Gefühl bewahren, das mich überkam, als ich in sein Gesicht sah.

Schon von der Tür schallte Eikes »Moin« durch den Raum und unsere Gäste freuten sich offensichtlich, dass er wieder da war. An fast jedem Tisch musste er haltmachen, Hände schütteln und ein paar Worte wechseln, ehe er endlich vor mir stand.

Ich bestückte gerade die Auslage mit neuen Plätzchen, die Mia vorhin gebacken hatte, und bemühte mich redlich, den Kopf unten zu halten und mich darauf zu fokussieren.

»Moin Lina. Na, hast du die Plätzchen bald mit den Augen aufgegessen, oder lässt du der Kundschaft welche übrig?«

Mein Kopf schnellte bei diesem blöden Kommentar automatisch hoch und mein Blick traf sofort Eikes braune Augen. »Sonst noch was oder bist du bloß zum Dummschwätzen hier?«, schoss ich statt einer Begrüßung los. Allein der Anblick seiner Lippen rief ein Kopfkino in mir hervor, in dem Veronika ihn küsste, und brachte mein Herz dazu, sich schmerzhaft zu verkrampfen. Am liebsten wäre ich weggerannt, aber ein weiteres Drama konnten wir uns vor den Kunden nicht erlauben. Sie hatten bei Eikes Rauswurf vor zwei Wochen schon ganz seltsam geschaut und im Anschluss viel getratscht. Ins Gerede zu kommen, war nie gut.

Zum Glück reagierte Eike besonnener als erwartet.

»Nein. Mein Handgelenk ist ausgeheilt und ich darf endlich wieder arbeiten. Ich könnte die Küche übernehmen und Mia zurück in den Service.«

»Das wirst du wohl müssen«, erwiderte ich biestig und zischte so leise über die Theke, dass nur er es hören konnte. »Stell dich vorsichtshalber darauf ein, dass es passieren könnte, dass ich eine Weile ausfalle.«

Scheinbar gleichgültig zuckte er mit den Schultern. »Umso besser. Wenn du krank bist, fällt die Weihnachtsfeier aus. Dann kriege ich am Ende ja doch meinen freien Abend, ohne Urlaub dafür zu verschwenden.«

Zack. Seine Worte trafen mich wie eine schallende Ohrfeige. Das hatte gesessen.

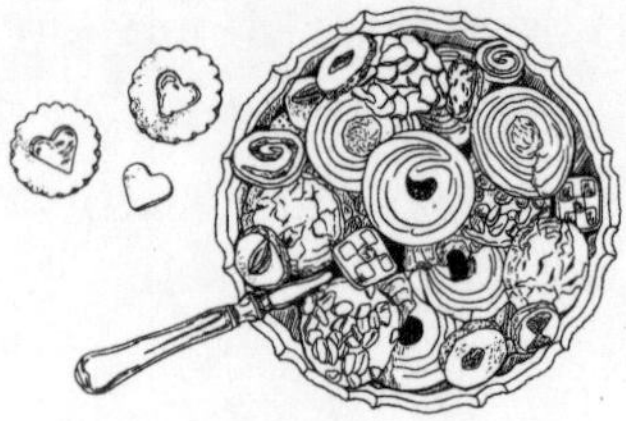

Eike

Fluchend hatte ich den Rest des Tages in der Küche zugebracht und neben dem Backen von Stollen und Keksen mit Mia auch noch Marzipan, Marmelade und Pralinen hergestellt. Die Stimmung zwischen meiner besten Freundin und mir hatte sich zum Glück im Laufe meines Krankenstandes verbessert. Im Gegensatz zu meiner Ex hatte sie sich ein paar Tage nach dem Zusammenstoß mit Veronika entschieden, mir zuzuhören. Natürlich hatte Mia mir erzählt, dass sie irgendeine Veronika gedatet hatte, und wie diese sich verhalten hatte, aber dem Himmel sei Dank kam sie zur gleichen Erkenntnis wie ich: Dass ich dieselbe Person in einer ganz anderen Ortschaft in der Disco treffe und gerade sie auswähle für einen One-Night-Stand, war so unwahrscheinlich, dass ich damit nicht rechnen musste.

Was mir Mia allerdings nachtrug, war die Tatsache, dass ich überhaupt mit einer Frau ins Bett gestiegen war, nur um Lina eins auszuwischen. Ja, auszuwischen, auf diesen Standpunkt beharrte sie … und wenn ich ehrlich zu mir selbst war, sich über die Trennung mit Sex hinwegzutrösten, klang auch nicht wirklich besser. Trotz dieser Differenzen befand sich unsere Beziehung zueinander wieder im Gleichgewicht und zumindest einen positiven Nebeneffekt hatte Veronikas Aufkreuzen gehabt: Durch diese Auseinandersetzung mit Mia hatte ich erfahren, dass Lina unsere Trennung überraschenderweise doch nicht so leicht wegsteckte, sondern mir ebenfalls hinterhertrauerte.

Wobei, ob das etwas Gutes war, wagte ich nach dem Vorfall bereits zu bezweifeln, denn all meine Nachrichten verpufften unbeantwortet. Außerdem hatte ihr Auftreten heute im Café sehr deutlich gemacht, dass sie mir nicht verzeihen würde. Am liebsten hätte sie sich krankschreiben lassen, bloß um meine Anwesenheit nicht ertragen zu müssen. Übelkeit stieg allein bei der Erinnerung daran in mir auf. Erst jetzt dämmerte mir, wie viel mir Lina bedeutet hatte und was ich mit dieser Liebe alles verlor. Es gab nicht mehr nur Eike und nur Lina, ein Teil meiner Seele wohnte längst in ihr, sowie ein Teil der ihren in mir … und dieser Teil würde ohne ihre allgegenwärtige Liebe langsam sterben und ein Loch in meinem Innersten hinterlassen, das nichts wieder zu heilen vermochte. Ein weiteres schwarzes

Loch in dem Schweizer Käse, der sich mein Herz schimpfte und immer aufs Neue enttäuscht wurde. Verbittert kickte ich mit dem Fuß in den Sand des Pfads, der sich die Düne hinaufwand. Dabei stieß ich ein wütendes Geräusch aus, den lauten Aufschrei gelang es mir, gerade noch rechtzeitig zu unterdrücken. Immerhin liefen Lina, Mia und Bent vor mir den Hang hinauf zum Parkplatz.

Oben angekommen standen die Frauen schon an ihren Autos und schienen auf Bent zu warten, der in der Mitte des Platzes angehalten hatte und mich ansah.

»Eike, könntest du so freundlich sein und mich mit nach Hause nehmen?«, fragte der Alte und lächelte mich an. »Wir möchten beide gewiss nicht, dass Lina um diese Uhrzeit einen unnötigen Umweg fahren muss, oder?«

Der Kerl verstand es wirklich, einen zu entwaffnen. Wie sollte ich ihm bei dieser Argumentation etwas abschlagen, ohne als totaler Arsch dazustehen?

»Na klar, das ist überhaupt kein Problem.« Mein Blick glitt zu Lina. »Soll ich ihn morgen früh auch abholen oder übernimmst du das? Du fängst ja erst mittags an.« Obwohl ich keinerlei Sarkasmus oder Provokation in diese Frage gelegt hatte, funkelten ihre Augen wütend auf. Sie erinnerte sich scheinbar direkt an meinen dummen Spruch mit der Weihnachtsfeier, den ich bereits zutiefst bereute.

»Lass gut sein. Ich mach das schon. Wie immer.« Linas Stimme war schneidend. Dann wandte sie den Kopf Richtung Bent und Mia. Sie zwang ein Lächeln auf ihre Lippen, das trotz aller Vorspiegelung erstaunlich echt aussah. »Gute Nacht zusammen. Kommt sicher nach Hause und schlaft schön. Wir sehen uns morgen.«

»Gute Nacht«, kam es einstimmig aus zwei Mündern. Zwei Autotüren schlugen und zwei Motoren starteten. Keine dreißig Sekunden später standen Bent und ich allein auf dem Parkplatz.

Die Autofahrt mit dem Alten war extrem komisch für mich. Die letzten Male, die wir geredet hatten, war alles noch anders gewesen. Wir hatten beide in sehr glücklichen Beziehungen gesteckt und unsere Leben geliebt. Viele positive Dinge widerfuhren uns tagtäglich und so teilten wir diese mit größter Freude. Inzwischen sah die Lage ein wenig verändert aus. Schwarze Wolken hingen über unseren Köpfen und verdunkelten unsere Leben. Wir hatten beide unsere Liebsten verloren, aber irgendwie ging Bent damit einfach besser um. »Wieso?«, rutschte es mir heraus, ehe ich es verhindern konnte.

»Wieso was?«, fragte der Alte irritiert nach.

Ich seufzte. »Ach, ich habe nur laut gedacht. Nicht so wichtig.«

»Ach, Junge, du kannst dir gerne selbst was vormachen, bloß bitte spar es dir bei mir. Ich sehe dir an der Nasenspitze an, dass dich etwas umtreibt. Vielleicht kann ich dir nicht helfen, zuhören allerdings kann ich dir auf jeden Fall. Manchmal ist das schon eine große Unterstützung und manchmal«, er schmunzelte bei den nächsten Worten, »haben wir Alten ganz gute Ratschläge zur Hand.«

Und hin und wieder soll es auch vorkommen, dass alte Menschen ihre Grenzen nicht kennen, vollendete ich seine Ausführungen in Gedanken. Ich konzentrierte mich auf den Verkehr und die dunkle Straße, die uns hoffentlich demnächst vor Bents Haus führen und mich erlösen würde. Andererseits ... mein Gehirn benötigte einen Moment, um diese Betrachtungsweise näher in Erwägung zu ziehen ... womöglich hatte er ja wirklich einen Tipp, wie ich das mit Lina noch hinbekommen könnte. Immerhin waren er und Helke so viele Jahre ein Paar gewesen, das konnte sicher nicht ohne Streit und böse Worte abgelaufen sein. Trotzdem hatten sie sich ein ums andere Mal zusammengerauft und waren bis zu ihrem Lebensende zusammengeblieben. »Wieso«, wiederholte ich daher meine Frage und ergänzte sie, »hilfst du jedem und schenkst allen deine Liebe, Arbeit und Zuversicht, wenn das Liebste, das du hattest, dir genommen wurde? Ich verstehe es einfach nicht.«

Neben mir schnaubte Bent, und als er antwortete, klang seine Stimme fast ein wenig beleidigt. »Wie kommst du eigentlich auf die dämliche Idee, dass ich meine Helke verloren habe? Liebe fängt nicht mit einem Kuss an und endet nicht mit einer Leiche. Liebe ist ein Gefühl, eine Verbundenheit, eine besondere Magie zwischen zwei Menschen. Nichts auf der Welt könnte das beenden, schon gar nicht so etwas Banales wie der Tod. Meine Helke ist immer um mich. Ich kann sie zwar nicht mehr sehen und auch nicht mehr anfassen, aber sie ist in jedem meiner Worte, in jeder Tat und in allem, was mir widerfährt. Mein Herz und meine Gedanken werden weiterhin von ihr erhellt und ich spüre, dass sie sich darüber freut, dass ich so handle, wie ich handle. Bloß weil wir gerade durch diese Kleinigkeit namens Tod getrennt sind, habe ich sie doch nicht verloren. Im Gegenteil: Sie ist vorausgegangen und bereitet das vor, was wir unser ewiges Liebesnest nennen. In meinen Träumen erzählt sie mir davon und ich freue mich bereits darauf, dort einzuziehen, sobald meine Zeit einmal gekommen ist. Warum sollte ich also keine Liebe und Güte für andere übrig haben, Eike? Ich habe nichts verloren, unsere Beziehung wird nur langsam auf die nächste Stufe gehoben.«

Wow, der Alte hatte sich richtig in Rage geredet. Wenn sich dieser ruhige Mensch wegen einer einzigen Frage so echauffieren konnte, musste es ihm wirklich wichtig sein. Zunächst gespannt, dann staunend hatte ich ihm zugehört. Dieses Konstrukt, das er sich aufgebaut hatte, um mit seiner Trauer klarzukommen, klang sehr illusorisch, allerdings auch wunderschön. Mir jedenfalls stand es nicht zu, ihm zu sagen, dass es sich um nicht mehr als eine Traumblase handelte. In seiner eigenen kleinen Welt war all das real. »Das klingt fantastisch, Bent, aber verrat mir, wie hast du es dorthin geschafft? Du und Helke hattet vermutlich in eurem Leben einige Streitigkeiten und Probleme durchzustehen.«

Wissend nickte Bent und hielt die Tür weiterhin geschlossen, obwohl wir längst vor seiner Haustür angehalten hatten. »Du willst wissen, wie du das mit Lina wieder richten kannst, oder?«

»Ja«, gab ich zu und es fühlte sich erstaunlich befreiend an, es ihm und ganz besonders mir selbst einzugestehen.

»Du hast eine Menge Schiet angestellt, min Jung. Das wird sicher nicht einfach. Diese Geschichte mit Veronika … solche Fehler macht man nicht. Niemals. Ich kann dir nur raten, was das Beste für euch und die *Meerhexe* wäre: Sprecht euch aus und klärt die Dinge. Vielleicht werdet ihr kein Paar mehr, mit Glück jedoch zumindest gute Geschäftspartner oder Freunde.« In seinen Augen stand das Bedauern. Er hatte sich gewiss eine andere Zukunft für uns gewünscht.

»Danke, Bent. Du machst mir nicht allzu viel Hoffnung, aber ich habe wohl auch keine verdient. Das habe ich allein verbockt.« Mit größter Mühe schenkte ich ihm ein halbherziges Lächeln.

Der Alte legte kurz seine Hand auf meinen Unterarm und drückte ihn, ehe er den Griff zog. »Unterschätze die Macht aufrichtiger Gespräche nicht, Junge. Sie können Türen öffnen oder für immer schließen, sie können deine Welt in einem Status quo gefangen halten oder sie vollkommen auf den Kopf stellen. Lass dich darauf ein, sei ohne Erwartung und schau, was passiert.« Dann war er bereits ausgestiegen und die Wagentür schlug hinter ihm zu.

Ein Gespräch also?

Was ein Glück, dass die zu meinen größten Stärken zählten …

Lina

Geschafft von der Arbeit warf ich den Schlüsselbund auf den Garderobenschrank und die Jacke direkt hinterher. Leider hatte diese Besseres zu tun, als liegen zu bleiben, und so riss sie meine komplette Ablage mit sich zu Boden. Egal, das würde ich morgen aufheben. Jetzt wollte ich einfach bloß eine heiße Dusche und nichts wie ins Bett. Der Tag hatte mich körperlich, aber vor allem emotional ausgelaugt. Niemals würde ich begreifen, was momentan in Eike vorging. Es schien mir, als wäre ihm irgendeine Sicherung durchgebrannt. Er lief nicht mehr rund, nicht einmal für seine Verhältnisse.

Langsam schlüpfte ich aus den Kleidern, drehte das Wasser auf und stellte mich unter den harten Strahl. Die heißen Tropfen prasselten schmerzhaft auf meine Haut, doch die Gedanken an Eike bekam ich dadurch nicht wie sonst aus dem Kopf. Zu seltsam war sein Verhalten und zu arg hatte mich seine eiskalte Erpressung bezüglich der Weihnachtsfeier getroffen. Ich durfte nicht krankfeiern, egal, wie krank er mich tatsächlich machte. Das spielte scheinbar eine untergeordnete Rolle, sobald es um die Belange des Cafés ging. Dabei scherte er sich selbst überhaupt nicht darum. Keine Woche nachdem wir uns getrennt hatten, bereits mit einer anderen ins Bett zu steigen, war widerlich, einfach nur widerlich. Was sollte denn die Kundschaft denken, wenn sie davon erfuhr?

Aufgebracht schrubbte ich meine Haut mit einer Wurzelbürste ab, bis sie knallrot war und extrem brannte. Es tat weh, allerdings fühlte ich so endlich etwas. Sogar das fiel mir in letzter Zeit zunehmend schwerer. Je mehr ich mich verschloss und abkapselte, desto mehr Emotionen fraß auch die Depression auf. Andererseits … solange ich mich über Eike aufregte, waren da so viele Gefühle, wenngleich es keine positiven waren. Offensichtlich paktierte meine Depression – ich hatte sie inzwischen auf den Namen Clarice getauft – mit meinen negativen Empfindungen und enttäuschten Hoffnungen. Dank Eike hatte ich von beidem reichlich zu bieten.

Ich drehte das Wasser ab, stieg aus der Dusche und schnappte mir ein Handtuch. Langsam rubbelte ich mich trocken und erwischte mich immer wieder dabei, wie meine Gedanken zu den gemeinsamen Momenten mit Eike zurückglitten. Wie gerne hatten wir zusammen geduscht, uns danach gegenseitig abgerieben und es am Ende über den Rand der Badewanne gebeugt heftig miteinander getrieben. Manchmal hatte freilich die Reihenfolge oder der Ort variiert, aber ... Schluss damit! Entsetzt zog ich die Finger aus meiner feuchten Vagina. Wie hatte das nur passieren können? Wieso versetzte mich allein die Erinnerung an Sex mit Eike dermaßen in Ekstase, dass ich kaum an mich halten konnte?

»Verdammt, verdammt, ver...kompliziert noch mal«, schimpfte ich vor mich hin und erschrak über mich selbst. Ich fluchte doch nie. Wann hatte sich das denn geändert? Eike brachte mich eindeutig viel mehr aus dem Gleichgewicht, als ich es mir bislang hatte eingestehen wollen.

So konnte das nicht weitergehen. Seufzend legte ich meine feuchte Körpermitte etwas trocken, wusch mir die Hände und versuchte derweil, die Bilder meines nackten Ex-Freundes aus dem Kopf zu bekommen. Letzteres gelang mir eher schlecht als recht. Warum hatten die Gedanken an Eike diese Wirkung auf mich, obwohl mir jeder davon Messer ins Herz stach? Ich war so wütend und enttäuscht – und gleichzeitig fühlte ich mich so leer. Als hätte man mir ein Stück meiner Seele aus dem Leib gerissen.

Frustriert knüllte ich das Handtuch zusammen und schleuderte es gegen die Duschkabine. Mit einem dumpfen Geräusch prallte es ab und fiel zu Boden. Kurz dachte ich darüber nach, mich zu bücken, entschied mich allerdings dagegen. Mehr, als endlich in den Schlafanzug zu schlüpfen und ins Bett zu gehen, war heute nicht drin. Es würde ohnehin ewig dauern, bis ich einschlief. Meine Aufgewühltheit und das Pulsieren meiner Körpermitte würden für ein ausreichend rotierendes Gedankenkarussell sorgen, dessen war ich mir bewusst.

Tatsächlich hatte ich noch nicht lange geschlafen, als am nächsten Morgen meine Türglocke läutete. Ich blinzelte aus schmalen Augenschlitzen Richtung Wecker. Das konnte nur ein schlechter Scherz sein. Welcher I…ntelligente Zeitgenosse kam auf die Idee, dass ich um zehn nach acht die Tür öffnete? Grummelnd drehte ich mich um und zog mir die Decke über den Kopf. Sicher irgendeine Vertretung des Postboten, die nicht wusste, dass ich für solche Zeiten nicht zu haben war. Müde kuschelte ich mich tiefer in die weichen Daunen, als die Klingel erneut ertönte. Dieses Mal ausdauernder, als lehnte jemand auf dem Knopf. Himmel, warum ich? Ein Glück, dass ich im Ignorieren schon geübt war durch Bent, also weghören, irgendwann ging es vorbei. Bei normalen Menschen klappte das meistens … tja, bloß die schien ich wohl nicht zu kennen.

Weitere fünf Minuten und einen nahezu durchgängigen Klingelsturm später hatte wer auch immer es geschafft. Ich sprang hochgradig genervt aus meinem Bett, warf mir einen Morgenmantel über und schlurfte zur Gegensprechanlage. »Ja, bitte?«, blökte ich hinein und hoffte, die Person würde es sich allein durch den Klang meiner Stimme anders überlegen. Den Gefallen tat sie mir allerdings nicht. Stattdessen drang eine mir sehr vertraute Stimme aus dem Lautsprecher.

»Ich bin es. Lass mich bitte rein.«

Eike.

Mit einem Schlag war ich wach und starrte schockiert den Hörer in meiner Hand an. »Was tust du hier?«, entfuhr es mir, ehe ich meine Zunge in den Griff kriegen konnte.

»Lass mich bitte rein. Das möchte ich lieber nicht auf der Straße besprechen.«

Ich merkte, dass er sich redlich bemühte, seine Ungeduld zu verbergen. Nachdem ich mich inzwischen so weit erholt hatte, dass ich nicht mehr wie eine Salzsäule erstarrt dastand, hängte ich in einer Trotzreaktion den Hörer zurück in die Anlage. Nein, danke. Darauf hatte ich überhaupt keine Lust. Dass dies aber nur eine untergeordnete Rolle spielte, wurde mir bewusst, als es erneut klingelte.

Eike ließ nicht locker …

»Na schön …«, murmelte ich gereizt. »Bent sagte doch gestern, ich soll mit Eike reden. Um der *Meerhexe* willen. Jetzt ist ein genauso schlechter Zeitpunkt dafür wie bei jeder anderen Gelegenheit. Der Tag ist ohnehin gelaufen, dann kann ich es ebenso gut gleich hinter mich bringen.« Ich stellte fest, dass es mir half, die Dinge laut auszusprechen, um meine Gefühle ein wenig in den Griff zu bekommen.

Es dauerte einen Augenblick, ehe ich die volle Tragweite dieser Entscheidung verstand. Im selben Moment wurde mir speiübel und ich fing unkontrolliert an zu zittern. Dennoch suchte meine Hand den Türöffner und der Zeigefinger traf bereits beim zweiten Versuch.

Ein Summen ertönte.

Nun war es zu spät, um meinen Entschluss rückgängig zu machen. Die Stunde der Wahrheit würde schlagen, ob ich wollte oder nicht. Nur konnte ich sie auch verkraften?

Lina

»Ich warte im Wohnzimmer«, sagte ich statt einer Begrüßung, sobald Eike durch die Wohnungstür war. »Zieh die Schuhe aus, du weißt ja, wo es langgeht.« Sein Nicken nahm ich nur noch aus den Augenwinkeln wahr. Zumindest diesen winzigen Vorsprung brauchte ich, um mich unter meine Lieblingsdecke zu kuscheln und kurz auf das Gespräch vorzubereiten. Wobei, eigentlich gab es nichts, worauf ich mich vorbereiten konnte. Immerhin hatte ich nicht die geringste Ahnung, was er überhaupt wollte.

»Moin«, kam es aus Richtung der Tür. »Darf ich mich setzen?«

»So lange willst du bleiben, dass sich das lohnt?«, fragte ich abweisend. »Dir ist bewusst, dass du mich gerade geweckt hast und ich keine große Lust auf irgendetwas habe, das mit dir zu tun hat?«

»Aber, Lina, –«, begann er, wurde jedoch krude von mir unterbrochen.

»Bitte nicht schon wieder die Aber-Lina-Nummer. Mir ist klar, dass es wichtig sein muss, wenn du um diese Uhrzeit herkommst, allein deswegen habe ich aufgemacht. Also schieß los: Was gibt es so Dringendes?«

»Ich setze mich trotzdem mal«, entgegnete Eike und rutschte auf die äußerste Kante am anderen Ende des Sofas. »So fällt mir das leichter.« Er zögerte einen Moment, bevor er erneut zu sprechen ansetzte. »Findest du nicht, wir sollten uns einmal aussprechen? Es ist einiges schiefgelaufen, dennoch hatten wir eine so wundervolle Zeit zusammen. So darf das nicht enden.«

Reden? Nach so vielen Wochen und der Sache mit Veronika? Wie gerne hätte ich ihm die Meinung dazu gegeigt, doch mein Selbstbewusstsein und mein Trotz waren wie weggeblasen. Statt ihm eine gepfefferte Antwort entgegenzuschmettern, fing ich an, unkontrolliert zu zittern. Ich zog meine Beine eng an den Körper, umklammerte die Knie mit den Armen und begann, mich ganz langsam vor- und zurückzuwiegen. Beruhig dich, Lina, beruhig dich, redete ich mir selbst in Gedanken gut zu. Das durfte einfach nicht wahr sein. Warum tat er das? Warum kam er ausgerechnet jetzt damit an?

»Lina? Alles in Ordnung?«

Bildete ich mir das ein oder schwang da etwa Besorgnis in seiner Stimme mit? Diese Angelegenheit wurde immer absurder und überforderte mich bereits, bevor er überhaupt wirklich etwas gesagt hatte. Am liebsten hätte ich mich zusammengerollt und mir die Kuscheldecke über den Kopf gezogen. Ich wollte von all dem nichts hören.

»Bent hatte wohl recht. Wir müssen tatsächlich dringend reden.« Eike hatte es leise vor sich hingemurmelt, trotzdem hatte ich es verstanden.

War ja klar, dass Bent auch mit ihm geredet hatte. Das hätte ich mir denken können. Aber wieso hörte dieser halsstarrige Kerl gerade dann auf jemanden, wenn ich es am wenigsten gebrauchen konnte? In meinem Kopf machte sich ein seltsames Gefühl breit und vor meinen Augen tanzten schwarze Punkte. Atmen, Lina, atmen, wies ich mich selbst an und schnappte gierig nach Luft. Nicht einmal die grundlegenden Dinge funktionierten mehr. Ich war vollkommen aus dem Konzept und fühlte mich, als wäre die Welt um mich herum aus Watte.

Eike sah mich weiterhin an, unternahm die Andeutung eines Handausstreckens, unterließ es jedoch im letzten Moment. Hilflosigkeit stand ihm ins Gesicht geschrieben und es schien ihn viel Überwindung zu kosten, seine nächsten Worte zu formulieren. »Lina, ich verstehe, dass du keine Lust hast. Wenn du nicht willst, musst du nichts sagen. Hör mir nur bitte zu, ja?«

Ich wiegte mich weiter vor und zurück, während meine Finger sich durch den dünnen Stoff der Pyjamahose in die Haut bohrten. Eigentlich sollte dort Schmerz sein, doch mehr als ein leichtes Druckgefühl nahm ich nicht wahr. Wie betäubt nickte ich. Unfähig zu protestieren, das Unvermeidliche erwartend.

Inzwischen war Eike wieder aufgestanden und tigerte unruhig vor dem Sofa auf und ab. Obwohl er sonst so selbstbewusst war, fehlten ihm diesmal die Worte.

Müde zog ich die Decke enger. Dieser Stress, die Aufregung, das Zittern, die Angst, das alles erschöpfte mich so sehr. Es fühlte sich an, als hätte man meinem Körper mit einem Schlag sämtliche Energie entzogen und ihn völlig ausgebrannt. Am liebsten hätte ich einfach die Augen geschlossen und wäre eingeschlafen. Es spielte keine Rolle, dass Eike hier war oder mir dieses Gespräch höllische Furcht einjagte, diese bodenlose Erschöpfung raubte mir sogar die Kraft, um noch länger zu zittern.

»Lina«, setzte Eike plötzlich an. »Ich weiß, dass alles so aussieht, als sei ich ein Mistkerl, aber …«

»Das bist du auch«, murmelte ich vor mich hin.

Eike schien es dennoch gehört zu haben. »Wenn du meinst, dann bin ich eben einer, trotzdem habe ich das Gefühl, dass ein paar der Dinge falsch ankommen.«

»Was soll denn da falsch ankommen? Hast du mit einer anderen geschlafen oder nicht?« Warum musste ich in diesem Zustand überhaupt eine solche Diskussion führen? Allein die Tatsache, dass sein One-Night-Stand im Café aufgetaucht war, ließ doch keinen Zweifel an der Faktenlage.

»Ja, schon, aber …«

»Immer ein Aber. Langweilt dich das nicht irgendwann?« Konnte der Kerl nicht einmal zu seinen Fehlern stehen? Es wäre so viel einfacher, einen Schritt auf ihn zuzugehen, wenn er wenigstens bereit wäre, einzugestehen, dass er Mist gebaut hatte, und zwar nicht zu knapp.

»Lass mich bitte ausreden. So bringt das nichts.« Erstaunlicherweise lag selbst jetzt noch keine Gereiztheit in seiner Stimme.

Ich nickte ergeben, der Widerspruch hatte mich ohnehin viel zu viel Kraft gekostet. Am liebsten hätte ich mir die Augenlider mit einer Wäscheklammer nach oben geheftet, denn dieses Offenhalten wurde mit jeder Sekunde zu einem größeren Kraftakt.

Plötzlich setzte sich Eike neben mich. Seine Hand legte sich auf mein Knie und er lächelte mich unsicher an. »Nein, lass gut sein, Lina. Du bist vollkommen fertig. Ich wünsche mir, dass du bei unserem Gespräch wach und fit bist. Es soll schließlich fruchtbar werden und nicht furchtbar. Wenn du nur alles abnickst, weil du übermüdet und ausgepowert bist, führt uns das nirgendwohin.«

Erneut nickte ich.

»Nimm dir heute den Tag frei, du bist viel zu müde, um dich nachher ins Auto zu setzen. Ich komme nach der Arbeit wieder vorbei und dann reden wir in Ruhe.«

Ich nickte ein drittes Mal. Was immer er wollte. Solange ich endlich schlafen durfte, war mir der Rest völlig egal. Die Welt würde ihre Probleme auch später noch für mich bereithalten.

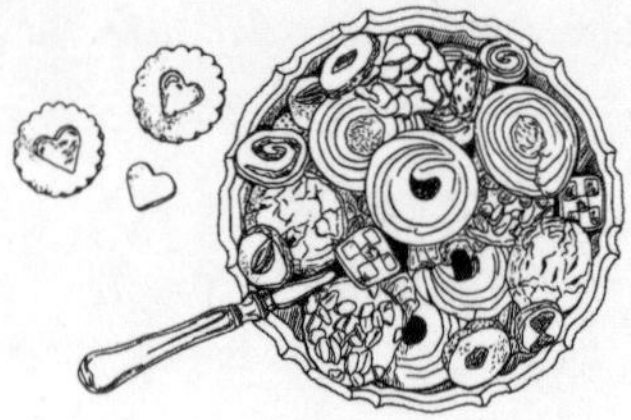

Eike

Lautlos zog ich Linas Wohnungstür hinter mir ins Schloss und sank mit dem Rücken dagegen. Wie fertig sie ausgesehen hatte und wie erschöpft. Ihre patzigen Antworten und Provokationen, die sie zunächst auf mich abgefeuert hatte, sollten einzig dazu dienen, mich in die Flucht zu schlagen. Sie wollte nicht, dass ich sah, wie schwach und verletzlich sie war. Wie sehr ihr unsere Trennung zusetzte und wie weit sie bereits wieder in ihre Depression abgerutscht war, die sie in der *Meerhexe* stets bestmöglich verbarg. An ihr war eine begnadete Schauspielerin verloren gegangen, was das anging.

»Das ist nur meine Schuld«, murmelte ich vor mich hin und ließ den Kopf auf meine angezogenen Knie sinken. Was hatte ich mir bloß gedacht? Obwohl … um ehrlich zu sein, wusste ich das längst. Nach dem Rauswurf aus der *Meerhexe* hatte ich reichlich Zeit gehabt, darüber nachzudenken. Dass die Sache mit Veronika ein riesiger Fehler gewesen war, war mir ja schon am nächsten Tag klar gewesen, mein restliches Verhalten hatte allerdings auch nicht gerade gepunktet. Letzten Endes hatten mein verletzter Stolz und meine gekränkte Männlichkeit all diese Probleme verursacht. Statt mich ernsthaft mit Linas Standpunkt zu beschäftigen, hatte ich mich blindlings in wilden Spekulationen ergangen und Gespenster gesehen. Was ich nicht gesehen hatte, bis Mia mich mit der Nase darauf gestoßen hatte, war die Tatsache, dass Lina noch nie ein glückliches, selbstbestimmtes Leben geführt hatte, bevor sie in Norderwitt angekommen war. Es war falsch von mir gewesen, sie zum Zusammenziehen drängen zu wollen. Schlimmer als das wog jedoch, dass ich ihr unsägliche Dinge angedichtet hatte, nur weil sie nicht in meine Pläne eingewilligt hatte. Ich war ein wirklich lausiger Freund gewesen, wenn mir meine beste Freundin erst erläutern musste, dass diese Ausreden, wie ich Linas Argumente genannt hatte, keine waren.

Mühsam rappelte ich mich hoch und hoffte inständig, dass ich später die Gelegenheit bekam, meine Fehler zumindest zu erklären. Dass nichts sie wieder ungeschehen machen konnte, lag auf der Hand, aber womöglich konnte ich so wenigstens dazu beitragen, dass es ihr ein bisschen besser ging.

Wann genau hatte ich mich eigentlich vom Freund zum misstrauischen Mistkerl zurückentwickelt und

Lina mit diesem Teil meines alten Ichs konfrontiert? Vor allem warum? Diese Version von mir konnte ich selbst nicht leiden und dennoch verfiel ich immer häufiger in ihre Verhaltensmuster. Eins stand fest: Daran musste ich etwas ändern. Unabhängig davon, wie es heute Abend lief.

Am Nachmittag hatte ich endlich sämtliche Plätzchen und Kuchen gebacken, die auf meinem Arbeitsplan gestanden hatten, und auch die Abendgerichte waren so weit vorbereitet, dass ich sie in zwei Stunden bloß noch fertigstellen brauchte. Normalerweise hätte ich nun ein wenig Pause gemacht und danach die Vorräte gecheckt, um die Bestelllisten für den nächsten Tag zu erstellen. Diesmal allerdings hatte ich andere Pläne.

»Mia«, passte ich meine Freundin ab, als sie zwischen zwei Bestellungen kurz Luft hatte. »Sag mal, weißt du, ob Lina schon einen Weihnachtsbaum bestellt hat? Die Tischdekoration ist ja ganz nett, aber wenn es hier Heiligabend eine Feier geben soll, darf ein Baum nicht fehlen, oder?«

»Wie bitte?« Mias Kinnlade klappte herunter und sie starrte mich entgeistert an. »Wer bist du und wo hast du Eike hingebracht?«

»Ist es so verwunderlich, dass ich Linas Job heute übernehme?«, wich ich ihrer Frage aus. »Immerhin hat sie mich vierzehn Tage vertreten müssen, da schaffe ich das doch wenigstens einen, besonders nachdem ich sie selbst zum Ausruhen verdonnert habe.«

»Ich wiederhole: Wer bist du und was hast du mit Eike gemacht?«, fragte sie erneut und schüttelte dabei ständig den Kopf.

»Ach komm, Mia, findest du das nicht langsam albern? Statt Faxen zu machen, könntest du mir meine Frage beantworten. Damit wäre mir sehr geholfen.« Ich bemühte mich, nicht ungeduldig zu klingen. Irgendwie konnte ich ihre Verwunderung ja verstehen. Bis gestern hatte ich die Idee der Weihnachtsfeier gehasst. Jetzt schien sie mir sogar doppelt nützlich zu sein.

»Nein, Lina hat bislang keinen Baum geordert. Der ganze Behang dafür ist zwar geputzt, aber weiter sind wir aktuell nicht gekommen. Hast du noch mehr so komische Fragen oder kann ich weiterarbeiten?« Ihre Reaktion zeigte mir deutlich, dass mir die Sache mit dem geduldig Klingen wohl nicht gelungen war.

»Geh ruhig. Ich kümmere mich erst mal um einen Baum. Wenn ich etwas benötige, bist du ja nicht aus der Welt.« Mit einem Grinsen drehte ich mich um und stapfte ins Büro. Mit ein paar Anrufen sollte sich das sicher klären lassen, und da mir Knut, der jedes Jahr die Weihnachtsbäume für die

Gemeinde verkaufte, zufällig einen Gefallen schuldete, würde der Baum garantiert geliefert werden. Mit Glück vielleicht noch heute.

Als ich nach Feierabend mit Mia und Bent das Café verließ, wusste ich bereits, dass die heutige Nacht extrem kurz werden würde. Zuerst musste ich das Gespräch mit Lina hinter mich bringen und Knut hatte mir zugesagt, den Baum morgen früh um acht zu liefern, damit ich ihn in Ruhe vor der Öffnungszeit aufstellen konnte. Außerdem wollte ich Lina gerne einen weiteren freien Tag anbieten, denn um ehrlich zu sein, ihr erschöpfter Anblick geisterte mir immer wieder durch den Kopf.

»Möchtest du den Wagen nicht aufschließen?«, unterbrach Bent meine Gedanken und erstaunt stellte ich fest, dass ich vor dem Auto stand.

»Ja, natürlich«, murmelte ich und drückte auf den Knopf für die automatische Zentralverriegelung. Mit einem leisen Piepen löste sich der Schließmechanismus und die Scheinwerfer leuchteten auf.

»Was geht dir durch den Kopf, min Jung?«, fragte Bent, als wir es uns beide auf den Sitzen bequem gemacht und uns angeschnallt hatten. »Du bist gerade sehr zerstreut.«

»Was? Wie kommst du darauf? Alles ist bestens«, wiegelte ich ab und startete den Motor.

»Vielleicht liegt es daran, dass du fünf Minuten vor dich hingestarrt hast, statt loszufahren. Oder daran, dass du die Warnblinkanlage und die Scheibenwischer angestellt hast, obwohl es weder regnet, noch ein Grund für eine Warnung besteht.« Er zuckte theatralisch mit den Schultern. »Ist nur so eine Vermutung.«

Ich konnte mir ein gequältes Lachen nicht verkneifen. »Jaja, schon gut. Dir kann man nichts verheimlichen. Ich hab's verstanden.« Kurz überlegte ich, wie ich weitermachen sollte, entschied mich schließlich aber für die Wahrheit. »Wenn ich dich abgesetzt habe, fahre ich zu Lina. Wir haben da dieses Gespräch offen, du weißt. Allerdings macht es mir auch ein bisschen Angst. Ich habe echt eine Menge Schiet gebaut, und außerdem hätte ich sie wirklich gerne zurück. Das habe ich mir jedoch gründlich vermasselt.«

»Leicht wird das nicht, da hast du vollkommen recht. Du hast ganze Arbeit geleistet, als du eure Beziehung in Brand gesteckt hast. Trotz allem bin ich davon überzeugt, dass Lina dich immer noch liebt.« Seine Stimme strahlte eine solche Sicherheit aus bei diesen Worten, als wüsste er Dinge, die er mir verheimlichte.

»Kannst du mir nicht wie gestern einen klugen Rat mit auf den Weg geben?«, bat ich ihn. »Das hat mir sehr geholfen, die Angelegenheit klarer zu sehen.«

»Ach Junge, da verlangst du zu viel von einem alten Mann. Was du brauchst, sind Geduld, Vertrauen und eine riesige Menge Liebe. Leg dich für sie ins Zeug, aber nur weil du sie liebst, nicht weil du erwartest, dass sie dir verzeiht oder zu dir zurückkommt. Zeig ihr, dass du dich sorgst. Lass ihr dabei trotzdem ihren Freiraum. Du darfst sie nicht erdrücken und keine Forderungen an sie stellen. Wenn du Glück hast, erkennt sie deine Bemühungen an, vergibt dir und ihr werdet wieder Freunde. Falls ein Wunder geschieht, kehrt sie sogar zu dir zurück.« Er machte eine kurze Pause, dann fügte er hinzu: »Das war nicht das, was du hören wolltest, richtig?«

Ich schluckte hörbar. Nein, in der Tat. Ein wenig aufbauendere Worte hatte ich mir doch erhofft. Wann geschahen schließlich schon Wunder?

Lina

Seit Eikes Besuch heute Morgen hatte ich mich nur zwischendurch auf die Toilette bewegt und den restlichen Tag zusammengerollt und abwechselnd zitternd, heulend und schlafend auf dem Sofa verbracht. Gegessen hatte ich bislang noch nichts, ein Hungergefühl stellte sich auch nicht ein.

Inzwischen rückten die Zeiger der Uhr jedoch unaufhaltsam vor und bald würde Eike wieder aufkreuzen. Worüber er reden wollte, war mir weiterhin nicht klar, aber das würde er mir nachher ohnehin verraten. Ehrlich gesagt, interessierte es mich nicht wirklich. Ich war so müde und erschöpft, am liebsten würde ich einfach weiterschlafen.

In meinem Kopf kicherte Clarice vergnügt. Sie legte es auf Biegen und Brechen darauf an, mich an die Couch zu fesseln. Dafür war ihr jedes Mittel recht und sie kramte tief in meinen Hirnschubladen herum. Alles wurde von ihr durchwühlt und ausgekippt, immer auf der Suche nach negativen

Erinnerungen und Gefühlen, die sie mir über halbgare Assoziationsketten einpflanzen konnte.

Das Schlimmste war, dass ich genau wusste, was sie trieb und wie das alles funktionierte, das hinderte mich allerdings nicht daran, ein ums andere Mal erneut auf ihre Tricks hereinzufallen. Gerade packte sie meinen allerersten Kuss mit Eike aus. Nachts, beim Picknick in den Dünen, absolut romantisch, völlig unschuldig. Unser erstes Mal, meine Entjungferung, hatten wir erst Wochen danach und Eike hatte sich so sehr um mich bemüht. Obwohl er sich im Lauf der Zeit als Mann entpuppt hatte, der es zwischendurch schnell und härter mochte, hatte er damals wohl hundert Mal gefragt, ob alles okay sei, es mir gefiele und ich mich wohlfühle. Dabei hatte so viel Wärme in seinen braunen Augen gelegen, so viel Liebe.

Wieder verlor ich den Kampf gegen die Tränen. Ich wollte doch nicht weinen. Warum tat Liebe nur so schrecklich weh?

An der Tür klingelte es. Sollte ich wirklich aufstehen? Eike besaß theoretisch einen Schlüssel, dass er ihn in dieser Situation benutzen würde, wagte ich jedoch zu bezweifeln.

Ächzend stemmte ich mich hoch und drückte auf den Summer. Dann huschte ich ins Badezimmer, um mir wenigstens eine Handvoll kaltes Wasser in das verheulte Gesicht zu werfen. Gegen die verquollenen

Augen würde es freilich nichts mehr ausrichten, dafür war der Zug längst abgefahren, aber zumindest die festgeklebte Tränenflüssigkeit von meinen Wangen verschwand.

»Lina?« Eikes Stimme drang durch den Flur. Er musste in Rekordzeit die Treppe hinaufgestürmt sein.

»Geh ins Wohnzimmer. Ich komme gleich«, rief ich und rubbelte mich mit einem Handtuch eilig trocken. Nach einem letzten Blick in den Spiegel entschied ich mich für einen Griff zur Haarbürste und einen Zopfgummi. Ich brauchte ja nicht noch beschissener aussehen, als ich es ohnehin tat.

Eine Viertelstunde später saß ich eingemummelt und mit einer Tasse heißen Kaffee auf dem Sofa. Für Eike hatte ich einen Tee zubereitet, der nun auf dem Couchtisch stand und vor sich hindampfte.

Eike hockte wie heute Vormittag am anderen Ende des Möbels, starrte zu Boden und knetete seine Hände.

Nachdem er nach einigen endlosen Minuten nicht selbst das Wort ergriffen hatte, rang ich mich dazu durch, den Anfang zu machen. Irgendwann wollte ich ihn schließlich auch wieder loswerden. »Was gibt es denn so Dringendes, das wir mitten in der Nacht klären müssen?«

»Wäre dir morgens lieber?«, fragte er und klang dabei verunsichert. »Ich dachte ja nur, weil du es hasst, früh aufzustehen, und wir eben keine anderen freien Zeiten haben …«

»Schon gut. Jetzt bist du da. Lass es uns einfach hinter uns bringen, in Ordnung?« Langsam wurde ich ungeduldig. Von meiner Seite aus gab es nichts zu besprechen. Mit seinem Verhalten hatte er bereits alles gesagt, was ich wissen musste.

Er atmete tief durch, räusperte sich kurz und wandte seinen Kopf so, dass sein Blick mich zumindest streifte. Den Mut, mir in die Augen zu sehen, fand er nicht. »Ich bin ein Idiot, Lina … ich habe so viel falsch gemacht und nun muss ich mit den Konsequenzen leben, das ist mir bewusst. Aber hör mir wenigstens zu. Sobald ich fertig bin, darfst du alles sagen, das dir auf der Seele brennt. Meinetwegen beschimpf mich oder hau mir eine runter, mir ist alles recht, solange du mich erst erzählen lässt.«

In mir schlugen meine Gefühle Kapriolen und hatten keine Ahnung, was sie mir zu fühlen raten sollten. Schlagen würde ich ihn gewiss nicht, das war nicht meine Art, auch beleidigen nicht. Möglicherweise würde ich ihm meine Meinung geigen, doch das klappte nur, wenn ich es schaffte, die Enge, die mir Herz und Brust zuschnürte, loszuwerden und meinen Magen zu beruhigen. Wortlos nickte ich. Immerhin musste ich nicht gleich zu dem ganzen Thema Stellung beziehen. Das gab mir Zeit, darüber nachzudenken, ob ich es grundsätzlich in Erwägung zog, eine versöhnliche Position einzunehmen, oder direkt die rein professionelle Bahn einschlagen wollte.

Eike registrierte wohl meine Kopfbewegung, denn er setzte abermals an. »Zuerst möchte ich klarstellen, dass ich weiß, dass du keine Schlampe bist. Ich war so gekränkt, weil du nicht mit mir zusammenziehen wolltest, dass ich mir einfach Dinge zusammengesponnen habe, die absoluter Unfug waren.«

Ach, wer hätte das gedacht? Gerade rechtzeitig biss ich mir auf die Unterlippe, bevor mir etwas Dummes herausrutschen konnte.

»Natürlich habe ich das nicht von allein verstanden, ich sturer Esel. Das musste mir Mia mal wieder erklären. Selbstverständlich gönne ich dir deine Wohnung, dein Glück und deinen Freiraum, obwohl es mein größtes Glück wäre, wenn ich dich immer um mich haben könnte.« Sein Blick senkte sich erneut zu Boden.

Hatte ich richtig gehört? Haben könnte? Er wagte es, eine solche Formulierung zu benutzen, nach allem, was passiert war? Mein Griff um die Tasse verstärkte sich so sehr, dass meine Fingerknöchel weiß hervortraten.

Eikes Hände glitten in sein Gesicht und er presste seine Finger links und rechts gegen das Nasenbein.

»Mit Ablehnung konnte ich noch nie umgehen und denke sofort, dass man mich gegen eine andere Person austauscht … und du musst zugeben, wir haben schon einige attraktive Kunden.«

Als ob es nur darauf ankäme. Ich schnaubte leise.

»Jedenfalls habe ich mich in die Sache reingesteigert und am Ende stand ich auf einmal allein da. Ich habe bis jetzt nicht begriffen, wie es so weit kommen konnte, wenn ich ehrlich bin.« Er machte eine kurze Pause und atmete tief durch. »Anfangs hatte ich die Hoffnung, dass wir das wieder hinbekommen, aber als ich gemerkt habe, wie gut du ohne mich klarkommst und wie wenig es dir scheinbar ausmacht, sind mir die Sicherungen durchgebrannt.«

Zitternd stellte ich die Kaffeetasse auf der Sofalehne ab. Ich zwang mich wirklich dazu, mich zusammenzureißen, um sie Eike nicht an den Kopf zu werfen. Außerdem brannte meine Unterlippe inzwischen wie Feuer, nachdem ich sie fast durchgenagt hatte, damit ich ihn nicht unterbrach. Was fiel ihm eigentlich ein, so etwas zu behaupten? Mir ging es weder damals noch heute gut.

Sein Gesicht komplett in seine Handflächen vergrabend fuhr Eike fort. Die Scham hatte seine Stimme fest im Griff. »Ich war rasend vor Wut und fühlte mich in allem bestätigt. Glaubte, dass du schon den Nächsten hast, und wollte mir und dir beweisen, dass ich dich nicht brauche. Dass ich auch jeder Zeit eine andere haben kann, wenn ich es darauf anlege … und dann kam mir Veronika gerade recht.«

»Ja, das Date deiner besten Freundin«, rutschte es mir diesmal heraus, bevor ich an mich halten konnte. Für meine Freunde nicht in die Bresche zu springen, war einfach undenkbar.

Eike nickte schuldbewusst. »Das wusste ich vorher wirklich nicht. Ich hätte Mia niemals absichtlich verletzt. Denn um Verletzung ging es bei der ganzen Geschichte. Doch das ist gehörig nach hinten losgegangen. Statt dir wehzutun und dir die Sache unter die Nase zu reiben, habe ich mich ins eigene Fleisch geschnitten, weil ich wieder der alte Mistkerl wurde, der von einer Frau zur nächsten springt. Kaum war der Akt zu Ende, habe ich mich geschämt, und vor allem habe ich gemerkt, dass ich meine Gefühle nicht mal eben wegficken kann. Ich liebe nur dich, und daran könnte auch der Sex mit hundert Veronikas nichts ändern.«

Wow. Der Kerl hatte sie echt nicht mehr alle. Wie kann er von Liebe reden, wenn er keine Woche nach unserer Trennung mit einer anderen ins Bett steigt? »Bist du fertig oder möchtest du noch was ergänzen? Mir fallen da nämlich ein paar Dinge ein, die ich zu dem Thema gerne beisteuern würde.« Mühsam unterdrückte ich den Wutausbruch, der sich durch meine Erschöpfung schraubte und ausbrechen wollte. Obwohl es mich alle Kraft kosten würde, das konnte ich so nicht auf mir sitzen lassen.

»Fast«, murmelte Eike, nahm die Hände von seinem Gesicht und richtete seinen Blick das erste Mal direkt in meine Augen. »Du sollst wissen, dass mir mein Verhalten unendlich leidtut und ich verstehen kann, dass du mich hasst. Ich habe viel zu viel falsch gemacht, um auf Vergebung zu hoffen, dennoch wäre es schön, wenn wir um der *Meerhexe* willen Freunde werden könnten, irgendwann.« Leise fügte er hinzu: »Ich liebe dich immer noch und werde dich immer lieben ... obwohl mir bewusst ist, dass ich jede Chance verspielt habe.«

Lina

»Raus! Verschwinde!« Mit einer einzigen Bewegung war ich aufgesprungen und schrie Eike mit hochrotem Kopf an. »Wie kannst du es wagen, nach all dem, was du mir angetan hast, von Liebe zu sprechen?«

»Lina –«

»Jetzt komm mir nicht mit Lina. Wenn man jemanden liebt, respektiert man ihn. Man kämpft um ihn, wenn es mal schwierig ist, und springt nicht mit der erstbesten anderen Person ins Bett. Du wolltest mich verletzen. Herzlichen Glückwunsch, es ist dir gelungen, Geschäftspartner.« Ja, Geschäftspartner. Genau dieses Niveau war es, auf das ich mich mit ihm noch einlassen würde. Freundschaft … er hatte wirklich nicht mehr alle Tassen im Schrank. Keine Ahnung, wie ich vorhin auf die absurde Idee gekommen war, diesen Gedanken überhaupt in Erwägung zu ziehen.

»Zählt meine Entschuldigung denn nichts?« Eikes Stimme klang traurig, allerdings war mir das reichlich egal.

»Manche Dinge kann man nicht verzeihen. Man tut sie einfach nicht. Verschwinde endlich. Du wirst dich nie ändern, dein angeblich altes Ich ist eben dein wahres Ich. Das werde ich mir nicht länger antun.« Schnellen Schrittes umrundete ich den Couchtisch, eilte in den Flur und schnappte seine Jacke von der Garderobe.

Eike war mir gefolgt und nahm sie mir wortlos aus der Hand. Seinen Kopf hielt er gesenkt und tatsächlich widersprach er mir nicht einmal mehr. Nur beim Hinausgehen drehte er sich kurz um und meinte: »Nimm dir morgen ruhig frei. Wir schaffen die Arbeit ohne dich und am Wochenende steht so viel an, da brauchen wir dich in Topform.« Dann verschwand er zur Tür hinaus.

Das Letzte, das ich hörte, war, dass er vor sich hinmurmelte. Genau verstand ich es nicht, aber aus den Wortfetzen »beweisen« und »mich verändern« konnte ich mir den Rest durchaus zusammenreimen. Welch sinnloses Unterfangen. Obwohl ich für gewöhnlich jedem eine Menge zutraute, galt das nicht für Eike. Wer bei einer treudoofen Freundin wie mir, die sich allein schon aus Schüchternheit niemals trauen würde, andere Männer anzusprechen, auf den Gedanken kam, dass er mit einer Schlampe zusammen war, für den war alles zu spät.

In diesem Moment fiel mir auf, dass ich die Klinke der geöffneten Wohnungstür noch immer in der

Hand hielt und mich ein eisiger Luftzug aus dem Treppenhaus frösteln ließ. Eilig drückte ich die Tür ins Schloss. Meine Wut begann langsam zu verrauchen, denn die lähmende Müdigkeit eroberte sich ihren Platz zurück.

Clarice war eine gnadenlose Mitbewohnerin … oder sollte ich eher Foltermeisterin sagen? Sie hatte mich fest in ihre Schraubstöcke gespannt, sorgte dafür, dass jedes einzelne meiner Körperteile schmerzte, und laugte mich in einem Tempo aus, gegen das ich nicht anschlafen oder mich anderweitig wehren konnte.

Wie spät war es eigentlich? Müde zog ich das Smartphone aus der Hosentasche. Bereits weit nach drei Uhr. Höchste Zeit ins Bett zu gehen. Den Pyjama hatte ich zum Glück seit heute Morgen nicht ausgezogen, daher schlüpfte ich schnell ins Bett und dachte dabei über Eikes Angebot nach, einen zusätzlichen Tag freizunehmen. Es klang äußerst verlockend. Die Planung für die Weihnachtsfeier konnte ich ebenso gut hier fortsetzen und vermutlich hatte ich dann sogar mehr Ruhe. Natürlich musste ich es schaffen, mich aufzuraffen, aber letztlich war das im Café nicht anders und zu Hause würde mich wenigstens niemand unterbrechen. Ja, das hörte sich nach einer vernünftigen Idee an – selbst wenn sie von Eike stammte. Außerdem konnte ich Oma besuchen. Ihren Rat hatte ich nach dem Gespräch, oder was auch immer das mit Eike gewesen war, dringend nötig. Ich wollte mich nicht allein damit auseinandersetzen. Es war einfach zu viel. Schon jetzt brachte der Gedanke daran mein Herz zum Rasen und ich zitterte wieder wie Espenlaub. Doch zumindest dafür kam mir Clarice zupass. Sie zwang mich dazu, unter die Decke zu kriechen und zu schlafen. Die Erschöpfung saß zu tief.

»Oh, was für eine schöne Überraschung.« Omas Augen leuchteten auf, als ich das Zimmer betrat. »Mit dir habe ich an einem Donnerstag nicht gerechnet.« Sie stutzte. »Geht es dir gut? Ist etwas nicht in Ordnung? Müsstest du um diese Zeit nicht in der *Meerhexe* sein?«

Ich seufzte innerlich. Vor ihr konnte man wirklich nichts verheimlichen. »Hallo Oma. Lass dich erst mal drücken und erzähl mir, wie es dir geht, bevor ich mit der Tür ins Haus falle.« Lächelnd umarmte ich sie und drückte sie ein bisschen länger als gewöhnlich. Es tat so gut, diese Wärme und Liebe zu spüren, die sie ausstrahlte.

»Lina-Mäuschen, du fällst nicht mit der Tür ins Haus, wenn du meine Frage beantwortest, aber wie du möchtest. Mir geht es hervorragend. In der letzten Woche habe ich über Osterrezepte nachgedacht, denn nach dem Fest ist ja bekanntlich vor dem Fest. Außerdem klappt die Lauferei immer besser und ich brauche den ollen Rollstuhl mit jedem Tag weniger. Karla, meine Physiotherapeutin, ist ein wahrer Engel.« Sie strahlte übers ganze Gesicht, erhob sich demonstrativ und machte ein paar Schritte durch den Raum.

Tatsächlich zeigte sie enorme Fortschritte. Vor ein paar Monaten wäre das nicht denkbar gewesen. Mit ihrem alten Physiotherapeuten, einem regelrechten Stinkstiefel, hatte sie außer dem Muskelerhalt nichts erreicht. Wir hatten uns beinahe schon damit abgefunden, dass sie den Rollstuhl nicht mehr loswerden würde, doch mit Karla hatte sich einiges geändert. Ich ließ mich von Omas Strahlen anstecken und klatschte begeistert in die Hände. »Bravo, Oma, sehr gut. Wenn du so weitermachst, können wir im Sommer einen Strandspaziergang unternehmen.«

Bei dieser Vorstellung glitzerten ihre Augen noch mehr. »So machen wir das. Nach so langer Zeit den Sand zwischen den Zehen zu spüren, würde mir wirklich gefallen.« Ächzend setzte sie sich wieder in den Rolli. »So Kindchen, jetzt bist du an der Reihe. Was führt dich her?«

Das Lächeln aus meinem Gesicht verflog so schnell, wie es gekommen war.

Clarice stand bereits Gewehr bei Fuß und sorgte dafür, dass ich sofort anfing, unkontrolliert zu zittern.

Mit angezogenen Beinen sank ich auf Omas Sofa und berichtete.

Oma hörte mir aufmerksam zu und unterbrach mich kein einziges Mal. Auch nachdem ich geendet hatte, schwieg sie eine ganze Weile.

Ich konnte ihr ansehen, dass sie die Worte in ihrem Kopf drehte und wendete. Sie wollte mich sicher aufbauen und mir etwas Kluges sagen, doch gleichzeitig mochte sie Eike sehr gerne. Sie suchte gewiss einen Weg, nicht allzu schlecht von ihm zu sprechen. Für mich allerdings war die Stille kaum zu ertragen. Als sie endlich fragte, ob sie mir eine Geschichte erzählen dürfe, nickte ich daher hastig. Obwohl ich nicht recht verstand, was sie damit bezwecken wollte, war mir alles willkommener als ihr Schweigen.

Oma räusperte sich, griff nach dem Bilderrahmen mit Opas Foto, der auf der Kommode neben ihr stand, und begann: »Du weißt, wie sehr ich deinen Großvater liebe und dass ich niemals einen anderen Mann nach ihm hatte, weil meine Liebe seinen Tod überdauert hat. Was ich dir nie erzählt habe, ist, wie schwer es für uns damals war. Dein Großvater war ein patriotischer Amerikaner und es erfüllte ihn mit Stolz, für sein Land zu kämpfen. Bevor er in Vietnam gefallen ist, war er bereits mehrmals in Kriegsgebieten, oft monatelang.« Liebevoll strich sie mit dem Finger über die Glasplatte, unter der Opa sie anlächelte.

Gebannt lauschte ich ihren Worten. Zwar konnte ich mir beim besten Willen nicht zusammenreimen, worauf diese Geschichte hinauslaufen sollte oder wie sie mit Eike zusammenhing, dennoch spürte ich, dass es wichtig war. Für mich, aber besonders für sie.

»Jedes Mal blieb ich allein in Deutschland zurück und versuchte, das Beste aus dem Leben hier zu machen. Ich nahm kleine Arbeiten an, bediente in Cafés oder erledigte Schreibarbeiten, um mich über Wasser zu halten. Das Geld deines Großvaters erreichte mich nur unregelmäßig. In all der Zeit hatte ich auch mit anderen Männern zu tun, und es geschah gelegentlich, dass mir einer davon schöne Augen machte. Das habe ich ihm nie erzählt, doch wenn er einmal zu Hause war, bekam er sehr wohl mit, dass sie mich grüßten. Eifersucht war ein ständiges Thema und er unterstellte mir oft, dass ich in seiner Abwesenheit gewiss das Bett mit einem von ihnen teilen würde.« Sie lächelte gequält. »Das war zwar ausgemachter Unfug, trotzdem hat es dauernd für Streit gesorgt. Dazu kam, dass er im Einsatz natürlich Gespielinnen hatte. Nicht dass er es zugegeben hätte, aber das brauchte er nicht. Es war ein offenes Geheimnis, und wann immer wir über die Gerüchte sprachen, die unter den daheimgebliebenen Frauen kursierten, stand ihm die Schuld ins Gesicht geschrieben.«

Kummer breitete sich bei diesen Erinnerungen in ihren Gesichtszügen aus.

Am liebsten hätte ich sie in den Arm genommen, tief in meinem Inneren wusste ich jedoch, dass ich sie jetzt nicht unterbrechen durfte. Daher blieb ich, so schwer es mir fiel, sitzen und ließ Oma weitererzählen.

»Eike und du, ihr steckt freilich in einer anderen Situation als wir damals, dennoch ist sie unserer nicht unähnlich. Es war eine harte Zeit, zumal dein Großvater von jeder Ausrückung traumatisierter heimkam. Er wurde jähzornig und grob, kannte seine Grenzen nicht mehr, und selbst wenn er zu Hause war, weinte ich mich oft in den Schlaf. Nun glaube aber nicht, dass unsere Ehe schrecklich war. Es gab auch viele gute Zeiten. Häufig brachte er mir kleine Geschenke mit, bedachte mich mit liebevollen Worten, die aus tiefstem Herzen kamen, oder zauberte wunderschöne Momente in unseren Alltag. Manchmal zog er mich vom Spülbecken weg und tanzte einfach so mit mir durch die Küche, kuschelte sich nach der Arbeit mit mir vors Radio oder wir verrichteten die Hausarbeit gemeinsam und sangen dazu.« Sie hielt für einen Augenblick inne und schwelgte in Erinnerungen. »Mit meiner Geschichte möchte ich nichts von dem rechtfertigen oder schönreden, was Eike getan hat«, fuhr sie dann fort. »Ich will dir nur sagen, warum ich deinen Großvater nach wie vor liebe, trotz oder gerade wegen all seiner Fehler: Am Ende zählt in einer Beziehung nicht, wer wie viele Fehler macht, denn wir machen alle genug, sondern wie groß diese Liebe ist und wie viel sie zu verzeihen bereit ist. Du musst dir nicht alles gefallen lassen, Lina, ich hätte es Großvater auch nicht verziehen, wenn er mir im Heimaturlaub fremdgegangen wäre. Wie du die Dinge gewichtest, das liegt allein in deiner Hand.« Sie versuchte, mich anzulächeln, allerdings missglückte es ihr vollständig.

Mit einem Kloß im Hals stand ich auf und nahm Oma ganz fest in den Arm. Es war sicher nicht leicht für sie gewesen, all das zu erzählen, jedoch hatte sie mir einigen Stoff zum Nachdenken gegeben.

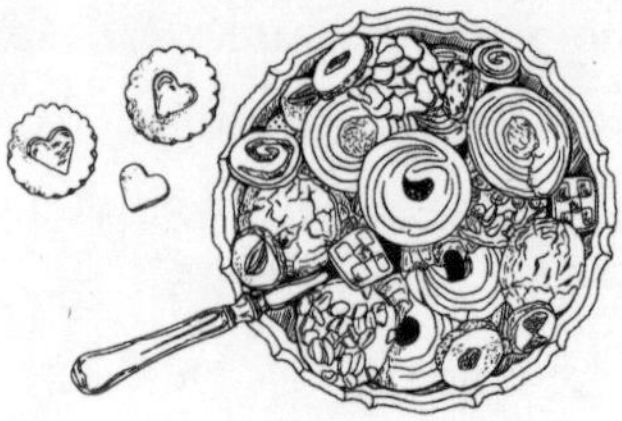

Eike

Hundemüde spülte ich das letzte Geschirr, während Bent die Tische abwischte. Mein Tag war schon jetzt viel zu lange, trotzdem stand noch mehr auf dem Plan. Mia würde Bent gleich nach Hause fahren und dann wiederkommen, um mit mir gemeinsam den Baum zu schmücken. Ich hatte ihr morgen einen halben freien Tag versprochen, damit sie sich richtig ausschlafen konnte. Zum Glück hatte sie so spontan zugesagt, denn allein würde ich dieses Monster von Baum niemals in einer Nacht geschmückt bekommen. Mein Kumpel hatte alle Register gezogen und eine Tanne angeschleppt, die bis unter die Decke reichte. Es hatte heute Vormittag bereits ewig gedauert, sie so weit zu zähmen, dass sie ordentlich im Christbaumständer saß.

»Bis morgen, Eike«, rief mir Bent von der Tür aus zu und grinste mich an. »Mach nicht zu lange. Wenn du deine Schönheit einbüßt, wird das auch nichts mit deiner Liebsten.« Er zwinkerte mir zu und verschwand mit Mia in die Nacht.

Ich zwang mich, ins Büro zu gehen und die Kisten mit dem Baumschmuck in den Gästebereich zu schleppen. Sie wogen zwar kaum etwas, doch nach diesem Tag kam jedes Gramm einem Pfund gleich.

Nachdem ich endlich sämtliche Schachteln beisammen hatte, begann ich damit, sie der Reihe nach auszupacken. Bald schon quollen die Tische über mit blauen und goldenen Kugeln, Sternen und anderen Anhängern. Dazwischen fanden sich Strohsterne und einige Holzfiguren, die aus Maries Kindheit stammen mussten. Selig betrachtete ich all den Schmuck und erlaubte es mir, kurz in Erinnerungen an die vergangenen Weihnachten in der *Meerhexe* zu schwelgen. Obwohl Marie und ich an Heiligabend nicht geöffnet hatten, gab es auch früher immer einen geschmückten Baum und eine Feier am Vorabend unseres Weihnachtsurlaubs. Es wurde gesungen, gelacht und Plätzchen schnabuliert. Am Ende hielt Marie stets kleine Geschenke für alle Gäste bereit und jeder ging glücklich nach Hause. Letztes Jahr mit Lina war es noch wesentlich schöner gewesen. Das ganze Dorf war zusammengekommen. Wir hatten gemeinsam gegessen, gefeiert und eine wunderschöne Zeit verlebt. Am wichtigsten für mich jedoch war Lina gewesen. Dank ihr hatte ich mein erstes Weihnachtsfest mit einer Partnerin verbringen, sie unter dem Mistelzweig küssen und unter dem Weihnachtsbaum umarmen dürfen. Sie hatte mir so viel Liebe geschenkt und mein Herz so weit werden lassen, dass ich an jenem Tag das Gefühl hatte, vor Freude fast zu platzen.

Bei dieser Erinnerung verdunkelte sich meine Miene schlagartig. Heute war das vorbei. Keine Küsse, keine Umarmungen und erst recht keine Liebe mehr, die mir das Fest erhellen würden. Jedenfalls nicht, wenn die Dinge weiterhin so liefen wie aktuell. Allerdings hatte ich nicht vor, das zuzulassen, sondern würde alles daransetzen, es zu ändern. Ich wäre schließlich nicht ich, wenn ich einfach so aufgeben würde. Es wurde höchste Zeit, die Angelegenheit in Angriff zu nehmen. Apropos Angriff, wo blieb eigentlich Mia? Wie lange war sie schon weg? Vor lauter Weihnachtsschmuck und Nostalgie hatte ich die Zeit vollkommen aus den Augen verloren.

Sollte ich bereits anfangen oder auf sie warten? Letzteres beschloss ich und legte mich auf eine der Sitzbänke. Die Wartezeit mit einem Powernap zu verbringen, erschien mir die beste Möglichkeit, um nachher länger fit zu bleiben. Einzuknicken, ehe der Baum fertig geschmückt war, stand nämlich nicht zur Debatte.

»Eike!«

Irgendjemand rüttelte an meiner Hüfte. Unwillig brummend wollte ich mich auf die andere Seite rollen, um meine Ruhe zu bekommen, knallte dabei allerdings mit der linken Schulter gegen eine harte Kante. Schmerz durchzuckte mich und mit einem Schlag war ich wach. Meine rechte Hand presste ich an die malträtierte Stelle, während meine Augen noch versuchten, zu ergründen, was gerade passierte.

»Eike, steh auf. Wir wollen den Baum schmücken. Schlafen kannst du danach!«

Mia ... der Baum ... die *Meerhexe*. Ich rieb ein letztes Mal über die schmerzende Schulter und tastete dann vorsichtig mit der Hand herum, um eine geeignete Stelle zu finden, um mich abzustützen. Wie schmal die Bank plötzlich war.

Endlich gelang es mir, mich aufzurappeln und in eine sitzende Position zu befördern. Jetzt, da sich die Deckenlampe nicht mehr in meinem direkten Sichtfeld befand, konnte ich sogar langsam die Augen öffnen.

Mia sah mich ungeduldig an. »Wurde auch Zeit, dass du aufwachst. Wollen wir loslegen oder möchtest du es vielleicht auf einen anderen Zeitpunkt verschieben, so müde wie du bist? Der Baum läuft ja nicht weg und bis Heiligabend sind es noch ein paar Tage.«

Vehement lehnte ich ab. »Nein, auf keinen Fall. Ich will, dass der Baum fertig ist, wenn Lina morgen Mittag kommt. Lieber bleibe ich auf, als zu versuchen, in ein paar Stunden wieder aus dem Bett zu kommen, das klappt garantiert nicht.«

Verständnislos schüttelte meine beste Freundin den Kopf. »Was soll das ganze Theater eigentlich? Glaubst du ernsthaft, eine geschmückte Tanne reicht aus, um all den Mist, den du verzapft hast, ins Lot zu bringen? So naiv bist du nicht wirklich. Also, was ist dein Plan?«

Ich stemmte mich von der Bank hoch und griff nach der ersten Kugel. »Legst du bitte eine Weihnachtsplatte auf? Wir sollten anfangen, damit die Nacht nicht länger wird als nötig. Während des Schmückens ist sicher genug Zeit, um dir meinen Plan – falls sich dieses Konstrukt überhaupt so nennen darf – zu erklären.«

Kopfschüttelnd lief Mia zur Stereoanlage und drückte auf Play.

Die Klänge von *Stille Nacht* erfüllten den Raum und mit ihnen änderte sich auch die Atmosphäre. Alles wurde irgendwie besinnlicher und gemächlicher.

In mir machte sich ein Gefühl von Ruhe breit und ich fühlte, dass ich langsam in der Weihnachtszeit ankam. Fast schon feierlich befestigte ich den ersten Haken an einer dunkelblauen Kugel mit goldenen

Schneeflöckchen darauf und hängte sie mitten in das satte Grün. Für einen Moment verharrte ich andächtig davor, genoss die weihnachtliche Stimmung, die allmählich in mir aufkam, und lächelte selig. Schließlich wandte ich den Kopf zu Mia. »Also gut, dann wollen wir mal, oder? Der Baum muss mindestens genauso schön werden wie letztes Jahr.«

Damals hatte ich ihn gemeinsam mit Lina geschmückt und wir hatten wundervolle Stunden in trauter Zweisamkeit damit verbracht, die mir bereits beim Gedanken daran, das Herz schwer werden ließen. Wie gerne würde ich sie jetzt in den Arm nehmen, ihr ein paar Tannennadeln aus den Haaren zupfen und sehen, wie sich ihr hübsches Gesicht hundertfach in den Kugeln spiegelte.

Skeptisch sah mich Mia an. »Komm wieder zurück in die Gegenwart. Du träumst gerade mit offenen Augen. Egal, wie herrlich wir diesen Baum herrichten, er wird dir niemals so gut gefallen wie der letztjährige.« Sie schwieg einen Moment. Als sie meinen verständnislosen Blick bemerkte, ergänzte sie: »Diesen Baum schmücken wir. Zwei Freunde, die eine Menge verbindet und die viel miteinander durchgemacht haben, aber definitiv wird es sich nie so anfühlen und so strahlend erscheinen wie ein Baum, den du mit Lina geschmückt hast.«

Ich seufzte. So gerne ich ihr widersprochen hätte, im Grunde meines Herzens wusste ich, dass sie recht hatte. »Dann lass uns den schönsten Baum schmücken, den wir hinkriegen.« Kurz trat ich auf sie zu und drückte sie. »Wenn wir das machen, wird das sicher ebenfalls etwas ganz Besonderes.«

Mia sah mich wieder mal verwundert an. Körperliche Nähe musste sie sich normalerweise einfordern, freiwillig kam ich üblicherweise nicht auf diese Idee. Verwirrt schüttelte sie den Kopf. »Wer auch immer du bist und wo auch immer du Eike gelassen hast, du bist mir sympathisch. Allerdings sollten wir wirklich anfangen, sonst werden wir nie fertig. Währenddessen kannst du mir ja von deinem wundervollen Plan berichten, lieber Austausch-Eike.« Sie grinste mich an und schnappte sich einen Sternenanhänger. »Die Kugeln und die anderen Porzellananhänger zuerst, danach den Rest. Ich nehm die goldenen, du die blauen«, übernahm sie das Ruder. »Deine Kugel darf natürlich hängenbleiben.«

Schmunzelnd nickte ich und nahm mir die nächsten Teile vom Tisch. Sollte sie ruhig den Ton angeben, sie hatte ohnehin das bessere Auge für diese Dinge. »Alles klar, Boss.«

»Wenn dann schon Boss*in*«, korrigierte sie mich grinsend, »und jetzt Schluss mit den Faxen. Erzähl mir endlich, was du vorhast. Womöglich lasse ich dich sogar wissen, ob ich von deiner Idee, Lina zurückzuerobern, begeistert bin oder eher nicht.«

Entgeistert starrte ich sie an und verharrte mitten in der Bewegung. »Du willst nicht, dass ich Lina zurückbekomme? Warum nicht?«

Mit einer Kugel in der Hand drehte sie mir den Rücken zu und hängte diese in den Baum. »Ach, Eike, so begriffsstutzig kann man gar nicht sein, oder? Nach all dem, was du ihr angetan hast, muss ich es wirklich nicht gut finden, dass du sie wieder rumkriegen möchtest. Aber wie gesagt: Erzähl mal, was du vorhast, vielleicht überzeugst du mich ja vom Gegenteil.« Sie wandte sich zurück zum Tisch, um einen Anhänger in Engelsform zu nehmen. Dabei trafen sich unsere Blicke kurz.

Ich suchte in ihren Augen nach einem Witz, nach dem Schalk, für den ich sie so mochte, doch da war nichts. Sie meinte ihre Worte tatsächlich ernst. Nie im Leben hätte ich es für möglich gehalten, dass mich meine beste Freundin nicht unterstützen könnte. Jetzt kam es darauf an, jedes Wort sorgsam zu wählen, denn ohne ihre Hilfe wäre ich komplett aufgeschmissen.

Während ich noch meinen Gedanken nachhing, stieg Mia auf einen Stuhl und platzierte den Anhänger knapp unterhalb der Baumspitze.

»Weißt du«, begann ich, »es ist nicht so, als wäre mein Plan schon bis ins kleinste Detail gereift, aber er sieht vor, alles zu unternehmen, damit Lina mir verzeiht. Um ihr zu beweisen, wie wichtig es mir ist, habe ich nicht nur diesen Baum geordert, sondern auch eine besondere Überraschung. Bevor ich ihr die geben kann, muss sie mir zunächst einmal verzeihen.«

»Stopp, Eike«, unterbrach Mia mein planloses Gestammel. »Das klingt nicht nach einem Konzept, eher nach absoluter Verzweiflung. Was willst du nun genau wann tun?«

»Zuerst helfe ich Lina bei der Feier. Nachdem ich die ganze Zeit so dagegen war, dass sie stattfindet, wird sie daran sicher erkennen, dass ich mich geändert habe«, antwortete ich ihr im Brustton der Überzeugung. »Und wenn sie mir danach wenigstens ein bisschen vertraut, mache ich den nächsten Schritt und lade sie zu einem Spaziergang an den Strand ein, mit romantischem Picknick wie bei unserem ersten Kuss damals.«

Der Blick meiner besten Freundin glitt unwillkürlich Richtung Fenster und ihre Stirn legte sich in Falten. »Picknick? Ernsthaft?«

Ich musste schmunzeln. »Du hast recht, es ist Winter und ungemütlich, aber wer sagt denn, dass ich es draußen vorbereiten muss? Wichtig ist jetzt vor allem der Baum. Er muss perfekt werden und Lina zeigen, dass ich hinter dem Fest stehe, sonst wird es sehr schwer, sie dazu zu überreden, mich in die Planung einzubeziehen. Müsste ich alles ausspionieren, wäre es so viel komplizierter, die Dinge rechtzeitig genug zu erfahren, um ihnen noch mehr festlichen Glanz zu verleihen.« Kritisch trat ich einen Schritt zurück und betrachtete den Teil des Baumes, den wir bereits geschmückt hatten.

Er sah wundervoll aus. Kugeln und Sterne glänzten um die Wette und gaben einen Vorgeschmack auf das, was hier in wenigen Stunden zu sehen sein sollte.

Lina

Seufzend schaute ich auf die Uhr. Es war schon wieder viel zu spät geworden, doch immerhin hatte ich nun einige Beilagen Probe gekocht und mich für eine finale Auswahl, was das weihnachtliche Hauptgericht anging, entschieden. Neben Doppelmatjes würde ich Kohlrabigemüse und einen Birnenkartoffelbrei servieren. Sicherlich kein opulentes Mahl, allerdings ganz im Stil von friesisch und fränkisch und zusätzlich gut vorzubereiten, sodass wir nicht bis zur letzten Minute in der Küche stehen mussten, sondern ebenfalls ein bisschen freie Zeit haben würden. Diesen Aspekt empfand ich als besonders wichtig, denn schließlich sollte jeder die Gelegenheit haben, die Menschen zu besuchen, die ihm etwas bedeuteten, oder sie zumindest anzurufen. Nicht jeder hatte das Glück, dass alle Personen, die ihm am Herzen lagen, bei der Feier dabei sein konnten. Bei Mia zum Beispiel würde ich darauf wetten, dass sie versuchte, ihre alten Zirkusgefährten irgendwie zu erreichen, auch wenn diese nichts mehr von ihr wissen wollten. Aber komplett würde sie sich nie von ihnen lossagen können. Sie war eben ein Kind der Manege, das legte man so schnell nicht ab.

Endlich konnte ich den letzten Topf in den Abtropfkorb neben der Spüle stellen und den Stöpsel aus dem Becken ziehen. Es wurde höchste Zeit, dass ich mich ins Bett begab, das Gespräch mit Oma hatte all meine Pläne verzögert. Nicht weil es so lange gedauert hätte, sondern weil ich intensiv über ihre Worte nachgedacht hatte.

Man merkte natürlich deutlich, dass Oma und ich zwei völlig verschiedene Generationen waren. Scheidung war in ihrer Jugend kein Thema gewesen. Das gehörte sich einfach nicht, und falls man es trotzdem durchgezogen hatte, hatten alle über einen getratscht, sodass man kaum mehr einen Fuß auf den Boden bekommen hatte. Allerdings hatte ich im Laufe meiner vielen Therapien zumindest gelernt, dass man Tipps, die nicht auf den ersten Blick für einen passten, hinterfragen sollte. Obwohl man nicht jeden Ratschlag eins zu eins umsetzen oder für sich selbst verwerten konnte, so konnte er durchaus eine nützliche Quintessenz enthalten. Nach dieser hatte ich in Großmutters Geschichte gesucht. Letztlich konnte ich für mich daraus den Schluss ziehen, dass ich die Geschehnisse noch einmal differenziert betrachten sollte. Nichts von dem, was Eike getan hatte, war im Entferntesten in Ordnung, dennoch musste ich schon der *Meerhexe* zu Liebe anfangen, die Dinge nach Faktenlage einzuordnen.

Damit wollte ich morgen beginnen. Heute Nacht würde Clarice hoffentlich dafür sorgen, dass ich wieder in einen tiefen Schlaf fiel, sobald ich mich ins Bett legte. Zwar war es selten erholsam, wenn sie mich zur Ruhe bettete, doch so war mein Kopf ausgeschaltet und ich musste mich zur Abwechslung mal nicht die ganze Nacht im Bett herumwälzen, weil er nicht runterkam.

Tatsächlich hatte ich in der letzten Nacht gleich doppelt Glück gehabt, denn Clarice hatte mich nach der Kochaktion nicht nur sofort schlafen gelegt, sondern am Morgen auch ausnahmsweise selbst verschlafen. Zumindest erschien es mir so, da ich so gut aus dem Bett kam, wie schon ewig nicht mehr.

Nach einem kurzen Telefonat mit Bent, um herauszufinden, ob er mit Eike in die *Meerhexe* fahren würde oder von mir abgeholt werden wollte, setzte ich mich mit einer Tasse Kaffee an den Frühstückstisch. Langsam nahm ich ein paar Schlucke und schob die zwei Scheiben Toastbrot auf dem Teller vor mir lustlos hin und her. Bis nach dem Frühstück hatte Clarice wohl nicht mit ihrer Rückkehr warten können.

So dynamisch ich den Tag angefangen hatte, so sehr zog sich jetzt jede Bewegung. Meine Gliedmaßen schienen heute alles in Zeitlupe auszuführen, dabei wollte mein Kopf genau das Gegenteil. Nachdem ich gestern Abend das perfekte Hauptgericht für die Weihnachtsfeier gefunden hatte, konnte ich es gar nicht mehr erwarten, ins Café zu kommen und die Bestellscheine dafür auszufüllen. Gerade zur Weihnachtszeit galt schließlich: je früher, desto besser. Wer zu lange zögerte, der bekam am Ende bloß die Hälfte, und mit der Hälfte der Zutaten konnte man kein Essen kochen.

Genervt räumte ich die Reste des Toastes in den Kühlschrank und meine Kaffeetasse in die Spüle. Nun noch schnell duschen und dann nichts wie los. Vielleicht kam ich das erste Mal in diesem Monat sogar pünktlich.

Natürlich hatte dieses Vorhaben nicht geklappt, aber zumindest parkte ich Freddy mit nur fünf Minuten Verspätung an der *Meerhexe*. Für meine Verhältnisse war das diesen Monat überpünktlich, doch normale Maßstäbe zu veranschlagen, war fairer. Ich war ja nicht der einzige Mensch mit Depressionen, der sein Leben irgendwie in den Griff bekommen musste.

Eilig wanderte ich die Dünen hinab und sah bereits aus der Ferne, dass sämtliche Lichter ausgeschaltet waren. Dabei sollten Eike und damit auch Bent längst hier sein und das Café für den Tag vorbereiten. Ob ihnen etwas passiert war? Oder Mia? Hatten sie Schichten getauscht und ihr war etwas zugestoßen? Unbewusst beschleunigte ich meinen Schritt und beeilte mich, zur Eingangstür zu kommen. Wenn es einen Tausch gab, hatten sie mir hoffentlich einen Zettel hingelegt. Wobei – ich schloss die Tür auf –, ich kam immer als Letzte, welchen Sinn würde das ergeben?

»Was zur …« Entsetzt riss ich die Augen auf. Was war denn hier los? Es sah aus, als hätte eine Bombe eingeschlagen. Überall lagen Strohsterne, Christbaumkugeln und Tannennadeln verteilt. Irgendwo aus einer Ecke drang ein grunzendes Schnarchen, das ich sofort zuordnen konnte: Eike. Ich arbeitete mich durch das Chaos vor und versuchte, dabei nichts zu zertreten. Wie sollten wir inmitten dieser Unordnung in weniger als zwei Stunden Kunden bedienen? Das konnte bloß ein schlechter Scherz sein. Aus den Augenwinkeln bemerkte ich eine Bewegung, mein Kopf fuhr herum und ich starrte ungläubig auf meine Freundin. Mia? Ernsthaft? Eike traute ich inzwischen alles zu, aber ihr? Warum tat sie mir das an?

Beruhig dich, Lina, wies ich mich selbst an und atmete tief durch. Dann bemühte ich mich um eine möglichst ruhige Stimme. »Guten Morgen zusammen.«

Auf beiden Seiten des Raumes regten sich die schlafenden Gestalten.

»Was ist los?«, murmelte Mia schlaftrunken, während Eike sich mit einem »Nur noch fünf Minuten« auf die andere Seite wälzte.

Das konnte ja heiter werden.

»Guten Morgen Herrschaften! Aufstehen! Waschen! Zähne putzen! Die Kundschaft kommt und ihr seid im Pyjama!« Dieses Mal wurde ich ein wenig lauter und imitierte den Lagerleiter aus dem Jugendzeltlager, das ich früher immer besuchen musste. Etwas Vernünftigeres fiel mir nicht ein, um nicht gleich in die Luft zu gehen.

»Lina ... was machst du hier ... mitten in der Nacht?«, nuschelte Mia und blinzelte mich übermüdet an.

Langsam reichte es mir. »Ich? Die Frage ist doch viel mehr, warum Eike und du in der *Meerhexe* übernachtet und so ein Chaos anrichtet. In eineinhalb Stunden sperren wir den Laden auf und hier sieht es aus, als hätte der Weihnachtsmann eine Konfettikanone benutzt, um Weihnachtsschmuck zu verteilen.« Wütend schnaubte ich.

»Gefällt er dir denn gar nicht?«, brummelte es von der anderen Seite zu mir herüber.

Was sollte mir gefallen? »Du meinst die Unordnung? Nach all der Zeit dürftest du mich besser kennen, Eike.« Verständnislos schüttelte ich den Kopf.

»Der Baum«, kam es einstimmig von beiden.

Irritiert sah ich mich um. Welcher Baum? Beim Anblick des Durcheinanders hatte ich keinen gesehen und das wunderte mich sofort, als mein Blick darauf fiel. Vor Erstaunen klappte mir die Kinnlade herunter. »Wie habt ihr das gemacht?«, hauchte ich vollkommen von der Rolle.

Vor mir stand eine deckenhohe Tanne, über und über mit Kugeln, Strohsternen, Holz- und Porzellananhängern bedeckt, dazwischen reichlich Lichterketten und auf der Spitze thronte ein selbstgemachter Engel, den meine Ur-Ur-Ur-Großmutter angefertigt hatte. Sogar ein paar echte Kerzen steckten auf den äußersten Ästen und überhaupt … er war einfach perfekt. Tränen vor Freude und Rührung stiegen mir in die Augen, als Mia hinter mich trat und mir die Hand auf die Schulter legte.

»Das war alles Eikes Idee«, wisperte sie mir zu. »Schön, dass er dir so gut gefällt.«

Lina

»Eike?!« Ich kam aus dem Staunen nicht mehr heraus. Mit allem hätte ich gerechnet, doch damit bestimmt nicht. Dieser Weihnachtsmuffel sollte tatsächlich einen Baum besorgt und sich die Nacht um die Ohren geschlagen haben? Wohl kaum. »Nimm mich nicht auf den Arm, Mia.«

Sie schüttelte vehement den Kopf. »Tue ich nicht. Vorgestern Morgen tauchte er vollkommen von der Rolle auf und fing an, einen Baum zu organisieren.« Verschwörerisch beugte sie sich vor und flüsterte in mein Ohr: »Er war wie ausgewechselt und hatte sich in den Kopf gesetzt, dich unbedingt begeistern zu wollen. Zumindest das scheint ihm ja gelungen zu sein. Das darfst du ihm übrigens ruhig zeigen. Wir haben bis in die frühen Morgenstunden mit dem Schmücken gebraucht.«

Mechanisch nickte ich, obwohl mir so gar nicht danach war, mich bei Eike zu bedanken. Ich konnte mir bereits denken, welchen Hintergedanken er verfolgte, aber da hatte er sich geschnitten. Ein schöner Weihnachtsbaum würde sicher nicht alles ins Lot bringen. Eilig bemühte ich mich, vom Thema abzulenken. »In Ordnung. Vorher müssen wir allerdings aufräumen und das Tagesgeschäft vorbereiten, wir sind Stunden hinterher«, rief ich geschäftig und klatschte in die Hände.

»Ist ja gut, Chefin«, motzten Eike und Mia im Chor.

»Man könnte ja auch mal Danke sagen«, ergänzte meine beste Freundin.

Ich blies die Luft durch die geblähten Backen aus. Warum verstand sie nicht, dass ich das lieber später in Ruhe und in gefassterem Zustand getan hätte? »Danke schön, ihr beiden, der Baum sieht ganz zauberhaft aus. Und ja, ich freue mich ehrlich, trotzdem müssen wir endlich Klarschiff machen, sonst gehen unsere Tagesgäste rückwärts wieder raus. Sobald ihr alles aufgeräumt habt und die Plätzchen nachgebacken sind, geht ihr nach Hause und schlaft euch aus. Ich fahre jetzt Bent abholen, wir schaffen das ein paar Stunden ohne euch.« Welch ein gelungener Vorwand, um mich abzusetzen, nachdem sie mich so überrumpelt hatten. Noch bevor sie Einspruch erheben konnten, war ich zur Tür hinaus und atmete erleichtert durch.

Es war bereits achtzehn Uhr, als Eike erneut im Café auftauchte. Mia hatte er kurzerhand den Rest des Tages freigegeben und Bent gesellte sich direkt nach der Ankunft meines Mitinhabers zu den Gästen, um ein wenig zu plaudern und auszuspannen. Wie war Eike bloß auf die Idee gekommen, dass gerade ein Freitag dazu geeignet war, um solche Aktionen anzugehen?

Hätte er nicht einfach fragen können, dann hätte er gewusst, dass ein Baumaufstellen am kommenden Montag schon geplant gewesen war. Dass er es auch nie abwarten konnte.

»Wo benötigst du mich gerade am dringendsten, Chefin?«, fragte er und zu meiner Überraschung lag nicht einmal Spott in seiner Stimme.

Irgendwie behagte mir die gesamte Situation ganz und gar nicht. Es vibrierte eine seltsame Stimmung in der Luft, angespannt, knisternd und voller widerstreitender Gefühle, immer bereit, sich mit einem Knall zu entladen und eine riesige Explosion anzurichten, wenn ein unvorsichtiger Funke sie entzündete. Sicherheitshalber schickte ich ihn so weit weg, wie es in den begrenzten Räumlichkeiten möglich war. »Wir brauchen unbedingt Vanillekipferl, Mandelsplitter und Marzipankartoffeln mit Schlickrutscher, Vanille-Rum und Sanddornsaft. Am besten du produzierst gleich eine größere Ladung fürs Wochenende, die futtern uns die Haare vom Kopf. Außerdem musst du die neuen Backwaren für unseren Adventskalender für die nächsten Tage herstellen. Morgen hast du garantiert wieder viel zum Nachbacken.«

Er nickte bei jedem meiner Aufzählungspunkte und rollte am Ende mit den Augen. Leicht genervt gab er zu: »Das mit dem Adventskalender und den beschränkten Zeiten, zu denen es einzelne Sorten gibt, hat sich als wahre Goldgrube erwiesen. Die Leute reißen uns die Sachen förmlich aus den Händen.«

Jetzt ließ sich Eike auch noch zu einem Lob über meine Arbeit herab und schien dies sogar aufrichtig zu meinen. Ich machte eine knappe Bewegung, um ihn endlich dazu zu bringen, sich in die Küche zu verziehen. »Ganz genau, und weil dem so ist, musst du schleunigst anfangen zu backen, sonst geht uns am Ende etwas aus und das gute Geschäft ist verdorben.« Ich wandte mich um und blickte über den Gastraum. Leider musste niemand bedient werden, wenn ich es gerade brauchte. Auf nichts konnte man sich verlassen. Als ich mich langsam wieder umdrehte, stand Eike weiter wie ein Stockfisch vor mir und glotzte mich wie ein ebensolcher an. »Was ist denn? Willst du nicht loslegen?«

»Doch. Klar. Ich wollte dir nur sagen, dass ich an Heiligabend arbeiten werde. Du wolltest frühestmöglich meine Rückmeldung.« Er drehte sich mit einem seltsamen Lächeln in den Mundwinkeln, das ich noch nie an ihm gesehen hatte, um und bald darauf sprang in der Küche das Rührgerät an.

Verdattert schaute ich ihm nach. Was war das bitte gewesen?

Ein eigenartiges Gefühl beschlich mich, nachdem ich die Tür hinter dem letzten Gast abgeschlossen hatte. Bent hatte unseren Shuttleservice genommen, da er schon zeitig nach Hause gewollt hatte, und nun war ich das erste Mal, seitdem ich von der Sache mit Veronika erfahren hatte, mit Eike allein.

Die Tische waren schnell abgewischt und ebenso die Überbleibsel aus der Auslage geräumt. Die zwei Sandwiches, die sich ebenfalls darin befunden hatten, würden einen passablen Mitternachtssnack für Eike und mich abgeben. Ich packte sie auf zwei Teller und bugsierte sie in die Küche. »Brauchst du Unterstützung oder bist du gleich fertig?«

»Etwas Hilfe wäre wirklich toll«, gestand mein Ex und brachte mich einmal mehr zum Staunen.

Er hatte gerade nicht ernsthaft Ja gesagt, oder? Das tat er doch sonst nicht.

»Jetzt schau nicht so. Heute ist der ganze Zeitplan aus den Fugen geraten und ich habe es bisher nicht geschafft, das Marzipan anzusetzen. Alles, was man backen muss, ist erledigt, und auch die Mandelsplitter liegen zum Kaltwerden aus, aber für den Rest hat die Zeit gefehlt, zumal die Marzipanherstellung ewig dauert.« Mit der Hand wies er auf ein paar Kilo Puderzucker, die gesiebt werden mussten, und daneben standen gemahlene Mandeln, die wir noch feiner mahlen und anschließend anrösten mussten.

Ergeben nickte ich und schnappte mir die erste Packung Puderzucker.

Eine Weile arbeiteten wir schweigend nebeneinander her, ehe ich die angespannte Stille zwischen uns nicht mehr aushielt. Mir war sehr wohl aufgefallen, dass Eike immer wieder verstohlen zu mir herüberlinste, den Mund öffnete und sich dann doch abwandte. Kurz sammelte ich mich, bevor ich das längst überfällige Lob loswurde: »Vielen Dank, dass du den Baum organisiert und geschmückt hast. Er sieht wundervoll aus. Mindestens genauso schön wie letztes Jahr.« Ich schenkte ihm ein Lächeln und dieses war zur Abwechslung aufrichtig gemeint.

Eike drehte sich zu mir und erwiderte mein Lächeln zurückhaltend. »Vielen Dank, Lina. Es freut mich, dass er dir gefällt. Ich wollte dir etwas Gutes tun und schließlich geht das Glück der *Meerhexen*besucher uns alle an.«

Danach herrschte erneutes Schweigen, bis ich abermals das Wort ergriff. »Danke, ich bin froh, dass du bei mir warst«, sagte ich schlicht und meinte es so. Wir konnten auf diesem Planeten nichts ungeschehen machen, aber wir konnten eins ganz sicher: anerkennen, wenn sich jemand seiner Fehler gewahr wurde und sie eingestand.

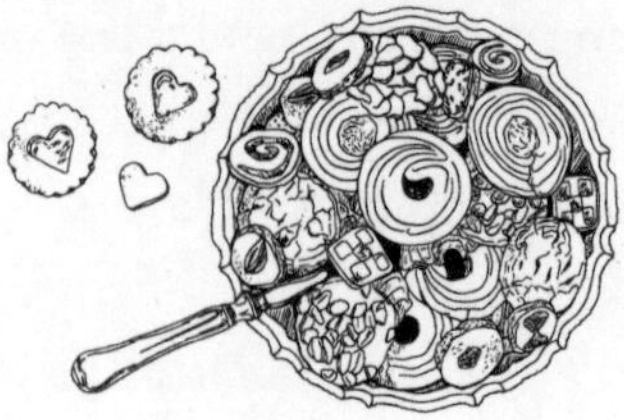

Eike

Obwohl es wieder einmal viel zu spät war, die Nacht nicht wesentlich länger werden würde als die vorherige und mein Leben im Augenblick generell nur anstrengend war, lächelte ich den ganzen Heimweg und unter der Dusche weiter. Es war nicht so, dass sich irgendetwas groß verändert hätte, trotzdem, ich hatte gelegentlich kleine Freundlichkeiten aus Linas Stimme herausgehört und ab und an hatte sie mir den Hauch eines Lächelns geschenkt. Letztlich kaum der Rede wert, dennoch machte es mir Hoffnung.

Keine Ahnung, wie weit mich der Plan noch bringen würde, aber zumindest zeigten mir diese Entwicklungen, dass es sich lohnte, ihn weiterzuverfolgen. Moment. Ich hielt inne und sogar die Hand mit dem seifigen Schwamm, mit dem ich gerade meinen Oberkörper abrieb, verharrte wenige Zentimeter über dem nackten Bauch. Langsam, wie in Zeitlupe, drehten sich in meinem Kopf die

Zahnrädchen, rasteten zu ihrem System ein und zogen den Vorhang zu einem Gesamtbild hoch.

Bent hatte gar nicht gemeint, dass ich die Dinge tun sollte, weil sie Lina gefielen und mir ihre Sympathie zurückbrachten. Das war ja genau jener Ansatz, in dem es wieder nur darum ging, dass ich davon profitierte und meinen Willen bekam. Linas Wünsche dienten bloß als Mittel zum Zweck, um meine eigenen zu befriedigen. Wenn ich recht überlegte, lief das schon ziemlich lange so. Die Phase, in der ich sie auf Händen getragen hatte, war schnell vorüber gewesen. Danach hatte sich ein winziges Stückchen des alten, egoistischen Eike seinen Platz zurückerobert. Dieser Teil von mir war verschwindend gering, dennoch groß genug, um der riesigen Mehrheit, die Lina bedingungslos liebte, erhebliche Probleme zu bereiten. Letztlich war ich zurück in vermeintlich abgelegte Muster gefallen und hatte versucht, aus unserer Beziehung das Beste für mich herauszuholen und zu profitieren, wo es eben ging. Ich wollte Kontrolle ausüben und am Ende war alles zerbröselt, weil ich nicht damit umgehen konnte, dass sie eigene Vorstellungen und ein anderes Tempo für eine Partnerschaft hatte als ich.

Mit solchen Verhaltensmustern musste jetzt endlich Schluss sein. Um sie zurückzugewinnen, musste ich anfangen, die Dinge zu tun, weil es mich glücklich machte, sie strahlen zu sehen. Wenn ihr etwas wichtig war, musste es mir wichtig werden, oder zumindest gehörte es zu meinen Aufgaben, sie darin zu unterstützen, selbst wenn ich dafür mal zurückstecken musste. Diese Erkenntnis, die Bent in mir geweckt hatte, kam hoffentlich nicht zu spät. Wobei ... um ehrlich zu sein, kam sie über ein Jahr zu spät. Aber vielleicht ... ja vielleicht, weil Weihnachten war, bestand die Chance auf ein Wunder. Immerhin sagte man der besinnlichen Zeit doch immer nach, dass sie die Zeit der Wunder sei.

Weiterhin völlig in Gedanken trat ich aus der Dusche, nur um festzustellen, dass ich den Schwamm, der inzwischen vollkommen seifenfrei war, noch in der Hand hielt. Auch das Waschen hatte ich vor lauter Grübeln vergessen und die Haut lediglich so lange eingeweicht, bis die Finger ganz runzlig waren. Ein kurzes Schnuppern in Richtung meiner Achselhöhlen verriet mir allerdings, dass Wasser allein keine gute Idee war. Kurzerhand kletterte ich ein zweites Mal in die Duschwanne, um aus dem miefenden Körper eine wohlriechendere Variante zu machen.

Am nächsten Morgen zwang ich mich nach viel zu wenigen Stunden Schlaf aus dem Bett. Wenn mein Plan aufgehen sollte, würde ich bis Weihnachten wohl kaum mehr eine lange Nacht haben. Zum

Glück hatten wir am Montag wenigstens Ruhetag und ich musste nicht alles in den frühen Morgenstunden erledigen, sondern konnte den Nachmittag nutzen, sobald Lina Marie besuchte.

Ächzend brachte ich den Teil des Tages hinter mich, bei dem es um Waschen, Anziehen und Frühstück ging. Danach fuhr ich direkt in die Stadt und hielt vor einem Blumenladen. Ich wusste genau, dass Lina Weihnachtssterne liebte, allerdings hatte sie sich im letzten Jahr davor gescheut, die *Meerhexe* mit solchen zu dekorieren, da sie Unmengen Arbeit machten. Dieses Jahr sollte das kein Hindernis darstellen, denn Mia würde die Versorgung übernehmen. Ihr Daumen war sicher der grünste, den unser Team zu bieten hatte.

Im Geschäft klappte alles reibungslos. Die Pflanzen waren vorbestellt und so musste ich bloß die beiden großen Kisten abholen, bezahlen und verladen.

Eine Viertelstunde später befand ich mich bereits auf dem Weg zu meinem nächsten Zwischenstopp. Knut hatte nicht nur einen tollen Baum für mich organisiert, sondern auch, auf meine erneute Nachfrage hin, jede Menge Tannenzweige zur Seite gelegt, die er entweder von den Bäumen ausgeschnitten hatte oder die abgebrochen waren. Normalerweise wurden die Wedel zum Abdecken für Gräber und Blumenbeete verkauft, aber ich hatte etwas Besseres damit vor.

Nachdem diese Kiste ebenfalls im Auto gelandet war, fuhr ich die letzte Station an: den Baumarkt. Dort kaufte ich mehrere Dutzend Kugeln und andere kleine Dekorationsteile in Gold und Dunkelblau. Ein Blick aufs Handy verriet mir, dass es höchste Zeit war und ich mich beeilen musste, wenn ich noch rechtzeitig in die *Meerhexe* kommen und alles herrichten wollte.

Zum Glück waren die Straßen außerhalb der Urlaubssaison wie leer gefegt und ich stand pünktlich, eine Stunde vor Arbeitsbeginn, vor dem Café. Die Weihnachtssterne entlud ich sofort, den Rest würde ich heute Abend mit nach Hause nehmen, dafür hatte ich bereits Pläne.

Eine ganze Weile später lehnte ich mich gegen den Tresen und schaute begeistert über die Ladenfläche. Obwohl ich kein Händchen für Dekoration hatte und Mia es sicher zigmal neu arrangieren würde, gefiel mir das Ergebnis wirklich gut. Auf den Tischen, dem Tresen und in den Fenstern verteilten sich die weißen Blumen und verliehen dem Ambiente etwas Edles. Mir war bewusst, dass Lina die rote Variante der Pflanze lieber mochte, allerdings fügte sich die weiße besser ins Farbkonzept der *Meerhexe* und darauf kam es schließlich auch an. Gemeinsam mit den Deckchen und Kerzen auf den Tischen und der unfassbar tollen Tanne bildeten sie ein harmonisches Gesamtbild, das ich in den kommenden Tagen noch um ein paar Punkte ergänzen würde.

Zufriedenheit erfüllte mich. Für einen Kerl wie mich definitiv sehr beeindruckend. Leider hatte ich keine Zeit, mich in diesem Erfolg zu sonnen, denn meine To-do-Liste wartete bereits auf mich. Fünf Sorten Kekse, vier Kuchen, Stollen und Marmelade. Der ganz normale Wahnsinn eben.

Lina

Sonntagabend. Was für ein Wochenende. Ich konnte es kaum fassen, dass wir es am Ende doch noch geschafft hatten, alle Gäste aus der *Meerhexe* zu bugsieren und abzusperren. Jetzt war ich einfach bloß dankbar, in meiner heißen Badewanne zu liegen und die Augen schließen zu können.

Das gesamte Wochenende war so seltsam gewesen und endlich fand ich die Ruhe, um mir ein paar ausführlichere Gedanken dazu zu machen. Jeden Tag hatte mich eine andere Überraschung im Café erwartet und letztlich konnte ich mich extrem glücklich schätzen, dass die Dinge so gelaufen waren. Trotzdem gab mir Eikes Art und Weise zu denken auf. Unsere Weihnachtsgästeliste schien ins Bodenlose zu wachsen, denn das letztjährige Fest hatte sich herumgesprochen. Wer nur irgendwie die Möglichkeit hatte, zu einer der Sammelstellen oder direkt in die *Meerhexe* zu gelangen, ergriff diese, egal aus welchem Ort in der Umgebung er kam.

Nun hätte ich damit gerechnet, dass Eike darauf genervt oder gereizt reagierte, aber stattdessen hatte er ein neues Tischkonzept entworfen, extra Bierzeltgarnituren geordert und erzählte allen, wie sehr er sich auf ihren Besuch freue. Außerdem hatte er zunächst Weihnachtssterne und anschließend eine eigens gemischte Weihnachtsteekreation präsentiert. Zu meinem Erstaunen hatte sie richtig gut geschmeckt und einen herrlich winterlichen Flair verbreitet. Daher hatte ich sie gemeinsam mit zwei von Maries Mischungen auf die Liste der Tees genommen, die an Heiligabend zur Auswahl stehen würden.

Überhaupt nahm die Weihnachtsfeier wunderbare Züge an. Inzwischen standen auch die Vorspeise und der Nachtisch fest, und falls unsere Lieferanten morgen keinen Einspruch erhoben, was die Beschaffbarkeit der Zutaten anging, war das komplette Menü in trockenen Tüchern. Bent hatte sich bereit erklärt, Oma dabei zu unterstützen, den Kindern allerlei schöne Weihnachtsgeschichten und -gedichte vorzulesen, und dank Eike musste ich mir um Personalengpässe keine Sorgen mehr machen.

Eike ... kaum hatte ich einmal an ihn gedacht, setzte er sich direkt in meinem Kopf fest und verlangte Aufmerksamkeit. Kein Wunder, wenn ich ehrlich war, denn ich hatte das Gespräch mit ihm völlig verdrängt. Die Tatsache, dass er nach all dem, was er getan hatte, immer noch behauptete, er würde mich lieben, brachte mich um den Verstand. Warum tat er mir das an? Warum erzählte er mir so etwas?

Dazu hatte er überhaupt kein Recht. Er hatte mir die miesesten Dinge an den Kopf geworfen, mich hintergangen und betrogen ... und nach all dem besaß er die Frechheit, sich hinzustellen und von Liebe zu faseln. Als ob.

Bereits bei diesen absurden Gedanken geriet mein Blut in Wallung. Allerdings kochte es nicht ausschließlich vor Wut, nein, mein Unterleib musste mal wieder seine ganz eigene Party feiern. Wie konnte es sein, dass dieser Mistkerl eine so starke sexuelle Anziehung auf mich hatte? Natürlich, der Sex, seine Küsse und seine Streicheleinheiten waren perfekt gewesen. Das war sicher eine der wenigen positiven Seiten, die Eikes frühere Aufreißermentalität hatte, er verstand es hervorragend eine Frau nach allen Regeln der Kunst zu verführen. Als wäre das nicht schlimm genug, kapierte ich nicht, seit wann mir Körperlichkeiten so wichtig waren. Bevor ich nach Norderwitt gekommen war, hatte ich nicht einmal einen Mann geküsst, geschweige denn Sex gehabt. Selbstbefriedigung war ebenfalls kein Thema gewesen, meine Mutter hatte mir jahrelang eingebläut, wie unanständig das sei, und dass man Spaß nur mit einem Partner zusammen haben sollte.

Nach der Trennung von Eike brachten mich diese veralteten Denkweisen immer häufiger in Bedrängnis. Auch jetzt wanderten meine Finger bereits wieder in Richtung Körpermitte. Ich wollte diesen Kick, dieses gute Gefühl, das am Ende eines Orgasmuses zurückblieb und mich entspannte. Gerade Letzteres hatte ich dringend nötig, die vergangenen Wochen hatten sich besonders in Kombination mit Clarice zu einem reinen Nervenkrieg entwickelt. Trotzdem drängte mein schlechtes Gewissen mich zurück. Stattdessen griff ich nach dem Handy, das auf der Ablage über der Wanne lag.

Unsicher ließ ich den Finger über dem Aufnahmeknopf der Messenger-App schweben. Sollte ich wirklich? Ich wiegte meinen Kopf abwägend hin und her, bis ich schließlich beschloss, das Denken einzustellen und ihn zu drücken. »Hey Mia, sorry, dass ich dich um die Zeit störe, aber ich könnte einen Rat von dir brauchen …« Eine kurze Pause. Tief durchatmen. »Wie stehst du zum Thema Selbstbefriedigung?« Eigentlich hatte ich noch etwas ergänzen wollen, doch mein schrumpliger Finger rutschte ab und die Nachricht verschwand im Äther.

Keine halbe Minute später klingelte das Handy. Genau das hatte ich nicht gewollt. Die Sprachnachricht war mir bereits unangenehm genug und ich war sicher puterrot angelaufen. Dass ich dieses

Gespräch nackt und in der Wanne führen würde, trieb meinen Puls raketengleich in die Höhe, besonders wegen der vergangenen Ereignisse zwischen Mia und mir. Zitternd drückte ich auf den Button zur Anrufannahme, sagte jedoch nichts. Das war auch gar nicht nötig, denn Mia übernahm.

»Alles okay, Lina?« Ihre Stimme hörte sich besorgt an. »Du weißt, dass wir über alles reden können.«

»Also … ich …«, stotterte ich los und brach wieder ab. Kein sinnvoller Satz wollte über meine Lippen kommen.

»Wo bist du gerade? Soll ich vorbeikommen?«

»Nein, nein, bloß nicht«, antwortete ich entsetzt. »Ich liege in der Badewanne …«

Mia schmunzelte, das musste ich nicht sehen, um es zu wissen. »Verstehe. Du genießt die Wärme und das wohlige Gefühl um dich herum. Und jetzt ist dir danach, es dir selbst zu besorgen.«

Zaghaft nickte ich, bis mir einfiel, dass sie das am Handy nicht sehen konnte. »Ja«, piepste ich.

»Na, dann mach doch einfach. Was glaubst, wie ich mir helfe? So lange wie ich schon Single bin, möchte ich nicht auf Orgasmen verzichten.« Es klang so leicht bei ihr. Sie sagte es so locker dahin, als wäre nichts weiter dabei.

»Aber …«, setzte ich an und kriegte erneut kein Wort heraus.

»Okay. Welche Mythen hat man dir in deiner Kindheit erzählt? Dass man unfruchtbar wird oder dass Gott es verabscheut? Dass es unanständig ist? So verklemmt wie du bist, muss da ja irgendwas im Hintergrund sein.«

Wie gelang ihr das bloß? Ich sagte gar nichts und sie wusste trotzdem direkt, was Sache war. Zögerlich berichtete ich: »Meine Mutter meinte, wenn man es sich selbst macht, zerstört man sich unten rum, weil die Natur das nicht so vorgesehen hat, und hat danach keinen Spaß mehr mit anderen Partnern. Das wäre eben der Preis für solche Abartigkeiten.« Meine Stimme wurde immer leiser. »Außerdem denke ich dabei an Eike«, murmelte ich kaum hörbar.

Mias Tonfall war ungewöhnlich ernst. »Dass das Quatsch ist, weißt du hoffentlich. Dein Körper verformt sich deswegen nicht oder so. Du genießt einfach die Möglichkeit, dich in Glückszustände zu versetzen. Glaub mir, die Natur hätte dich nicht so geschaffen, wenn du diese Option nicht haben solltest.« Kurzes Schweigen. »Und das mit Eike ... es ist vollkommen normal, sich währenddessen Menschen vorzustellen, die man extrem attraktiv findet. Ich stelle mir auch ab und an mal eine Ex-Freundin vor. Egal, wie die Beziehung lief, solange der Sex gut war, spricht nichts dagegen. Du musst dich dafür nicht schämen.«

Mein Kopf glühte inzwischen und ich hatte das Gefühl, dass es nicht mehr lange dauern würde, bis über meinen Haaren eine Dampfwolke aufstieg. Unfähig etwas zu erwidern, starrte ich auf meinen nackten Unterleib.

»Pass auf, Lina. Ich sage es dir jetzt genau ein einziges Mal und danach lege ich auf. Pack das Handy weg, schalt deinen Kopf aus, entspanne dich, denk an Dinge, die dich antörnen, und genieße es. Probier aus, was dir guttut, falls dir etwas nicht gefällt, lass es. Deine Mutter hatte nicht recht. Ach ... Wenn Eike derjenige ist, der dir feuchte Träume verursacht, ist das verständlich. Bis vor Kurzem habt ihr schließlich miteinander geschlafen. Du gibst dich der ganzen Sache hin und morgen reden wir darüber, wenn du magst. Oder über andere Themen. Um elf Uhr bin ich mit Brötchen bei dir. Dann sehen wir ja, welches Thema ansteht.«

Auf einmal war nur noch Tuten in der Leitung.

Ich schob das Handy zurück auf die Ablage und betrachtete meine Brüste. Wenn es nur mal so einfach wäre, seinen Kopf und anerzogene Denkmuster auszuschalten.

Lina

»Guten Morgen, meine Liebe.« Gut gelaunt trat Mia durch die Wohnungstür. Kaum hatte sie diese hinter sich geschlossen, feuerte sie auch schon grinsend die erste Frage ab. »Na, wie war es gestern Abend?«

Das Blut schoss mir sofort in den Kopf und verschämt schaute ich zu Boden. »Ja ... war ganz nett.«

Lachend hielt mir die Freundin eine Tüte mit Brötchen hin und blickte mich wissend an. »Alles klar, lassen wir das. Wie wäre es mit Frühstück?«

Hastig nahm ich das Essen entgegen und verzog mich in die Küche. Mit einigem Sicherheitsabstand rief ich ihr über die Schulter zu: »Setz dich ruhig ins Wohnzimmer. Wir machen es uns heute dort gemütlich.« Normalerweise hasste ich es, mir den Teppich vollzukrümeln, aber allein der Gedanke, dass sie sich zu mir an den Esstisch setzen könnte, verursachte mir einen Knoten im Bauch. Sie würde mir so nah sein, dass sie mir sicher alles an der Nasenspitze ablesen konnte. Nach unserem gestrigen Telefonat hatte es unendlich lange gedauert, bis ich wieder bereit gewesen war, mich zu berühren. Mehrmals hatte ich heißes Wasser nachlaufen lassen, und erst als ich fast schon zu müde gewesen war, um mich wachzuhalten, hörten meine Gedanken auf, sich wie wild zu drehen. Was darauf folgte, war ein heilloser Gefühlsmix aus Angst, Überraschung, seltsamer Betroffenheit und Ekstase. An einem Abend hatte ich meinen Körper besser kennengelernt als in meinem ganzen Leben zuvor. Ich verstand plötzlich, warum Eike es liebte, all die Körperstellen anzufassen, die ich bislang nur als eklig wahrgenommen hatte.

Inzwischen hatte ich das Tablett gefüllt und bugsierte es mit Kaffee, Geschirr, Marmelade, Butter und ein bisschen Aufschnitt zu Mia. Wir hatten uns viel zu lange keine Zeit mehr genommen, um einfach mal in Ruhe etwas unter Freundinnen zu machen. Letztlich war es allerdings meine Schuld. Seit der Trennung von Eike hatte ich mich von allen abgekapselt, dass sie auch seine beste Freundin war, hemmte mich in Streitsituationen extrem.

»Wie geht es dir?«, fragte sie just in diesem Moment, als könnte sie meine Gedanken lesen.

»Können wir den Teil auslassen und direkt zu dir übergehen?«, antwortete ich mit einer Gegenfrage.

»Könnten wir, aber das ist schnell beantwortet. Mir geht es gut. Ich bin heilfroh, dass ich mich nicht auf Veronika eingelassen hatte, obwohl die Dame die Dreistigkeit besessen hat, mich nach ihrem Besuch in der *Meerhexe* noch mehrmals zu kontaktieren. Sonst ist in meinem Leben nicht viel passiert, das du nicht mitbekommen hast. Wie du weißt, habe ich endlich eine Festanstellung in meinem aktuellen Traumjob, und Weihnachtsgeschenke zu finden, ist wie jedes Jahr eine Katastrophe. Davon abgesehen mache ich täglich Sport, schlafe, arbeite und masturbiere regelmäßig. Bericht Ende.« Sie zwinkerte mir zu und begann, sich ein Brötchen zu schmieren, während ich verlegen zu Boden schaute.

»Aus der Nummer komm ich wohl nicht mehr raus, oder? Entschuldige meine Nachricht. Die muss geklungen haben wie von einer vierzehnjährigen Teenagerin.« Was hatte ich mir nur dabei gedacht. Bei Tageslicht betrachtet, war es eine blöde Aktion gewesen.

»Nein, Lina. Viel zu wenig Menschen haben ein gutes Körpergefühl für sich selbst und schämen sich für Dinge, die völlig natürlich sind. Zumindest den Umgang mit solchen Themen habe ich im Zirkus gelernt. Da gab es kaum Raum für Privatsphäre, was mich früh zu einer offenen Kommunikation darüber gebracht hat. Warum ich aber noch mal auf das Thema anspiele, hat einen anderen Grund.«

Sie blickte mich an, als wüsste ich genau, worum es ging.

Ich musste allerdings passen. »Nämlich welchen?« Die Frage kam ihr sicher reichlich blöd vor, daran konnte ich jedoch nichts ändern.

Mia rollte mit den Augen. »Eike selbstverständlich. Liegt das nicht auf der Hand?«

»Du verstehst es hervorragend, mir schon am Morgen den Tag zu versauen«, grummelte ich. Seltsamerweise spürte ich trotzdem, dass sie recht hatte. Obwohl ich Oma die ganze Geschichte erzählt hatte, ersetzte das kein Gespräch mit einer Freundin.

»Wenn du nicht willst … ich dachte nur, nachdem du offensichtlich nicht mit ihm abgeschlossen hast … aber wie du möchtest. Ich zwinge dich zu nichts.« Sie zuckte mit den Schultern und biss genüsslich in ihr Marmeladenbrötchen.

Wie konnte sie bloß so seelenruhig dasitzen und essen, während ich meine Kaffeetasse umklammert hielt, als wäre sie das letzte Stück Treibholz in einem gigantischen Ozean. »Du hast ja recht«, gestand ich und kaute auf meiner Unterlippe herum.

»Vermisst du ihn?«

»Uff«, stöhnte ich auf. Als ob ich das im Augenblick wüsste.

»Anders. Ziehst du es in Erwägung, ihm noch eine Chance zu geben, oder ist der Zug abgefahren?«, wurde sie konkreter und sah mir dabei so tief in die Augen, als stünde die Antwort darin geschrieben.

»Hättest du nicht vor einer Woche fragen können?«, meckerte ich halbherzig. »Da hätte ich genau gewusst, dass ich sage, dass ich mit ihm – abseits der geschäftlichen Ebene – fertig bin.«

»Und jetzt doch?«, hakte Mia direkt nach.

»Ja … nein … vielleicht … ach, es ist so kompliziert.« Ich seufzte frustriert.

»Nicht wirklich. Es ist eine Menge passiert. Kannst du ihm das verzeihen? Sonst ergibt es ja keinen Sinn.« Neugierig hielt Mia ihren Blick weiterhin auf mich gerichtet. Ihr Frühstücksbrötchen schien längst in Vergessenheit geraten zu sein.

»Weißt du, das ist exakt das Problem. Sein Misstrauen und die Unterstellungen haben mich zutiefst verletzt. Andererseits hat er mir gesagt, dass er mich noch liebt, und gibt sich seitdem so viel Mühe, obwohl ich ihn aus der Wohnung geworfen habe. Es wirkt, als wolle er mir beweisen, dass ihm sein Verhalten leidtut und er begriffen hat, wie dämlich er sich benommen hat. Aber dann ist da die Geschichte mit Veronika …« Hilflos zuckte ich mit den Schultern. »Mensch, Mia, du bist meine beste Freundin, jetzt sag doch mal was.«

»Was soll ich denn dazu sagen, Süße? Eike hat Scheiße gebaut. Reden wir es nicht schön. Trotzdem bin ich auch seine beste Freundin. Natürlich weiß ich Dinge. Dennoch werde ich sie dir nicht verraten. Das wäre ihm gegenüber nicht fair.« Sie sah auf einmal verzweifelt aus. »Bitte bring mich nicht in diese Lage.«

Hastig schüttelte ich den Kopf. »Nein, du sollst nichts ausplaudern. Das würde ich nie verlangen. Ein paar Hinweise kannst du mir sicher geben, oder? Du musst dafür nichts weitererzählen. Ich stelle dir ein paar Fragen und du antwortest mit Ja oder Nein, alternativ schüttelst du den Kopf oder nickst. Einverstanden?« Vermutlich brachte ich sie mit diesem Vorschlag ebenfalls in eine unschöne Situation, allerdings war tatenlos herumzusitzen und nichts zu wissen auf Dauer keine Lösung.

»Na fein«, willigte Mia ein, es klang jedoch alles andere als begeistert. »Weißt du, ich fühle mich gerade wieder wie ein Teenager. Die erste Liebe in der Clique, einer trennt sich und der andere horcht die Freunde aus, um zu erfahren, wie er ihn zurückbekommen kann.«

»Es ist auch meine erste Liebe, entschuldige, dass ich das nun nachholen muss«, versuchte ich den Scherz aufzugreifen, um die Stimmung ein wenig zu lockern.

»Ist schon recht. Frag einfach, bevor ich es mir anders überlege. Für Teeniekram bin ich eigentlich zu alt.« Genervt rollte sie mit den Augen.

Erst die wichtigen Fragen oder erst das Allgemeine? So viele Punkte, die ich wissen wollte, und gewiss blieb mir kaum Zeit, sie herauszufinden. Wie sollte man sich da entscheiden? Endlich fand ich den richtigen Einstieg. »Glaubst du, Eike hat sich geändert?«

Nicken.

»Bist du dir sicher?«, hakte ich skeptisch nach.

Erneutes Nicken.

Sehr gut. Hätte sie jetzt Nein gesagt, hätte der Rest überhaupt keinen Sinn ergeben. »Bereut er Veronika oder bloß, dass er aufgeflogen ist?«

»Ersteres«, kam Mias Antwort bereits eine Sekunde später. Sie klang absolut überzeugt.

»Nimmst du ihm zu hundert Prozent ab, dass er mich noch liebt, oder ist es nicht vielleicht eher, weil er mit mir etwas verloren hat, dessen er sich zu sicher war.« Heftig biss ich auf meine Unterlippe und erschrak, als sich metallischer Geschmack in meinem Mund ausbreitete.

»Was willst du hören, Lina? Er liebt dich, das steht doch gar nicht zur Debatte. Oder denkst du ernsthaft, er würde dieses Theater in der *Meerhexe* nur für die Gäste veranstalten?« Fassungslos schüttelte sie den Kopf. »Wie kann ein einzelner Mensch so naiv sein?«

Ich schluckte. Ihre Rückmeldungen heizten das Gefühlschaos in mir immer weiter an, statt irgendetwas zu verbessern. »Glaubst du, ich sollte …?«

Entschieden winkte sie ab. »Stopp! Ich weiß nicht, was du solltest. Ich sehe zwei Menschen, die

Gefühle füreinander haben, und einer davon wurde zutiefst verletzt. Sie stehen auf verschiedenen Seiten eines Grabens und jeder hat die Hälfte einer Zugbrücke. Der eine Mensch hat seinen Teil heruntergelassen, mit viel Liebe dekoriert und schreit seine Gefühle hinaus. Ob sich die andere Hälfte senken und der getroffene Mensch vergeben wird, kann ausschließlich dieser entscheiden. Ich kann diesem Menschen bloß einen einzigen Rat geben: Hör auf dein Herz. Es wurde verletzt, gequält und gebrochen. Wenn es trotzdem glaubt, dass es dieser Mensch wieder heilen kann, dann ist er der richtige.«

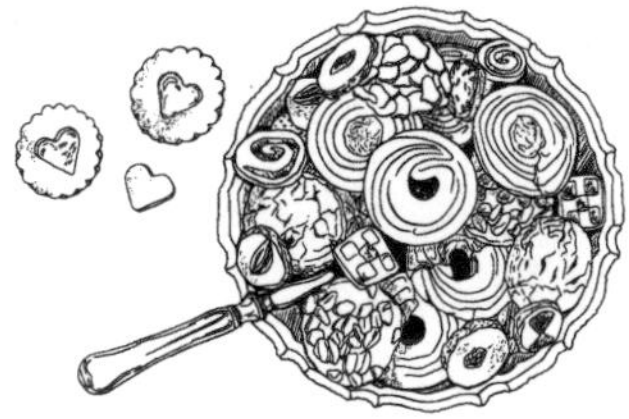

Eike

Eine Woche später

Ich betrat die *Meerhexe* mit einem merkwürdigen Gefühl. Die letzte Woche war ein einziges Auf und Ab gewesen, das mir täglich alles abverlangt hatte, aber zumindest hatte es sich gelohnt. Das Café erstrahlte in einem nie da gewesenen Weihnachtsglanz und all die Ketten, Kugeln, Girlanden und Schwippbögen, die ich am vorherigen Ruhetag und in den darauffolgenden Tagen verteilt hatte, bildeten zusammen mit dem Kunstschnee eine wunderbar festliche Atmosphäre. Auf echtes Weiß hatten wir bislang leider verzichten müssen, doch das war hier nichts Ungewöhnliches. Lediglich der Wind pfiff uns immer kälter um die Ohren und unser Telefon stand kaum mehr still, weil der Shuttleservice sich größter Beliebtheit erfreute. Wir konnten wirklich froh sein, dass wir im Laufe der Monate so viele ehrenamtliche Fahrer gefunden hatten, die den Kleinbus der Kirchengemeinde für uns fuhren. Zu zweit wären wir längst an unsere Grenzen gekommen und egal, wie sehr ich Linas Ideen oft hasste, sie verstand es, Menschen dazu zu bringen, an einem Strang zu ziehen und sich gegenseitig zu unterstützen. Sie schien instinktiv zu wissen, was die Leute brauchten und vermissten; vermutlich weil sie so manches in ihrem Leben vermissen musste.

Ich seufzte laut auf bei dem Gedanken an meine Ex und begann, die Tische, Stühle und Bänke zu langen Tafeln zusammenzurücken. In den letzten Tagen war es mir gelungen, mich ihr wieder ein wenig anzunähern und sie mit jedem Tag noch ein kleines bisschen mehr zu lieben. Obwohl mein Schlafdefizit permanent wuchs und ich manchmal förmlich auf dem Zahnfleisch gegangen war, hatte ich mich doch jeden Morgen in die *Meerhexe* begeben und weiter dekoriert. Mir selbst war der ganze Kitsch zu viel, aber das Leuchten in Linas Augen, das mit jeder Überraschung zugenommen hatte, war es wert gewesen.

Nachdem ich alle Sitzgelegenheiten an die vorgesehenen Plätze geschafft hatte, holte ich die Kiste mit den Tischdecken aus dem Büro. Sorgfältig verteilte ich die Stoffe auf dem Holz und stellte die Kerzen, die ich auf dem Tresen zwischengeparkt hatte, auf die Tische zurück. Jetzt noch die Gestecke aus dem

Auto holen und dazustellen, danach konnten die anderen gerne kommen.

Gerade als ich die letzten Tannennadeln zusammenkehrte, öffnete sich die Tür mit einem leisen Klingeln.

»Wow«, hauchten zwei Stimmen wie aus einem Mund.

»Moin«, begrüßte ich Mia und Lina und beobachtete grinsend, wie die beiden in der geöffneten Tür stehen blieben und ehrfürchtig staunten.

Eine Weile ließ ich ihnen den Spaß, doch langsam wurde es frisch. »Kommt rein. Auch wenn wir es versuchen, den ganzen Strand können wir nicht heizen, um eine Runde zu schwimmen«, feixte ich.

Irritiert schauten sie mich an, dann lachten sie und traten endlich ein.

Mia brachte ein kurzes »Moin« hervor, murmelte etwas vom Birnenschneiden und verschwand in die Küche.

Lina trippelte unruhig auf der Stelle. Mit mir allein zu sein, war ihr immer sichtlich unangenehm, und ich hatte den Eindruck, dass sie nicht recht wusste, wie sie sich verhalten sollte.

»Gefällt es dir?«, fragte ich daher geradeheraus, um ihr eine Brücke zu bauen.

Heftiges Nicken. »O ja, es ist zauberhaft geworden.« Sie machte eine Bewegung, zögerte einen Augenblick und kam schließlich auf mich zu.

Bevor ich reagieren konnte, fiel sie mir um den Hals und flüsterte: »Danke, Eike. Ich weiß zwar nicht, was dich dazu bewogen hat, deine Meinung zu ändern, aber tausend Dank für alles. Ohne dich hätten wir es niemals so schön.«

Vorsichtig erwiderte ich ihre Umarmung und atmete andächtig den Duft ihrer Haare ein. Es hing noch ein Hauch ihres Kokosshampoos darin.

Viel zu schnell löste sie sich von mir und starrte zu Boden. »Entschuldige. Das war unangebracht.«

Ich lächelte. »Nein, alles in Ordnung. Übrigens habe ich es mir genau deswegen anders überlegt. Dein Strahlen, dein Lächeln und die glücklichen Gesichter unserer Gäste, die täglich ein bisschen mehr geleuchtet haben ... Ja, okay, ich gebe es zu: Ich war ein verbohrter Idiot. Erst als ich selbst vor der Wahl stand, an Weihnachten allein zu sein oder mit euch zu feiern, habe ich begriffen, wie mies sich das anfühlt – und wie egoistisch mein Wunsch war.« Wie ungewohnt, einen solchen Seelenstriptease vor ihr zu machen.

Lina hob den Blick gerade so weit, dass er meinen streifen konnte. »Schön, dass du es noch vor dem Fest kapiert hast. Ich hätte es wirklich bedauert, wenn du einsam in deiner Wohnung gesessen hättest, statt mit all diesen lieben Menschen einen wundervollen Abend zu verleben.« Sie wandte sich hastig ab. »So, nun werde ich Mia helfen, damit das Birnenmus fertig wird. Deckst du die Tische ein, bitte?«

»Ja, klar.« Schmunzelnd sah ich ihr hinterher. So eilig sie es auf einmal auch gehabt hatte, sie war nicht schnell genug verschwunden, um den freudigen Ausdruck in ihren Augen zu verbergen. Ihr schien der Gedanke zu gefallen, dass wir Heiligabend gemeinsam verbringen würden, und ihre Umarmung ließ mich auf mehr hoffen. Wäre sie rein freundschaftlicher Natur gewesen, hätte sie diese nach der Hälfte der Zeit abbrechen können … Andererseits, für ein Zeichen ihrer Liebe hätte es durchaus inniger sein dürfen. Seufzend sammelte ich mich und machte mich daran, weit über hundert Gedecke samt Besteck auf den Tischen zu verteilen.

Einige Zeit später wollte ich gerade die Küche betreten, als mich die Stimmen, die durch die Tür drangen, zum Verharren brachten. Mir war sehr bewusst, dass es in meiner Situation gewiss nicht die klügste Idee war, zu lauschen, aber als mein Name fiel, konnte ich dennoch nicht widerstehen.

»… gibt sich wirklich Mühe, findest du nicht?«, fragte Mia in diesem Moment.

»Fängst du wieder damit an? Ja, tut er.« Lina. Eine kurze Pause. »Deswegen habe ich ihn vorhin auch umarmt.« Ihre Aussage traf mich wie ein Messerstich ins Herz. Sie hatte es nur getan, weil ich mich bemüht hatte. Darum, dass sie mir nahe sein wollte, war es nie gegangen. Schon wollte ich eintreten, da ich genug gehört hatte, da ließen Mias Worte mich innehalten.

»Du hast was? Und das erzählst du mir erst jetzt? Du hast ja Nerven.« Meine beste Freundin wirkte mit einem Mal seltsam aufgekratzt. »Wie war es? Was hast du empfunden?«

Oh, nun wurde es spannend. Leise schob ich mich ein Stück näher ran, um besser lauschen zu können, da Lina ihre Stimme senkte.

»Ach, Mia, ich habe das so vermisst. Dieses Gefühl, in seinen Armen zu liegen, seinen Geruch einzuatmen und sein Herz klopfen zu hören.«

»Hast du dich inzwischen entschieden, ob du ihm noch eine Chance gibst? Ich nehme an, dass es auch irgendwie ein Test war, oder?«, hakte Mia nach.

Ein Test? Aus einem ersten Impuls heraus wollte ich mich bereits ärgern, aber dann wurde mir die volle Tragweite ihrer Worte bewusst. Lina hatte mich nicht komplett abgeschrieben, sondern vermisste mich sogar. Ein Grinsen entsprang aus der Mitte meiner Lippen und zog meine Mundwinkel langsam bis an die Ohren. Am liebsten hätte ich laut gejubelt, denn es fühlte sich wie ein riesiger Befreiungsschlag für mein Herz an, doch ich musste leise sein, um nicht aufzufliegen. Leider klingelte in dieser Sekunde die Ladenglocke.

»Eine Lieferung für Eike Oisterkamp«, dröhnte die Stimme des Postboten durch das Café.

Hastig drehte ich mich um und eilte über die Ladenfläche auf ihn zu. Wieso hatten Paketzusteller nur immer so ein wahnsinnig schlechtes Timing?

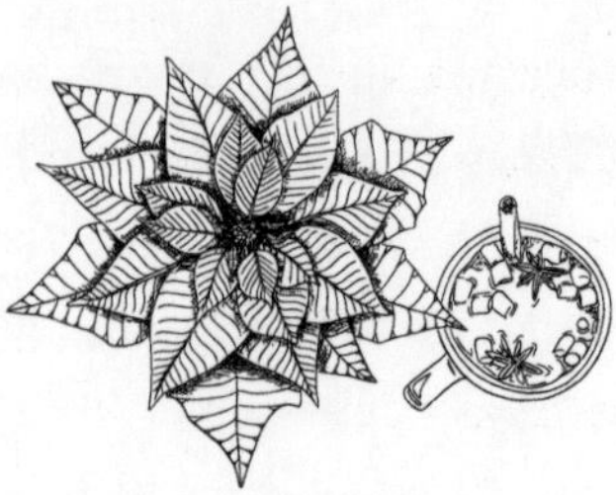

Lina

Müde rieb ich mir die Augen. Inzwischen war es vier Uhr morgens, meine Netzhäute brannten wie Feuer und mein komplettes Wohnzimmer sah aus wie ein Schlachtfeld. Geschenkpapier, Schleifenband, Klebefilm, Scheren und unzählige Tüten mit Geschenken lagen kreuz und quer durcheinander. Unter irgendeiner Sofadecke schlummerte Mia, wo genau konnte ich selbst nicht ausmachen, zu viele Dinge türmten sich zwischen uns auf. Sobald ich alles ein wenig zusammengeräumt hatte, würde ich ihr noch ein Kopfkissen bringen und dafür sorgen, dass sie es bequemer hatte. Immerhin hatte sie bis zum Umfallen geschuftet und mir geholfen. Jetzt wollte ich allerdings kein Risiko eingehen, sie aufzuwecken, denn obwohl ich sämtliche Gaben für die Gäste in der *Meerhexe* gepackt hatte, fehlte das Wichtigste: die Geschenke für Oma, Mia und Eike.

Hach ja ... Eike. Bereits beim Gedanken an ihn sprang Clarice freudig aus ihrem Versteck in meinem Hinterkopf und startete eine neue Debatte.

»Oh, wie schade, keiner mag an Heiligabend mit dir nach Hause gehen, Lina. Du wirst die Nacht und die anschließenden Feiertage ganz allein verbringen«, verhöhnte sie mich.

»Hey, so stimmt das gar nicht. Oma wird hier sein und wir werden uns zu zweit wunderschöne Tage machen«, protestierte ich schwach, wohlwissend, dass gleich die nächste Keule kommen würde.

»Ja, deine Oma. Die kann dir auch nicht davonlaufen. Eike hatte die Wahl, und der sucht sich eindeutig eine Bessere. Schon traurig, wenn man so austauschbar ist, oder?«

Ich seufzte. So weh es tat, aber vielleicht war es Zeit einzusehen, dass sie recht hatte. Mehr als eine Begleiterscheinung, die irgendwann wieder verschwand, war ich nie für jemanden gewesen. Es war dumm, anzunehmen, Norderwitt könnte das ändern.

»Warum willst du ihm überhaupt etwas schenken? Versuchst du, dich bei ihm einzuschleimen, nach allem, was war? Hast du kein bisschen Stolz?«, zischte Clarice unnachgiebig.

Frustriert warf ich einen Blick auf die Tüte mit den verbleibenden Geschenken, die noch eingepackt werden mussten, und ließ ihn dann weiterschweifen über die fertigen Tüten. Hatte sie womöglich recht?

»Nein!«, stieß ich aus. Diesmal allerdings nicht nur in Gedanken. Es rutschte mir laut und aufgebracht heraus. »Es reicht, Clarice. Ich liebe es, Menschen glücklich zu machen, und allein deswegen tue ich das.« Damit holte ich das Handy aus der Hosentasche, stopfte mir Kopfhörer in die Ohren und drückte energisch auf Play. Sofort erklangen in voller Lautstärke Weihnachtslieder und übertönten die Stimmen in meinem Kopf – vorerst.

Selbst wenn meine Stimmung gerade gekippt war, ich konnte mir von dieser Depression nicht alles ruinieren lassen. Nach den Feierlichkeiten hatte ich ausreichend Zeit, Trübsal zu blasen, aber nicht jetzt. Unbeirrt angelte ich Mias Geschenk aus der Tüte und begann, es in goldenes Papier einzuschlagen. Ich hatte Clarice in den letzten Wochen viel zu viel Macht über mein Leben eingeräumt, mein Weihnachten würde sie nicht kampflos bekommen.

Am nächsten Morgen weckte mich der Duft von frisch gebrühtem Kaffee. Verschlafen blinzelte ich und stellte fest, dass ich auf dem Sofa lag. Das Chaos um mich herum hatte sich allerdings gelichtet und mehr als ordentlich gepackte Kisten, in denen sich Tüten stapelten, war nicht davon übrig. »Mia«, murmelte ich schlaftrunken, »das wäre doch nicht nötig gewesen.«

»Na ja, fast. Guten Morgen Lina«, dröhnte mir eine tiefe Stimme entgegen. Eike.

Mit einem Schlag war ich wach und setzte mich auf. »Was tust du hier?«, fragte ich gleichermaßen irritiert und entsetzt.

»Marie hat angerufen, weil sie dich nicht erreicht hat und du sie vor einer Stunde abholen wolltest. Sie hat sich Sorgen gemacht. Also bin ich nachschauen gekommen«, erklärte er seelenruhig.

Hektisch sprang ich auf. »O nein, Oma. Der Wecker hat gar nicht geklingelt.« Ein kurzes Tippen auf das Handydisplay, das unerbittlich schwarz blieb, zeigte warum. »Mein Akku ist leer. Ausgerechnet heute. Ich muss sofort los. Was soll Oma bloß denken?«

»Die Frage kann ich dir ausnahmsweise beantworten, denn ich habe schon mit ihr gesprochen«, kam Eike mir unerwartet zu Hilfe. »Sie denkt, dass du ausschlafen sollst und sie sich ein Taxi nimmt. Wir können sie nachher bei Bent einsammeln.«

Verwirrt sah ich ihn an. »Bei Bent? Was habe ich nun wieder verpasst?«

»Sie möchte nicht, dass er den Tag allein verbringen muss, und bei uns fühlt sie sich als Last, weil wir jede Menge Arbeit haben. Helfen kann sie uns nicht und so tut sie noch etwas Gutes.« Als er meinen fassungslosen Blick bemerkte, hob er abwehrend die Hände. »Ihre Worte, nicht meine. Töte nicht den Boten. Mir wäre sie nicht im Weg, aber sie ist alt genug, um zu entscheiden, wo und wie sie den Tag zubringen will.«

Ich atmete tief durch. Nur nicht die Nerven verlieren. »Wo ist Mia?«, wechselte ich eilig das Thema, bevor mir etwas Doofes herausrutschen konnte.

»Sie hat die Klingel gehört und mich reingelassen. Inzwischen ist sie nach Hause gefahren, um sich frisch zu machen und umzuziehen. Du musst echt fix und alle gewesen sein, ich räume hier bereits seit einer Dreiviertelstunde auf, ohne dass du auch bloß gezuckt hättest.«

Wie zur Bestätigung gähnte ich. »Danke. Das wäre nicht nötig gewesen.«

»Nötig wäre vieles nicht, Lina, trotzdem wollte ich es gerne tun.« Er zeigte auf einen großen Humpen am Tisch. »Jetzt setz dich wieder und trink in Ruhe deinen Kaffee. Ich bringe derweil die Geschenke ins Auto. Wir liegen super in der Zeit, du brauchst dich nicht stressen.« Mit diesen Worten schnappte er sich die erste Kiste und verschwand.

Verwirrt sah ich ihm hinterher und begriff noch nicht ganz, was gerade passiert war. Eines allerdings verstand ich sehr gut: Ich liebte diese Wärme, die sich in meinem Herzen ausgebreitet hatte, weil das Erste, das ich nach dem Aufstehen gesehen hatte, Eike war. Obwohl faktisch alles daran falsch war, begann dieser Weihnachtsmorgen perfekt. Ein Paradoxon, wenn ich darüber nachdachte, aber ein schönes.

Lina

»Oma!« Eilig stellte ich die Platte mit Doppelmatjes auf den Tisch und rannte zur Tür, um ihr um den Hals zu fallen. »Schön, dass du endlich da bist. Ich habe dich schon vermisst.«

Erschrocken schob sie mich ein Stückchen von sich weg. »Hättest du etwa Hilfe gebraucht?«

»Ach wo, letztes Jahr hast du nur so herrlich gesungen und Geschichten erzählt, während wir alles vorbereitet haben, das hat ein wenig gefehlt. Aber sag, hattest du mit Bent eine tolle Zeit? Wo ist er eigentlich?« Suchend ließ ich den Blick durch die Menschen schweifen, die sich im Gastraum und auf der Terrasse tummelten.

»Er ist ein bisschen an den Strand gegangen. Heute fehlt ihm seine Helke besonders. Es war gut, dass ich bei ihm war. Wir haben gemeinsam ein Boot gebastelt, mit einem Brief und einer Kerze für sie. Das lässt er jetzt in den Wellen zum Horizont treiben und danach feiert er mit uns. Kein

Grund zur Sorge, Lina-Mäuschen.« Sie rollte ihren Rollstuhl ins Innere und fuhr in eine Ecke. »Gleich bringen die anderen den Gehwagen aus eurem Shuttle, dann laufe ich zu meinem Platz.«

Ich lächelte. »Das hab ich mir schon gedacht, so stur wie du bist. Darum habe ich auch einen extra bequemen Stuhl für dich hergerichtet.« Mit dem Finger wies ich auf den Platz am Kopf der Tafel. »Mach es dir bequem. Sobald ich aufgetragen habe, bin ich für dich da.« Damit verschwand ich Richtung Tresen, hinter dem Mia gerade mit einem großen Tablett Vorspeisen hervorkam.

Wir grinsten uns im Vorübergehen an.

»Die nächste Platte ist fertig«, kam es aus der Küche. Eike ging ganz in seinem Element auf. Speisen kunstvoll zu drapieren, gelang ihm einfach herrlich.

Schnell eilte ich zu ihm und besah mir sein Werk endlich in Ruhe. Es gab den Lachs-Weißwurst-Salat, eine meiner ersten Kreationen überhaupt, dennoch ein beliebter Dauerbrenner. Unter dem Jahr servierte ich ihn in einem kleinen Glas und reichte dazu Toast, um Geschirr zu sparen. Diesmal hatte Eike sich etwas Besonderes einfallen lassen: Dekorative Brotschalen umgaben den Salat und sorgten dafür, dass alles komplett essbar war. So mussten wir nicht zwischen Vorspeise und Hauptgang abräumen und würden jetzt beide Gerichte gleichzeitig auftragen. Der Nachtisch wartete in verschlossenen

Marmeladengläsern ebenfalls auf einem Selbstbedienungstischchen, sodass wir zum Schluss in einem Rutsch alles abtragen konnten.

»Lina, ich möchte dich nicht stressen, aber kannst du das Essen nicht woanders bewundern? Ich brauche den Platz. Das ist bloß die Hälfte der benötigten Menge und die restlichen Gäste sollen doch auch etwas bekommen, oder?« Seine Stimme klang hoch konzentriert wie immer, wenn er große Mengen in kurzer Zeit abfertigen musste, allerdings noch recht entspannt.

Hastig nickte ich und verzog mich, damit Eike weiterarbeiten konnte. Am Tresen angekommen kam mir schon Mia entgegen, die ihre Vorspeisen inzwischen auf den Tellern verteilt hatte. Schnell tauschten wir die Tabletts und ich nahm mir einen Moment, um mich umzusehen.

Die Jackenständer quollen über, auf zwei Tischen, die wir zusätzlich für Jacken bereitgestellt hatten, türmten sich mannshohe Kleiderberge und unter der Tanne war längst kein Platz mehr. Geschenkehaufen stapelten sich rund um sie herum und die Tische waren ebenfalls nahezu vollständig besetzt. Überall saßen Menschen verschiedenster Generationen mit leuchtenden Augen, lachten und scherzten gemeinsam und gaben mir das Gefühl, als wären wir eine riesige Familie. Versonnen startete ich eine Weihnachtsplaylist auf meinem Laptop. Alles war genau so, wie ich es mir bei der Umgestaltung der *Meerhexe* in ein generationenübergreifendes Late-Night-Café mit kreativer Küche vorgestellt hatte.

Wenig später hatten Eike, Mia und ich komplett aufgetragen. Die beiden anderen kümmerten sich noch darum, genügend Flaschen zu entkorken, während Knut und die Pastorenfrau die Weingläser füllten. Dampfende Teekannen auf Stövchen, Wasser und Softdrinks standen auf den Tischen bereit. Ein letztes Mal ließ ich den Blick schweifen, um sicherzugehen, dass wir nichts vergessen hatten. Eike hatte für mindestens doppelt so viele Leute gekocht, sodass uns das Hauptgericht nicht so leicht ausgehen würde, und alle Schüsseln, Platten und Töpfe befanden sich vollzählig auf den Tafeln, wenn ich mich nicht schwer täuschte. Auch die Gäste saßen dicht an dicht und nirgends klafften Lücken, also schienen wir vollzählig zu sein.

Moment. Nirgends? Ich musste mich korrigieren. Zu Omas Linker und Rechter standen nicht drei, sondern vier leere Stühle. Bent! Ich suchte in den Augen meiner Großmutter Bestätigung und ihr Nicken verriet mir alles.

Hastig schnappte ich mir meine Jacke, die ich hinter dem Tresen von den anderen separiert hatte, und erklärte mich auf Mias und Eikes verständnislose Mienen hin kurz: »Bent ist noch am Strand. Er hat uns so viel geholfen. Jetzt bin ich dran, ihm zu helfen und ihn weg von den Toten zurück ins Leben zu holen. Sollten wir nicht rechtzeitig zurückkommen, dann fangt einfach schon mal an. Oma kriegt sicher eine Eröffnungsrede hin ... oder du, Eike.«

Ohne eine Antwort abzuwarten, huschte ich los, quetschte mich zwischen den Gästen hindurch, die das Café nahezu ausfüllten, und trat Sekunden später in die Kälte, die mir erst bewusst machte, wie verschwitzt ich war. Ich zog den Kragen höher und die Kapuze über den Kopf. Statt direkt die Dünen hinabzusteigen, umrundete ich die *Meerhexe* auf unserer Terrasse und suchte Bent aus dieser erhöhten Position, doch ich erspähte ihn nicht sofort.

Es dauerte eine Weile, bis ich den kleinen Punkt am Strand, der fast regungslos dastand, als Menschen mit schwarzer Jacke identifizieren konnte. Für einen Moment hatte ich die schlimmsten Befürchtungen gehabt und ich atmete erleichtert durch, als sich diese nicht bewahrheiteten.

So schnell ich konnte, kämpfte ich mich die Dünen hinab und auf Bent zu. Selbst wenn Oma und Eike für mich übernahmen, musste ich bald zurück sein. Außerdem gehörte Bent ins Warme. Er war schon viel zu lange in der Kälte.

»Hallo Lina«, begrüßte er mich, ohne sich umzudrehen.

»Woher weißt du ...?«, fragte ich verwundert.

»Dass du es bist? Weil ich dich kenne. Du hättest niemals irgendjemanden geschickt. Das hast du in der ganzen Zeit, seit Helke nicht mehr bei mir ist, nicht.« Ein seltsames Zittern lag in seiner Stimme und ich hätte geschworen, dass er weinte.

»Dafür sind wir doch Freunde.« Ich legte ihm eine Hand auf die Schulter, blieb aber hinter ihm, um ihn nicht in eine unangenehme Situation zu bringen. »Oma hat mir von dem Schiff für deine Frau erzählt. Hast du es fahren lassen?«

Er wischte sich mit dem Ärmel übers Gesicht und drehte sich dann langsam zu mir herum, während ich meine Hand sinken ließ. Ein schwaches Lächeln huschte über seine Lippen. »Ja, das habe ich. Inzwischen ist es längst nicht mehr zu sehen. Die Wellen haben ihr eigenes Spiel damit getrieben, genau wie es vorgesehen ist. Sie allein wissen, wohin sie solche Briefe tragen müssen.« Er versuchte, stark zu sein, allerdings glitzerten seine Augen verräterisch.

Ohne lange nachzudenken, machte ich einen Schritt auf ihn zu und nahm ihn in den Arm. »Das wissen sie ganz sicher. Das Meer ist so alt wie die Zeit, es hält diesen Planeten am Leben und nur durch die See kann überhaupt etwas erwachsen. Ohne sie gäbe es keine Liebe, weil es nichts gäbe. Wenn sie aber der Ursprung der Liebe ist, kann sie auch nicht darin versagen, zwei Herzen zusammenzuführen, die zusammengehören, egal, an welchem

Ort sie gerade sind. Schließlich verbindet die See alle Länder und sogar den Himmel – sie wird niemals scheitern.«

Bent umarmte mich kurz, löste sich anschließend und trat ein Stückchen zurück. »Das hast du wunderschön gesagt, Lina. Vielen Dank.«

Ich lächelte. »Gerne. Das war nicht bloß dahergesagt, ich glaube daran.«

»Umso besser.« Er hakte sich bei mir unter. »Lass uns gehen, ehe die anderen dich zu sehr vermissen. Solange wir noch zu zweit sind, versprich mir bitte eins: Verschwende keine Zeit. Wenn du jemanden liebst, dann zeig es ihm. Lass ihn nicht zappeln, vergeude keine kostbare Minute. Egal, wie viel Zeit dir das Leben gibt, um mit deiner wahren Liebe zusammen zu sein, es ist immer zu wenig. Darum gib keine Sekunde davon her, zu der du nicht gezwungen wirst.« Sanft drückte er meinen Arm und lief los.

Ich schluckte hart und stolperte neben ihm her. Wer hier gerade wen stützte, war mehr als fraglich. Aus diesem Blickwinkel hatte ich die Sache nie zuvor betrachtet.

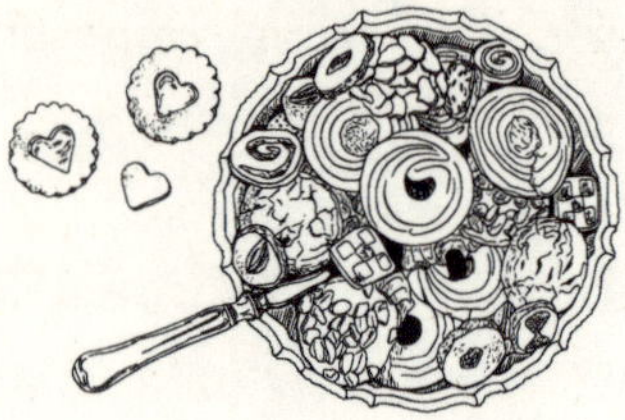

Eike

Erleichtert atmete ich auf, als Lina mit Bent durch die Tür kam. Der Alte hatte schon ganz blaue Lippen, doch zum Glück schien ihm nichts weiter passiert zu sein. Ich schob den Stuhl zurück, stand auf, nahm den beiden ihre Jacken ab und verstaute sie hinter dem Tresen, während Bent mit großem Hallo begrüßt wurde.

Die Eröffnungsrede hatten Marie und ich dem Pastor überlassen. Die Speisen und die Zusammenkunft segnen zu lassen, erschien uns ein guter Weg, um Lina Zeit zu verschaffen, damit sie selbst eine Rede halten konnte.

Bevor ich wieder an meinen Platz ging, ließ ich meinen Blick lächelnd durch die Menge gleiten. Manche trugen diese schrecklich kitschigen Weihnachtspullover, andere steckten in feinen Anzügen oder in Jeans. Es interessierte absolut niemanden, wer welche Kleidung gewählt hatte, alle schaufelten fröhlich ihre Vorspeise in sich hinein und redeten durcheinander. Ein wenig erinnerte mich das Szenario an einen summenden Bienenschwarm, von weihnachtlicher Besinnlichkeit war bislang leider nicht viel zu spüren. Das würde sich allerdings spätestens nach dem Essen ändern. Zwischen dem Schmaus und der Bescherung standen die Weihnachtspredigt und gemeinsames Singen auf dem Programm. Jetzt musste ich jedoch zusehen, dass ich mich setzte und meine Vorspeise aufaß, ehe alle zum Hauptgericht übergingen.

Ich quetschte mich einmal mehr durch die Menge und ließ mich schließlich auf den Stuhl fallen. Beliebter durfte diese Veranstaltung nicht werden, sonst mussten wir das Weihnachtsfest entweder in den Sommer verschieben oder nach einer alternativen Räumlichkeit suchen. Darüber konnten wir uns aber wirklich zu einem späteren Zeitpunkt Gedanken machen. Möglichst leise rückte ich meinen Stuhl näher an den Tisch und nahm meine Gabel zur Hand. Langsam spießte ich ein Wurststück auf, während ich mich gleichzeitig etwas zu Lina beugte, die den Platz neben mir einnahm. »Ist alles in Ordnung?«

Sie nickte nur, da sie den Mund voll hatte.

Zwischen meinen eigenen Bissen bereitete ich sie darauf vor, dass man vor der Hauptspeise eine Rede von ihr erwartete, und sah ihr von der Seite zu, wie sie die letzten Stücke der Brotschale aufaß.

Außer Bent hatten alle anderen längst ihre Portion vernichtet und schmachteten sehnsüchtig die Töpfe und Platten an. Sicher war es bei einigen ähnlich turbulent zugegangen wie bei uns und sie waren seit Stunden nicht mehr zum Essen gekommen, wenn überhaupt am heutigen Tag. Aufmunternd lächelte ich Lina zu, die ihre Hände knetete und deutlich blasser wirkte. Das mit dem Redenhalten war eindeutig nicht ihre Welt.

Trotzdem erhob sie sich und klopfte mit der Rückseite ihres Messers gegen ihr Glas.

Zuerst wurde es rund um uns herum still, dann bekamen es immer mehr Leute mit und schließlich hätte man eine Stecknadel fallen hören können, so gebannt und erwartungsvoll schauten alle zu ihr.

Ich hörte, wie sie ein paar Mal tief ein- und ausatmete, bevor sie etwas zittrig zu sprechen begann.

»Liebe Norderwitter, liebe Freunde, zunächst einmal möchte ich die Gelegenheit ergreifen und euch allen dafür danken, dass ihr so zahlreich erschienen seid. Als ich vor einundzwanzig Monaten hierherzog, hätte ich es nie für möglich gehalten, dass ich eines Tages die Ehre haben würde, einem solch wundervollen Ort der Begegnung vorzustehen. Danke, dass ich die Person sein darf, der ihr diese Ehre zuteilwerden lasst.« Kurz machte sie eine kleine Pause und versuchte, sich zu sammeln, denn ihre Stimme zitterte heftiger.

Instinktiv griff ich nach ihrer Hand und drückte diese.

Ein dankbares Lächeln huschte über ihre Lippen, ehe sie ein wenig gefestigter weitersprach: »Aber wie ich bereits erwähnt habe, stehe ich diesem Ort nur vor, und daher ist es an der Zeit, mich bei ein paar Leuten besonders zu bedanken: bei Eike für das unglaublich gute Essen und die zauberhafte Dekoration; und bei Mia und Bent für all die Hilfe. Ohne eure großartige Unterstützung in den letzten Wochen wäre diese Feier nicht einmal zur Hälfte fertig geworden. Außerdem vielen Dank, Herr Pastor, dass Sie das Essen und diese Zusammenkunft gesegnet haben.« Sie wies auf all die Kerzen, Schwippbögen und den Baum. »Weihnachten ist das Fest der Liebe und der Lichter und ich bin mir sicher, so wie all diese Lichter heute für uns leuchten, so werden die Liebe und der Zusammenhalt, welche aus unserem Treffen hervorgehen, das ganze Jahr in uns strahlen. Ihr alle, so wie ihr hier sitzt, seid außergewöhnliche Menschen. Jeder von uns hat Ecken und Kanten, macht Fehler, benötigt Hilfe und Verzeihung … und gerade Letztere sollten wir an diesem Tag schenken. Welches Ereignis könnte ein besseres Zeichen sein, um alte Zwiste zu begraben, Brücken zu bauen und zusammenzurücken, als die Geburt Jesu?«

Zustimmendes Nicken erhob sich in der Runde. Vereinzelt warfen sich Menschen scheue Blicke zu.

Gedankengänge kamen in Gang, wurden mit kleinen Lächeln gefüttert und würden später sicher das eine oder andere klärende Gespräch nach sich ziehen.

Ich musste ebenfalls lächeln. So schmerzlich Linas Worte sich in mein Herz bohrten, so sehr bewunderte ich sie für ihre Stärke, den Leuten selbst dann Mut zuzusprechen, wenn es in ihrem eigenen Leben kompliziert lief.

Sie räusperte sich kurz und die Augen der Norderwitter flogen sofort wieder zu ihr. »Ihr Lieben, ich könnte jetzt noch eine Menge sagen, aber schließlich wird das Essen ja nicht wärmer und ihr nicht satter, während ich hier vor mich hinschwätze, darum beschränke ich mich auf zwei Dinge: Erstens, ich wünsche euch ein gesegnetes Weihnachtsfest im Geist der Liebe, des Zusammenhalts und der *Meerhexe*. Möge die reichgedeckte Tafel ein Symbol für euer Leben sein und es euch an nichts mangeln.« Verschmitzt grinste sie und machte eine weite Geste über die Tische hinweg. »Und natürlich wollen wir zweitens nicht vergessen: Lasst es euch schmecken.«

Rund um uns brach Applaus aus. Manch einer pfiff sogar. »Bravo, Lina, frohe Weihnachten«, rief es von überallher.

Nachdem wir gemeinsam dafür gesorgt hatten, dass unsere gute Seele knallrot angelaufen war, wandten sich die Leute dem Essen zu. Besteck klapperte, Speisen wurden herumgereicht und bald schon hörte man überwiegend Kaugeräusche.

Auf meinem eigenen Teller herrschte jedoch weiterhin Leere. Ich hatte nur Augen für meine linke Hand oder genauer gesagt für Linas Hand, die noch immer zwischen meinen Fingern verschwand. Unfähig etwas zu tun, wartete ich darauf, dass dieser Traum endete.

Lina

Irgendwann nach meiner Rede hatte ich mich so weit gefangen, dass ich meine Hand aus Eikes gelöst und selbst zu essen begonnen hatte. Ich war mir nicht sicher, ob er das Signal richtig gedeutet oder lediglich als einen Akt der Freundschaft verstanden hatte. Jetzt jedenfalls stand er stocksteif neben mir und vermied jeden Körperkontakt. Innerlich seufzte ich, doch das musste bis später warten. Zunächst war das gemeinsame Singen mit unseren Gästen angesagt.

Um eine weitere Ansprache hatte ich mich erfolgreich gedrückt, indem ich Herrn Pastor aufgefordert hatte, uns die Ehre zu erweisen, als Vorsänger zu fungieren.

Dieser hatte freudestrahlend angenommen und nach einer kurzen Lesung der Weihnachtsgeschichte und einer Miniaturpredigt über Zusammenhalt und ein Licht für die Welt sein, das erste Lied angestimmt. Es lag ein besonderes Gefühl in der Luft, als wir uns so gut wie möglich um den Weihnachtsbaum versammelten und *Macht hoch die Tür* anstimmten.

Ein Großteil der Tische war inzwischen an die Wand geschoben und bloß die Ältesten saßen noch auf ihren Plätzen. Der Rest hatte sich überwiegend in Grüppchen aufgeteilt und je länger wir sangen, desto enger rückten die Menschen zusammen. Väter hoben ihre Kinder hoch und legten ihren Frauen den Arm um die Hüfte. Pärchen hielten Händchen und in ihren Augen sprühten die Funken nur so, wenn sie sich ansahen. Großeltern zogen die Enkel auf ihre Schöße, flankiert von den eigenen Kindern.

Ich selbst platzierte meine rechte Hand auf Omas Schulter, während die linke ständig unschlüssig minimale Bewegungen Richtung Eike unternahm, diese aber sofort wieder abbrach. Neben Oma saß Bent auf einem Stuhl und zu meiner Verwunderung drückte er dauernd ihre Finger. Mia stand hinter unserem Weihnachtsengel und hatte die Arme um seinen Hals geschlungen. Unwillkürlich musste ich lächeln. Wir wirkten wie eine kleine Familie und das waren wir auch. Die wundervolle, bunte und chaotische Patchwork-Familie der *Meerhexe*, die gemeinsam alles erreichen konnte. Bei diesem Gedanken konnte ich nicht länger an mich halten und schob die Finger meiner Linken entschlossen zwischen Eikes.

Verwundert unterbrach dieser seinen Gesang kurz und sah mich an.

Ich strahlte ihn an und zog sanft an seiner Hand, um ihn näher heranzuholen. Ganz gleich, wie das Gespräch mit Eike später enden würde, er würde immer ein Teil dieser Familie bleiben, denn ohne ihn war sie einfach nicht vollständig.

Mittlerweile verklangen die letzten Töne des Liedes und der Pastor stimmte das nächste an. Es dauerte nur ein paar Takte, dann begannen um uns herum, die ersten Tränen zu fließen. Auch in meinem Hals bildete sich ein dicker Kloß. Es gab wohl kaum ein Weihnachtslied, das so viele auf der Welt in dieser Art bewegte, wie *Stille Nacht*. Ein Seitenblick auf Eike verriet mir, dass es ihm genauso ging. Zaghaft machte ich einen winzigen Schritt auf ihn zu, ohne jedoch die Bindung zu Oma zu verlieren.

Als er die Bewegung erwiderte, schluckte ich hart. Mit jeder Strophe wurde er mutiger und rückte ein bisschen an mich heran, bis wir bei den finalen Akkorden dicht an dicht standen.

Wie sollte ich mich nun verhalten? Am liebsten wäre ich ihm um den Hals gefallen, hätte ihn weggezogen und irgendwo in Ruhe mit ihm gesprochen. Allerdings musste das warten, denn Herr Pastor kündigte die Bescherung an, was mein Problem zumindest für den Augenblick löste, obgleich nicht auf befriedigende Weise. Eike, Mia und ich nickten uns lächelnd zu und traten zum Baum. Während Eike die privaten Geschenke, die wild durcheinander lagen, einzeln hochhob und die Namen auf den Anhängern vorlas, verteilten Mia und ich die kleinen Päckchen, die wir die ganze Nacht gepackt hatten. Darin war nichts Großes, nur etwas Tee und Kekse, um die Stimmung und die guten Gefühle noch ein wenig mit in die nächsten Tage nehmen zu können. Weihnachten eben. Es kam nicht auf das Was an, sondern auf das Warum.

Es war weit nach Mitternacht, als wir das letzte Geschirr in die Küche geräumt und abgewaschen hatten. Omas Kopf kippte in ihrem Rollstuhl immer wieder vornüber und auch Bent hing sehr schief auf seinem Stuhl.

Bloß Mia lief fröhlich grinsend durch die *Meerhexe* und nahm mich schließlich zur Seite, als sie mich unbemerkt zu fassen bekam. Verschwörerisch zwinkerte sie mir zu. »Pass auf, Süße, ich werde gleich mit Marie und Bent nach Hause fahren. Eigentlich hatten deine Oma und ich beschlossen, dass sie bei Bent bleibt, damit er nicht so einsam ist, und ich bei dir, aber ich glaube, wenn ich mit zu Bent fahre, reicht das. Solltest du doch Unterstützung brauchen, ruf mich bitte jederzeit an und ich springe ins Auto.« Sie senkte ihre Stimme noch ein wenig mehr. »Dein Weihnachtsgeschenk ist in deinem Nachtschrank. Öffne es, sobald du allein bist und dich ein bisschen besser kennenlernen möchtest … und falls du Fragen hast … ich beantworte sie dir gerne.« Mit jedem ihrer Worte war ihr Grinsen breiter geworden.

Völlig verdattert blieb mir nichts anderes, als zu nicken, während sich in meinem Kopf die übelsten Filme von riesigen Gummidildos, Handschellen und Lederunterwäsche abspielten. Das erste Mal in meinem Leben stellte es sich als Vorteil heraus, dass ich so unbedarft war.

Ich musste deutlich an Farbe verloren haben, denn schnell schob Mia hinterher: »Mach dir keinen Stress. Es wird dir gefallen … und jetzt schau, dass du fertig wirst, damit du dein eigentliches Weihnachtsgeschenk abschleppen, auspacken und anschließend vernaschen kannst.«

Das Blut schoss mir in den Kopf, Mia war einfach unmöglich, doch als Freundin machte sie einen wundervollen Job. Sie hatte es geschafft, dass sie mit einer Kleinigkeit Eike, Bent, Oma und mir einen großen Gefallen tat, ohne auch nur eine winzige Gegenleistung zu fordern – von unserem Glück abgesehen. Also ging es wohl in Ordnung, wenn sie mich ein wenig aufzog und vielleicht … Nein. Ich schüttelte heftig den Kopf, um diese Gedanken zu vertreiben. Dafür war nun wahrlich nicht der passende Zeitpunkt. Stattdessen verabschiedete ich mich von Oma und Bent und vergewisserte mich, ob unsere spontane Umstrukturierung wirklich okay für sie war. Mehr als müdes Gähnen und Genuschel, dass jeder Schlafplatz recht wäre, solange er bloß bald auftauchte, war aus ihnen allerdings nicht mehr herauszukriegen.

Sogar Eike kam kurz aus der Küche, um auf Wiedersehen zu sagen und Omas Rollstuhl die Düne hinaufzuhieven.

Mia zwinkerte mir noch einmal zu und versprach, sich morgen Mittag zu melden, um Oma zu mir zu bringen, dann verschwanden sie alle zur Tür hinaus.

Zitternd lehnte ich mich neben dem Weihnachtsbaum gegen die Wand. Meine Schonfrist war so gut wie abgelaufen.

Lina

Ich hielt die Augen geschlossen und konzentrierte mich darauf, meine Atmung in den Griff zu bekommen. Vor lauter Unruhe hatte ich angefangen zu hyperventilieren. Den Fokus weg von Eike und auf mich selbst zu richten, half tatsächlich etwas, meine Aufregung im Zaum zu halten. Erst als ein eisiger Windstoß zur Tür hereinpfiff, öffnete ich die Lider.

Eike trat ein und sperrte die Kälte direkt hinter sich wieder aus. Dann kam er auf mich zu.

Die Unsicherheit in seinem Blick ließ mich lächeln. So kannte ich ihn gar nicht.

Einen halben Meter vor mir blieb er stehen. »Da wären wir also.«

»Ja, da wären wir«, bestätigte ich.

Schweigen. Keiner von uns wusste so recht, wie er anfangen sollte.

Schließlich streckte ich die Hände ein Stück vor und stellte erleichtert fest, dass er seine hineinlegte.

Weiterhin sagte niemand ein Wort. Nun ja, fast niemand.

Clarice meldete sich auf einmal und begann, mich zu piesacken. »Lass gut sein, Lina. Du hast ihm so viele Offerten gemacht. Wenn er darauf nicht einsteigt, interessiert er sich einfach nicht für dich und weiß bloß nicht, wie er es dir sagen soll.«

Grimmig legte ich die Stirn in Falten und herrschte sie innerlich an. »So ein Unfug. Er hat den ganzen Zirkus doch nicht aus Langeweile veranstaltet, Clarice.«

Hämisches Gelächter. »Nein, natürlich nicht. Ihr habt zusammen ein Geschäft und die *Meerhexe* war ihm schon immer wichtiger als du. Für ihn zählt nur, dass es mit euch als Team klappt.«

Wie zur Bestätigung ließ Eike meine Hände los und machte einen Schritt zurück.

»Es reicht jetzt. Zefix noch mal!« Wenn alles nichts half, musste ich eben fluchen und das leider auch laut.

»Was reicht?« Mein Hoffentlich-Bald-Wieder-Freund verstand die Welt nicht mehr und bezog das alles selbstverständlich auf sich.

O nein, das hatte mir gerade noch gefehlt. Schnell trat ich wieder auf ihn zu und nahm seine Hände ein weiteres Mal in meine. »Entschuldige. Ich meinte nicht dich.«

Irritiert sah Eike sich um. »Aber hier ist doch niemand außer uns.«

Ich plusterte die Backen auf und stieß die Luft langsam aus. »Da hast du vermutlich recht …« Sollte ich ihm wirklich von Clarice erzählen? Ich wählte ein Mittelding. »Der Stress der letzten Wochen hat meine Depression verschärft und ab und zu muss ich ihr den Marsch blasen, damit sie mir nicht alles kaputtmacht.«

Er nickte. »Dass es dir nicht so gut geht, war nicht schwer zu erraten. Kann ich dir helfen?«

Augenblick. Wohin glitt mir dieses Gespräch bitte ab? Irgendwie hatte ich mir das romantischer vorgestellt. »Stopp!«, sagte ich daher entschieden. »Wir wissen beide, dass wir nicht deswegen hier sind, sondern …« Es reichte. Ich hatte genug von dem Affentanz. Obwohl mir sehr bewusst war, was ich fühlte, würde ich es auch nach weiteren fünf Stunden nicht schaffen, es auszusprechen. Mit dem letzten bisschen Mut, das ich auf die Schnelle zusammenkratzen konnte, stellte ich mich auf die Zehenspitzen und presste meine Lippen kurz auf Eikes.

Ich spürte seine Überraschung, aber er zuckte nicht weg. Im Gegenteil. Als ich mich zurückziehen wollte, um ihn anzusehen und ihm eine Möglichkeit zu geben, etwas dazu zu sagen, umfasste er meinen Kopf mit seinen Händen.

Sanft zog er mich erneut zu sich heran und berührte mit seinen samtweichen Lippen meine. Zunächst vorsichtig und zurückhaltend, als ich mich nicht wehrte, immer fordernder. Schließlich tanzten unsere Zungen einen wilden Reigen umeinander und verliehen all der Sehnsucht, die wir beide in den letzten Wochen verspürt hatten, Ausdruck.

Leider meldete sich mein Kopf viel zu früh wieder und rief mich zur Vernunft. Unwillig löste ich mich aus diesem intensiven Moment und trat schwer atmend einen Schritt zurück. »Eike … so geht das nicht. Wir können nicht einfach da weitermachen, wo wir aufgehört haben, als hätte es keine Probleme gegeben.«

Zu meiner Überraschung nickte er, ging zum Wäschestapel und zog ein paar Tischdecken hervor, die er neben dem Baum wie für ein Picknick ausbreitete und übereinanderstapelte. »Tut mir leid, bequemer und sauberer wird es wohl gerade nicht.«

»Wer hat schon ein Date in einem Lichtermeer unterm Weihnachtsbaum?«, antwortete ich achselzuckend und ließ mich im Schneidersitz nieder. Am liebsten hätte ich mich direkt an ihn gekuschelt, doch jetzt zählte es, vernünftig zu sein, wenn ich Wert darauf legte, dass sich ein paar grundlegende Sachen änderten.

Mir gegenüber nahm Eike die gleiche Position ein. Er kratzte sich kurz am Kinn und begann in dem Moment zu sprechen, in dem ich meinen Standpunkt darlegen wollte. »Du musst nichts sagen, Lina. Ich habe längst begriffen, was für ein

Idiot ich war. Um meine eigenen Ängste und Unzulänglichkeiten zu kompensieren, habe ich mir Dinge eingeredet, die überhaupt nicht da waren. Das wird nie wieder vorkommen. Die letzten Wochen waren viel zu hart, um unsere Beziehung ein weiteres Mal aufs Spiel zu setzen.«

»Und Veronika?«, hakte ich nach. »Dass du mit ihr geschlafen hast, sehe ich vielleicht noch ein, aber du hast es gemacht, um mich zu verletzen …« Traurig brach ich ab.

»Das war wohl das Dümmste, was ich je getan habe. Ich habe dafür keine Erklärung und kann dich lediglich um Verzeihung bitten. Du hast so gewirkt, als würde dir die Trennung von mir egal sein, obwohl du nur den Profi auf der Arbeit gegeben hast … mir sind einfach die Sicherungen durchgeknallt.« Er starrte auf die Decken und malte mit dem Finger hektisch wirre Linien und Muster darauf.

Vorsichtig legte ich die Hand auf seine, um sein Tun zu unterbrechen. »Würdest du mich bitte ansehen?«

Wesentlich zaghafter als ich es bislang von ihm kannte, hob er den Kopf. Er schien wirklich seine Lektion gelernt zu haben.

»Weißt du, es bringt nichts, wenn wir das Thema wieder aufrollen. Hätte ich mich nicht entschieden, dass ich deine Entschuldigung annehme, müssten wir dieses Gespräch nicht führen. Dir sollte allerdings klar sein, dass vergeben und vergessen nicht das Gleiche sind.«

Er nickte. »Ich weiß. Danke.«

»Versprich mir, dass ich in Zukunft mehr von dem Eike der letzten Wochen erlebe, und weniger von dem, der du zum Ende unserer ersten Beziehungsetappe warst«, bat ich und rutschte langsam zu ihm.

»Das verspreche ich dir von Herzen gerne, Lina. Mit dieser Version von mir ist es so viel schöner als mit dem alten Stinkbüdel.« Grinsend schob er mir eine Hand in den Nacken. »Möchtest du noch etwas sagen oder darf ich dich jetzt küssen?«

Lächelnd schüttelte ich den Kopf und ließ mich nur allzu bereitwillig in seine Arme ziehen.

Während unsere Zungen sich einem wilden Spiel hingaben, kippten wir rittlings um und kuschelten uns eng aneinander. Über uns leuchteten die Lichter des Weihnachtsbaums und in mir breiteten sich herrliche Glücksgefühle aus. Eike wieder lieben und spüren zu dürfen, war mein persönliches Weihnachtswunder – und das durfte ich erleben, weil ich die wunderbarsten Freunde auf der ganzen Welt hatte. Mit diesem Gedanken und einem kleinen triumphierenden Lächeln Richtung Clarice hörte ich auf zu denken und begann, jede Winzigkeit dieses Wunders zu genießen.

Frohe Weihnachten!

Schlickrutscherkartoffeln / Vanille-Rum-Kugeln / Marzipan-Sanddorn-Kugeln

Basiszutaten (reicht für eine Zusatzzutat):
100 g blanchierte Mandeln
60 g Puderzucker
5 Tropfen Bittermandelaroma

Zusatzzutaten:
Schlickrutscherkartoffeln:
2 Tl Schlickrutscher (Friesischer Sahnelikör auf Rumbasis mit Schokolade)
Backkakao zum Bestäuben
Vanille-Rum-Kugeln:
2 TL Vanille-Rum
Backkakao zum Bestäuben
Marzipan-Sanddorn-Kugeln:
3 Tl Sanddornsaft
Puderzucker zum Bestäuben

Zubereitung:
1. Mandeln in einer Pfanne unter ständigem Rühren leicht anrösten.
2. Mandeln im Mixer sehr fein mahlen. Am Ende sollte die Körnung etwas feiner sein als die gemahlener Mandeln aus dem Supermarkt.
3. Mandeln in eine Schüssel geben, Puderzucker hineinsieben. Bittermandelaroma und Schlickrutscher / Vanille-Rum / Sanddornsaft dazugeben und so lange kneten, bis die Masse eine geschmeidige Konsistenz hat.
4. In einen luftdichten Behälter geben und ein paar Stunden ruhen lassen.
5. Aus der Masse eine Rolle formen. Diese in gleichmäßig dicke Scheiben teilen (etwa 0,5 – 1cm, je nachdem wie

groß ihr eure Kugeln mögt). Anschließend aus den Scheiben mit der Hand Kugeln formen.
6. Zum Schluss die Kugeln von allen Seiten mit Backkakao / Backkakao / Puderzucker bestäuben. Dafür am besten ein Sieb verwenden.

Guten Appetit!

Sanddorn-Mandel-Plätzchen

Zutaten

Für den Teig:
150g Zucker
150g Butter
250g Mehl
50 ml Sanddornsaft
1 Ei
1 Päckchen Vanillezucker
1 Prise Salz

Für die Füllung:
200 g Sanddorngelee

Zum Wälzen:
100 g gehackte Mandeln

Zubereitung:

1. Das Ei trennen, Eiweiß beiseitestellen.
2. Eigelb, Butter, Zucker und Sanddornsaft schaumig rühren.
3. Mehl, Vanillezucker und Salz hinzufügen und alles zu einem glatten Teig verkneten. Sollte der Teig zu klebrig sein, vorsichtig weiteres Mehl zugeben.
4. Den Teig in ein Wachstuch (oder Frischhaltefolie)

einschlagen und mindestens eine Stunde kalt stellen.
5. Den Ofen auf 180°C Umluft vorheizen.
6. Aus dem Teig kleine Kugeln formen, diese in Eiweiß tauchen und anschließend in den Mandeln wälzen.
7. Kugeln auf ein mit Backpapier ausgelegtes Backblech setzen und ein wenig flach drücken. Mit dem Ende eines Kochlöffels in die Mitte kleine Löcher drücken und diese durch gleichmäßige Kreisbewegungen etwas weiten.
8. In einem kleinen Topf das Sanddorngelee langsam erhitzen, bis es flüssig ist, und in die Löcher füllen. Auf mittlerer Schiene für 12-15 Minuten backen.

Guten Appetit!

Sanddornkipferl

Zutaten:
Für den Teig:
250 g Mehl
200 g Margarine
100 g gemahlene Mandeln
80 g Zucker
1 Prise Salz
5 EL Sanddornsaft

Zum Wälzen:

Vanillezucker

Zubereitung:

1. Mehl, Mandeln, Zucker und Salz in einer Schüssel vermischen.
2. Die Margarine portionsweise dazugeben und kurz durchkneten.
3. Den Sanddornsaft hinzugeben und alles zu einem glatten Teig verkneten.
4. Den Teig in ein Wachstuch (Frischhaltefolie) einschlagen und im Kühlschrank für mindestens 30 Minuten kalt stellen.
5. Den Teig halbieren und die Hälfte, die gerade nicht verarbeitet wird, zurück in den Kühlschrank stellen.
6. Backbleche mit Backpapier auslegen und den Ofen auf 160°C Umluft vorheizen.
7. Den Teig zu einer Rolle mit ca. 1,5 cm Durchmesser formen und ca. 4 cm große Stücke schneiden. Diese zu Kipferl formen und mit etwas Abstand auf das Backblech legen.
8. Die Kipferl für 13 – 15 Minuten im Ofen goldgelb backen. Anschließend die noch heißen Plätzchen im Vanillezucker wälzen.

Guten Appetit!

Domino-Teegebäck

Zutaten:

Für den Teig:

250 g Butter
200 g Zucker
375 g Mehl

1 Ei
1 Prise Salz
1 Tl Zimt
100 g gemahlene Haselnüsse
1 Packung Dominosteine (Zartbitter)

Zum Wälzen:

Zucker

Zubereitung:

1. Gemahlene Haselnüsse unter Rühren vorsichtig in der Pfanne rösten, bis sie goldbraun sind. Dominostein grob hacken, bis die Stückchen ungefähr die Größe gehackter Nüsse haben.

2. Butter, Zucker und Ei schaumig schlagen, mit den restlichen Zutaten vermengen und verkneten.

3. Den Teig zu Rollen mit ca. 2,5 cm Durchmesser formen, in Zucker wälzen und in Wachstücher (Klarsichtfolie) einschlagen. Anschließend für mindestens 30 Minuten in den Kühlschrank stellen.

4. Backofen auf 190°C Umluft vorheizen. Backbleche mit Backpapier auslegen.

5. Die Rollen in ca. 1 cm dicke Scheiben schneiden. Diese auf den Backblechen verteilen und auf mittlerer Schiene für 10 bis 12 Minuten backen.

Guten Appetit!

Über die Autorin

Solltest du zufällig am Nordseestrand entlangspazieren und eine in Decken eingekuschelte Autorin im Strandkorb arbeiten sehen, könnte es gut sein, dass du Sabrina Hallig an ihrem Lieblingsschreibplatz entdeckt hast. Obwohl sie im Süden Deutschlands wohnt, hat sie ständig Meerweh und versucht, so oft sie kann, zum Rauschen der Wellen, zur unglaublich guten Meeresluft und zu den Seehunden zu reisen – und wenn das einmal nicht klappt, träumt sie sich in ihren Büchern dorthin.

Website: www.sabrinahallig.de
Instagram: @sabrina_schuh_autorin
Facebook: SabrinaSchuhAutorin
Twitch: sabrinaschuh

Danksagung

Liebe Lesende,

danke, dass ihr noch hier seid und diese Zeilen lest. Das bedeutet, euch hat dieses Buch so gut gefallen, dass ihr es bis zum Ende gelesen habt, und hoffentlich hat euch die Weihnachtszeit in der *Meerhexe* gefallen. Als Autorin bin ich natürlich von der ganz neugierigen Sorte und würde mich freuen, wenn ihr mir ein Feedback schenken würdet, und seien es nur ein paar Zeilen. Diese könnt ihr entweder auf den einschlägigen Verkaufsportalen loswerden oder mir auch gerne persönlich senden (kontakt@sabrinahallig.de/www.sabrinahallig.de). Vielen Dank dafür!

Oh, ihr seid immer noch da? Nun gut, dann erfahrt ihr jetzt noch, wer mein tolles Team ist, welches mit mir hinter dem Buch steckt und dem ich einfach nur unendlich dankbar bin:

Cover: Casandra Krammer

Illustration: Mary Cronos

Lektorat/Korrektorat: Rosi Tippl

Buchsatz: Widest Solutions UG (haftungsbeschränkt)

Plothilfe: Rina MoCass

Vielen Dank euch allen, ohne euch wäre dieses Buch nie so geworden, wie es nun ist. Herzliche Grüße und bis zum nächsten Buch

Sabrina Hallig

Bücher der Autorin

Dieser verfluchte Valentinstag!
Es gibt nur einen Tag im Jahr, den Floristin Emma mehr hasst, nämlich den Tag vor Valentin. Dass sie die kommende Nacht durcharbeiten muss, nervt sie ebenso wie diese ganzen Pseudoliebenden, die sonst das ganze Jahr nur streiten. Dennoch wird sie in den sauren Apfel beißen und ihre Kunden glücklich machen, sogar diesen eingebildeten Schnösel Jack, der es sich in den Kopf gesetzt hat, sie vollkommen in den Wahnsinn zu treiben …